JULIE JOHNSON
Silver Crown

JULIE JOHNSON

Silver CROWN

Roman

Ins Deutsche übertragen
von Anika Klüver

LYX in der Bastei Lübbe AG
Dieser Titel ist auch als E-Book erschienen.

Die Originalausgabe erschien 2019 unter dem Titel »Dirty Halo«.
Copyright © 2019 by Julie Johnson.

Für die deutschsprachige Ausgabe:
Copyright © 2020 by Bastei Lübbe AG, Köln
Textredaktion: Birgit Sarrafian
Umschlaggestaltung: © Sandra Taufer unter Verwendung von Motiven
von © ChaiwatUD; Vandathai; Serg-DAV; R-studio;
Jade ThaiCatwalk / Shutterstock
Satz: Greiner & Reichel, Köln
Gesetzt aus der Adobe Caslon
Druck und Verarbeitung: GGP Media GmbH, Pößneck
Printed in Germany
ISBN 978-3-7363-1303-3

3 5 7 6 4

Sie finden uns im Internet unter lyx-verlag.de
Bitte beachten Sie auch: luebbe.de und lesejury.de

Für T. S.

CAERLEONISCHE THRONFOLGE

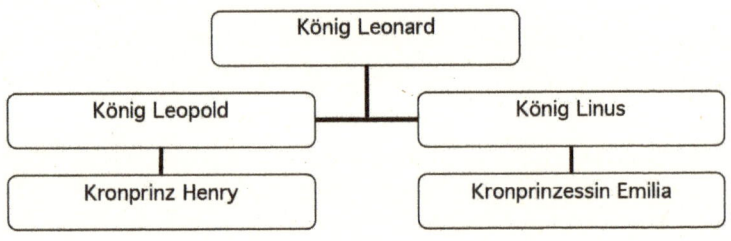

Non sibi sed patriae

DAS GESCHLECHT DER LANCASTERS

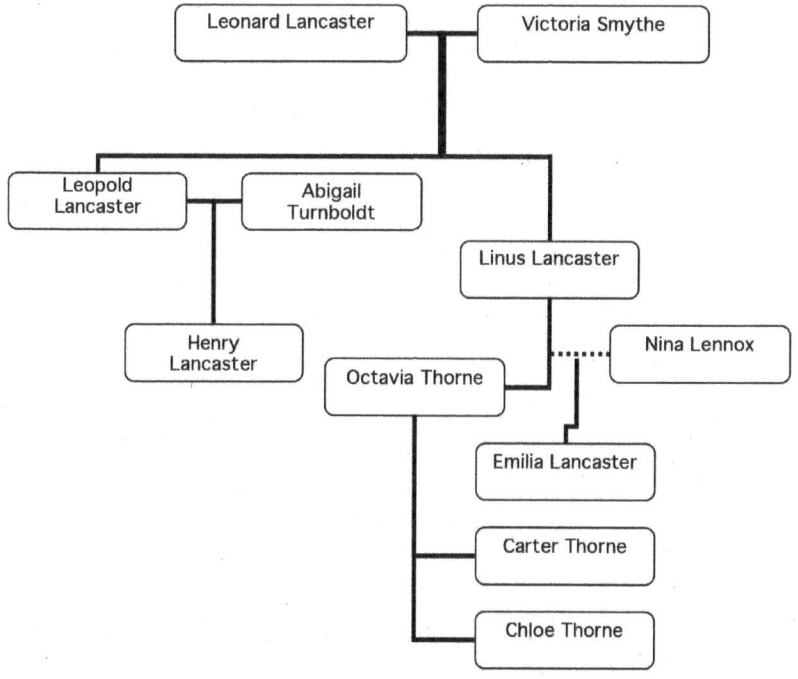

VORWORT

Meine lieben Leser,

Silver Crown ist ein düsteres Märchen, das ausschließlich für Erwachsene bestimmt ist. Wenn ihr Märchen bevorzugt, in denen nicht ausgiebig geflucht wird, keine heftigen Intrigen gesponnen werden und keinerlei glühend heißer Sex vorkommt, schlage ich vor, dass ihr dieses Buch jetzt an dieser Stelle zuklappt. Bleibt lieber bei den Zeichentrickversionen auf dem Fernsehbildschirm.

Was den Rest von euch verdorbenen Seelen angeht ...

Ich hoffe, dass ihr Emilias Reise vom gewöhnlichen Mädchen zur Prinzessin wider Willen genießen werdet. Viele Aspekte dieser Geschichte, von den Handlungsorten bis hin zu den Figuren, basieren lose auf historischen Fakten und volkstümlichen Überlieferungen. Allerdings sehe ich es als meine Pflicht an, euch darüber zu informieren, dass das Königreich Caerleon – ein kleines und doch wohlhabendes Land – in Wahrheit kein real existierender Ort ist. (Nur falls ihr einen Flug dorthin buchen wollt, weil ihr fest entschlossen seid, einen gewissen Lord mit glühendem Blick aufzuspüren, den wir so sehr lieben, wie wir ihn leidenschaftlich hassen ...)

Gehen wir also in medias res …

MOMENT!

Ich habe etwas vergessen.

Wie fangen diese Geschichten noch gleich immer an?

Ach ja! Richtig.

Nun fällt es mir wieder ein.

Es war einmal …

PROLOG

Ich starre die Fremde im Spiegel an.
Ihr zerzaustes Haar ist zu untypischen Locken frisiert.
Ihr sinnlicher Mund ist ungewöhnlich ernst.
Sie ist in eine Traurigkeit gehüllt,
die die königlichen Juwelen nicht verbergen können.
Sie ist mit einer Bestimmung behaftet,
für die sie nicht gewappnet ist.
Sie hält das Schicksal einer ganzen Nation
in ihren zitternden Händen.
Sie trägt eine Krone, die ihr nie hätte gehören sollen.
Eine goldene Lüge.
Ein schmutziger Glorienschein.

Weißt du, was das Seltsame an Märchen ist? Man erfährt nie, was mit der hübschen Küchenmagd passiert, *nachdem* sie mit dem verwegenen Prinzen in einer vergoldeten Kutsche in den Sonnenuntergang gefahren ist und zu ihm in sein Schloss zieht. Die Leinwand wird schwarz. Der Nachspann läuft. *Und sie lebten glücklich bis ans Ende ihrer Tage.* Aber ... ist das wirklich so?

Wie können wir uns so verdammt sicher sein, dass der Magd in dem Augenblick, in dem sie diese unbekannte Festung betritt, nicht bewusst wird, was für einen gewaltigen Fehler sie gemacht hat? Warum sind wir uns so sicher, dass sich der Prinz nicht als Trottel entpuppt, sobald ihr die Lust nicht länger den Verstand vernebelt? Was ist, wenn die Geschichte von der hübschen Magd gar kein glückliches Ende nimmt, sondern sie sich stattdessen für die nächsten dreißig Jahre wünscht, dass sie ihrer gottverdammten guten Fee niemals begegnet wäre?

Ich weiß, was du jetzt sagen willst:

Aber all der Schmuck!

Die Kleider!

Der gut aussehende Prinz auf seinem edlen Ross!

Verschone mich damit.

Wenn es nach mir ginge, würde ich lieber den Rest meines Lebens damit verbringen, Fußböden zu schrubben, anstatt in irgendeinem muffigen Schloss zu versauern, in dem ich von langweiligen reichen Leuten umgeben bin und mir während eines faden sechsgängigen Menüs die ganze Zeit über ein Lächeln abringen muss.

Aber mich hat niemand gefragt, was ich will.

Niemand hat mir in dieser Angelegenheit eine Wahl gelassen. Man hat mich einfach aus meinem Leben gerissen und meinen dank meiner Schwäche für Donuts nicht ganz so schmalen Hintern durch die Tore des Schlosses gezerrt. Und nun muss ich mich einem Schicksal stellen, von dem ich gedacht hatte, dass ich ihm erfolgreich entgangen wäre.

Ich *lebe* dieses märchenhafte Ende.

Und ich kann dir versichern …

Dass es verflucht ätzend ist.

EINEN MONAT ZUVOR

I. KAPITEL

»Der König ist tot.«

Die Neuigkeit bricht wie ein unerwarteter Sommersturm über das ganze Land herein – wie ein plötzlicher Regenguss, der die Welt mit seiner Heftigkeit verstummen lässt. Es ist einer dieser Augenblicke, an den sich die Menschen für den Rest ihres Lebens erinnern werden, selbst wenn sie ein halbes Jahrhundert später darauf zurückschauen. Es ist wie die Explosion der Challenger oder das JFK-Attentat, das sich für alle Zeiten ins Gedächtnis der Leute eingebrannt hat.

Wo warst du, als du das mit den Lancasters erfahren hast?

Die Einzelheiten sind so scharf, dass ihre Kanten mich schneiden, als ich sie in meinem Verstand hin und her drehe. Der schale Geschmack des Biers auf meiner Zunge. Der Geruch der geknackten Erdnussschalen, die überall auf der zerkratzten Theke vor mir liegen. Das Kreischen des statischen Rauschens aus den Deckenlautsprechern, während die sich ständig wiederholende Playlist aus One-Hit-Wondern mit dem brutalen Umlegen eines Schalters abbricht.

Owen drückt mich fester an seine Seite. Seine breiten Schultern fühlen sich selbst durch den Stoff seines eng anliegenden schwarzen T-Shirts warm an. Die Stimmen in der Menge um uns herum wachsen von einem gedämpften Murmeln zu einem entsetzten Gebrüll an, während sich ein Meer aus betrunkenen Augen zu den Fernsehbildschirmen umdreht, die an den mit Holz verkleideten Wänden des beengten Pubs befestigt sind. Ich recke den Hals, um zu sehen, was das ganze Theater soll, und finde mich so unversehens, dass es mir den Atem verschlägt, ganz vorne in der ersten Reihe wieder, um Zeugin des Augenblicks zu werden, in dem meine ganze Zukunft in Stücke zerbricht.

TÖDLICHES FEUER IM WATERFORD-PALAST
Die Leute, die eben noch lautstark verlangt haben, den Ton lauter zu stellen, schnappen nun nach Luft und brechen in Geschluchze aus, während die Bilder über die Monitore flackern.

Flammen und Tod.

Ein Märchen, das direkt vor unseren Augen zerbricht.

Owen flucht leise, aber ich kann seine Stimme kaum hören. Meine Hirnströme haben sich in statisches Rauschen verwandelt. Meine Finger zittern, als ich mein Bier abstelle. Mir ist schwindelig, was jedoch nicht nur an dem Alkohol in meinem Blut liegt, während ich beobachte, wie die Lippen der Nachrichtensprecherin Fakten verkünden, die ich gerade nicht verarbeiten kann.

»Das Feuer brach irgendwann nach zweiundzwanzig Uhr an diesem Abend im Ostflügel des Waterford-Palasts aus. Einer internen Quelle zufolge hatte der Brand seinen Ursprung höchstwahrscheinlich in der privaten Suite des Kronprinzen.« Ihr Tonfall ist von Schock und Trauer durchtränkt – sie erstickt praktisch an den Worten. »Zum jetzigen Zeitpunkt können wir bestätigen, dass sowohl Seine Majestät König Leopold als auch Königin Abigail …«

Die Worte verstummen, da sie zu ungeheuerlich sind, um über ihre Lippen zu kommen. Wir warten in angespanntem Schweigen. Ich habe eine Collegebar noch nie so still erlebt, nicht mal während der Prüfungsphase. Niemand lacht oder flirtet oder wirft Darts. Niemand atmet auch nur, soweit ich das beurteilen kann. Unsere Aufmerksamkeit ist voll und ganz auf die Bildschirme gerichtet.

Die Nachrichtensprecherin schluckt heftig und atmet dann mit größtmöglicher Beherrschung zitternd aus. Sie hat die Hände auf dem eleganten Glastisch gefaltet und verkrampft die Finger zu einem festen Knoten aus Knöcheln und angespannter Haut.

Spuck es endlich aus, denke ich und will die Wahrheit aus ihr herausschütteln. *Dieses Warten ist schlimmer als alles, was du uns mitteilen wirst.*

Doch als sie meiner stummen Aufforderung endlich nachkommt, beweist sie mir sofort das Gegenteil. Das Warten ist nicht schlimmer. Ich würde eine Ewigkeit warten, wenn das bedeuten würde, dass ich dieser speziellen Nachricht entgehen könnte.

»Heute Abend fällt mir die schwere Aufgabe zu, Sie über eine unfassbare Tragödie zu unterrichten. Sowohl Seine Majestät König Leopold als auch Königin Abigail sind in den Flammen im Waterford-Palast ums Leben gekommen.«

Ein kollektiver Aufschrei zerreißt die Luft – ein Blitzschlag in einem sich zusammenbrauenden Sturm aus Fassungslosigkeit. Der Barkeeper lässt klirrend ein Glas zu Boden fallen. Owen stößt einen weiteren leisen Fluch aus. Die beiden Frauen links von mir brechen in Tränen aus. Ihr Entsetzen ist so heftig, dass ich es mit jedem Atemzug auf meiner Zunge schmecken kann.

Nein. Ich weiche zurück und weigere mich, das zu glauben. *Hier muss ein Irrtum vorliegen. Die Nachrichtensprecherin wird jeden Moment ein verlegenes Lächeln aufsetzen und sich dafür entschuldigen, dass sie der gesamten Nation mit diesem Unsinn einen solchen Schreck eingejagt hat.*

Allerdings …

Tut sie das nicht.

»Trotz der unermüdlichen Rettungsbemühungen der Feuerwehrleute gelten auch mehrere Mitglieder des Palastpersonals als vermisst. Man geht davon aus, dass sie ebenfalls tot sind«, informiert uns die Nachrichtensprecherin mit düsterer Miene. »Aktuell wissen wir nicht, in welchem Zustand sich Kronprinz Henry befindet. Wir werden Sie umgehend informieren, sobald wir erfahren, ob er sich unter den Opfern befindet.«

Ein weiterer Klagelaut hallt durch die Menge und lässt die Luft in Scherben aus Trauer und Entsetzen zersplittern.

Nicht auch noch Henry.

Nicht unser Thronfolger.

Nicht unser Prinz.

Diese Nachricht ist so unbegreiflich wie ungeheuerlich. Wir sind nicht darauf vorbereitet, sie mit Besonnenheit oder Fassung zu verarbeiten. Wir können lediglich wie betäubt dastehen, während der Himmel über uns in tausend Scherben zerbricht.

Die weinende junge Frau neben mir – die noch vor fünf Minuten mit einer Ausdauer, die Jay Gatsby beeindrucken würde, Gincocktails hinunterkippte – wird von einem heftigen Schluckauf geschüttelt. Ich fühle mich seltsam losgelöst von meinem Körper und betrachte meine Hand, als würde sie zu jemand anders gehören, während ich sie ausstrecke, um ihr eine Cocktailserviette zu reichen. Sie nimmt sie mit einem verdrießlichen Schniefen entgegen, ohne den Blick auch nur für eine Sekunde von den Bildschirmen zu lösen. Ich schaue mich um und stelle fest, dass sich ihre entsetzte Miene auf jedem Gesicht in der Menge widerspiegelt.

Kollektiver reiner Kummer.

Ich beobachte, wie die Leute um mich herum zerschellen

wie Wellen an scharfkantigen Klippen und in von Trauer zerrüttete Hüllen zerbrechen, die nichts mehr mit den lauten Studenten zu tun haben, die sie noch vor wenigen Minuten waren. Für sie spielt es keine Rolle, dass sie ihrem König nie die Hand geschüttelt und ihren Prinzen nie persönlich gesehen haben, abgesehen vielleicht von den Momenten, in denen seine Kutsche während einer königlichen Parade an den Sicherheitsabsperrungen am Straßenrand vorbeirollte. Diese Neuigkeit ist wie eine Klinge, die in den bloßen Stoff unserer Existenz gestoßen wurde. Sogar die Nachrichtensprecherin wischt sich Tränen aus den Augen, während sie weiter über die entsetzlichen Ereignisse berichtet.

»Ob dieser Vorfall auf einen Unfall oder etwas weitaus Unheilvolleres zurückzuführen ist, ist bislang noch unklar«, liest sie von ihrem Teleprompter ab und sieht dabei in ihrem völlig unpassenden fröhlichen gelben Blazer bitterernst aus. »Die Behörden behandeln das Ganze vorläufig wie einen Terroranschlag. Die Notfallmaßnahmen sind bereits in Kraft getreten. Alle weiteren Mitglieder der königlichen Familie sind unter den Schutz der königlichen Garde gestellt worden, bis das ganze Ausmaß einer möglichen Bedrohung eingeschätzt werden kann – das gilt auch für Prinz Linus, den jüngeren Bruder des Königs und Herzog von Hightower, der zusammen mit seiner Frau und seinen Stiefkindern in Sicherheit gebracht wurde.«

Als sie den Herzog erwähnt, schaut mir Owen im schummrigen Licht der Bar in die Augen. In seinem Blick liegt eine für ihn untypische Sorge. Er gehört zu den wenigen Menschen auf diesem Planeten, die von meiner Verbindung zu den Lancasters wissen. Er kennt den väterlichen Namen, der in fetten, nicht zu leugnenden Buchstaben auf meiner Geburtsurkunde steht.

»Emilia …«

»Nicht.« Ich greife nach meinem Bierglas, damit ich meine Hände beschäftigen kann, während der schmerzvolle Nachrichtenbericht weitergeht. Ich umklammere es so fest, dass ich ein wenig überrascht bin, dass es in meinem Griff nicht zerbricht.

»In dieser dunkelsten Stunde …« Die Stimme der Nachrichtensprecherin bricht, als sie die Fassung verliert. »Ich glaube, dass ich für uns alle hier bei CBTV spreche – und auch für jeden Bürger Caerleoniens, der uns dort draußen zuhört –, wenn ich sage, dass wir mit unseren Gedanken und Gebeten bei den Angehörigen des Hauses Lancaster sind, während wir versuchen, diesen unfassbaren Verlust zu verarbeiten … und herauszufinden, was genau das für die Führung unserer Nation bedeuten wird …«

»Gütiger Gott«, murmelt Owen, als der Beitrag zu weiteren Bildern des flammenden Infernos wechselt. Seine Stimme klingt, als wäre sie Lichtjahre entfernt – zusammen mit dem Rest der Welt. In diesem Augenblick, in dem ich auf allen Seiten von Menschen umgeben bin, fühle ich mich sogar noch einsamer, als ich mich als kleines Mädchen an dem Tag fühlte, an dem mir meine Mutter endlich die Wahrheit über meinen biologischen Vater erzählte. Über den Mann, der beinahe ihr gehört hätte. Über das Schicksal, das beinahe meines gewesen wäre.

Er wollte uns nicht, Emilia.

Er wollte dich nicht.

Mir schwirrt der Kopf, und ich presse mich auf der Suche nach Halt an die Brust meines besten Freundes. Er stützt mich sofort und legt seine großen Hände mit beruhigender Wärme um meine nackten Oberarme. In dem überfüllten Pub ist es warm, aber mir ist in meinem schwarzen bauchfreien Oberteil und dem eng anliegenden Rock plötzlich eiskalt. Ich bekomme am ganzen Körper eine Gänsehaut.

»Ems?« Er runzelt besorgt die Stirn. Eine Locke seines welligen blonden Haars fällt ihm über die verunsicherten braunen Augen. »Alles okay?«

Ich ringe mir ein Nicken ab. Zumindest denke ich, dass ich das tue.

Auf den Bildschirmen hebt die Nachrichtensprecherin ruckartig eine Hand an ihr Ohr, als würde sie einer für uns nicht hörbaren Übertragung lauschen. »Wir schalten nun zu Gerald Simms, dem Pressesprecher des Palastes, der uns eine offizielle Stellungnahme geben wird.«

Der Bildschirm teilt sich in zwei Hälften. Der Mann, der auf der rechten Seite erscheint, hat die säuerlichste Miene aufgesetzt, die ich je gesehen habe. Er sieht aus, als hätte er seine Nase gerade in eine Tüte mit saurer Milch gesteckt. Der unvorteilhafte Nadelstreifenanzug, für den er sich zu diesem Anlass entschieden hat, bringt sein schütteres Haar und den nicht zu übersehenden Bauchansatz nicht gerade schmeichelhaft zur Geltung.

»Guten Abend, Mr Simms«, sagt die Nachrichtensprecherin. »Danke, dass Sie sich die Zeit nehmen, um mit uns dieses Gespräch zu führen.«

»Ja, ja.« Das Doppelkinn des Mannes wackelt wie der Kehllappen eines Truthahns. »Gern geschehen.«

»Mr Simms, können Sie uns etwas über die Auswirkungen sagen, die dieser katastrophale Verlust auf die Krone haben wird? Gibt es bereits Erkenntnisse darüber, wie dieses Feuer ausgebrochen ist? War es Brandstiftung?«

»Ich kann keinerlei Kommentar zu den Einzelheiten abgeben, die für die Ermittlung relevant sind. Ich kann lediglich mitteilen, dass die Königsgarde jedem möglichen Hinweis nachgeht«, sagt Simms und plustert sich auf wie ein Heliumballon. Er kommt sich so wichtig vor und wirkt so aufgeblasen, dass man ihn mit einer Stecknadel zum Platzen bringen könnte.

»Und Kronprinz Henry?«

»Zum jetzigen Zeitpunkt bin ich nicht in der Lage, den Zustand von Prinz Henry zu erörtern. Allerdings bin ich darüber informiert worden, dass sich König Leopolds jüngerer Bruder Linus, der Herzog von Hightower, an einem sicheren Ort befindet und wohlauf ist.«

»Das sind beruhigende Neuigkeiten. Der Herzog steht nach dem Kronprinzen in der Thronfolge an nächster Stelle – ist das korrekt, Mr Simms?«

»In der Tat.«

»Also ... falls Prinz Henry ... falls der Prinz ...« Sie verstummt. Sofort macht sich Unbehagen in der Menge um mich herum breit, denn in ihren Worten liegt eine unaussprechliche Andeutung.

Stirbt.

Falls der Prinz stirbt.

Simms zieht den Mund fest zusammen und hält all seine Emotionen sorgfältig unter der Oberfläche verborgen. »Seien Sie versichert ... Caerleon wird nicht ohne Herrscher sein. Der Herzog ist voll und ganz darauf vorbereitet, sein Amt als Regent anzutreten, falls der Kronprinz aus irgendeinem Grund nicht in der Lage sein sollte, seine Rolle zu erfüllen.«

Die Nachrichtensprecherin nickt und sieht noch blasser aus als zuvor. »Bitte korrigieren Sie mich, wenn ich falschliege, Mr Simms, aber der Herzog hat keine eigenen Kinder ...«

»Der Herzog hat zwei Stiefkinder aus seiner Ehe mit Lady Octavia Thorne«, erwidert er. »Aber Sie haben recht. Er hat keine eigenen rechtmäßigen Erben.«

Rechtmäßig.

Das Wort sorgt dafür, dass mir das Blut gefriert. Ich lege die Finger fester um das Glas. Owen rückt näher an mich heran, denn er spürt zweifellos meine Nervosität. Ich kann die Sorge, die er ausstrahlt, förmlich mit Händen greifen.

»Hypothetisch gesehen ... könnte das in Hinsicht auf die Thronfolge durchaus ein Problem darstellen, nicht wahr, Mr Simms?«

»Mmm.« Gerald Simms blinzelt mit seinen Knopfaugen. »In Zeiten wie diesen werden wir leider daran erinnert, warum sich die königliche Familie über so viele Generationen hinweg an die Tradition gehalten hat, die Erbfolge zu sichern.« Er schüttelt den Kopf, und die Fettwülste unter seinem Kinn schwabbeln. »Falls der Herzog keinen Erben hervorbringen kann, mag sich Caerleon zum ersten Mal in der Geschichte mit der Situation konfrontiert sehen, keinen direkten Anwärter auf den Thron zu haben.«

Ich wende den Blick von den Bildschirmen ab und spanne den Kiefer fest an. Ich kann mir das nicht länger anhören.

»Das ist verdammt noch mal unfassbar.« Owen schnaubt, die attraktiven Gesichtszüge zu einer finsteren Miene verzogen. »Der König ist gerade erst tot, und schon gibt es Spekulationen um seine Nachfolge. Das sind doch alles Geier.«

Ich ziehe die Augenbrauen bis zum Haaransatz hoch. »Und das sagt der Mann, der das gesamte Frühjahrssemester damit verbracht hat, an Protestmärschen gegen die Monarchie teilzunehmen. Mir war nicht klar, dass es dich überhaupt kümmert, wer die Krone trägt.«

Er blickt zu mir hin und schaut mir lange in die Augen. In den Tiefen seiner Augen liegt etwas, das ich nicht deuten kann. Etwas, das mein Herz auf unangenehme Weise flattern lässt, während er sich ein kleines bisschen näher zu mir vorbeugt und seine Stimme zu einem barschen, wütenden Flüstern senkt.

»Mich kümmert, was passieren könnte, falls diese Krone den Besitzer wechselt und auf einmal dem jüngeren Bruder des Königs, dem erlauchten Herzog von Arschhausen, zufällt. Verflucht noch mal, mich kümmert, was ...« Er beißt sich auf die Unterlippe. Den Rest behält er für sich, aber er steht ihm klar und deutlich ins Gesicht geschrieben.

Was das für dich bedeuten könnte, Emilia.

Ich wende mich ruckartig ab und wünsche mir, dass ich die Angst, die plötzlich von mir Besitz ergreift, abwehren könnte. Ich wünsche mir, dass ich die Stränge meiner DNA so leicht ändern könnte wie die gefärbten Strähnen meiner Haare. Ich wünsche mir eine Menge nutzloser Dinge.

Die nasale Stimme des Pressesprechers hallt in meinem Kopf wider wie eine Totenglocke.

Falls der Herzog keinen Erben hervorbringen kann, mag sich Caerleon zum ersten Mal in der Geschichte mit der Situation konfrontiert sehen, keinen direkten Anwärter auf den Thron zu haben ...

Was würde passieren, wenn sie die Wahrheit erführen?

Dass Linus *sehr wohl* eine Erbin hervorgebracht hat.

Er wollte sie nur nicht haben.

»Tut mir leid, Ems.« Owens Stimme holt mich in die Realität zurück. Als sich unsere Blicke treffen, schluckt er schwer, und sein Adamsapfel hüpft. »Ich wollte dich nicht anblaffen.«

Mit einem schwachen schiefen Lächeln stoße ich mit meiner Schulter gegen seine, um ihm zu signalisieren, dass ich nicht sauer bin. Damit ich wirklich wütend auf Owen werde, bräuchte es schon deutlich mehr als ein paar barsche Worte. Wir sind schon miteinander befreundet, seit wir damals im Kindergarten Spindfächer bekamen, die direkt nebeneinander lagen. Wir sind in derselben Straße aufgewachsen – was ihn buchstäblich zum Jungen von nebenan macht. Ich kann mir nur schwer vorstellen, dass er etwas tun könnte, um dieses Band zwischen uns zu zerreißen. Er ist die eine Konstante in meinem Leben, egal was sich sonst alles verändert.

Die Sprecher im Fernsehen reden noch ein wenig länger miteinander und tauschen abscheuliche Wörter wie »Abstammung« und »Thronfolge« aus, aber ich blende sie aus, da ich zu sehr mit meinen eigenen Gedanken beschäftigt bin.

Ich lasse den Blick geistesabwesend über die Grafiken wandern, die auf den Bildschirmen aufblitzen – ein königlicher Stammbaum, aus dem König Leopold und Königin Abigail bereits mit rigorosen schwarzen Linien herausgestrichen wurden. Ihre kleinen Porträtbilder scheinen mich geisterhaft und ernst vom Bildschirm aus anzustarren.

In einem anderen Leben wären sie meine Verwandten gewesen.

Meine Tante und mein Onkel.

Nun sind sie nur noch eine Erinnerung.

Wie betäubt starre ich auf den leeren Zweig des Lancaster-Familienstammbaums, der sich unter Linus befindet – der Zweig, auf dem mein Name stehen sollte –, und schlucke die Verbitterung hinunter, die wie Galle in meiner Kehle aufsteigt. Die Nachrichtensprecherin zoomt an sein Gesicht und an die Worte *HERZOG VON HIGHTOWER* heran, die unter seinem Bild stehen. Als ich sein ernst schauendes Gesicht betrachte, zucke ich unwillkürlich zusammen, weil er mir so unglaublich ähnlich sieht.

Das gleiche dunkle, dichte Haar.

Die gleichen tiefgrünen Augen.

Die gleichen vollen Lippen, der gleiche trotzige Mund.

»Wer ist das?«, flüstert eine der weinenden Frauen in der

Menge ihrer Freundin zu und starrt mit geröteten Augen auf den Fernseher.

»Hast du nicht zugehört? Das ist der jüngere Bruder des Königs, Linus. Der Herzog von Hightower«, erwidert ihre Freundin ebenfalls im Flüsterton. »Wenn der Prinz stirbt … kommt er an die Macht.«

»Ist der nicht schon siebzig oder so?«, fragt die erste Frau.

»Er ist letzten Monat dreiundsiebzig geworden«, murmle ich, ohne nachzudenken.

Die beiden Frauen schauen beide ein wenig verblüfft in meine Richtung. Ich wende mich ab, bevor sie mich fragen können, warum ich über solche Detailkenntnisse verfüge. Der Experte auf dem Bildschirm plappert immer noch vor sich hin und sagt Dinge, die ich nicht hören will.

»Wir werden innerhalb der nächsten Minuten Neuigkeiten über Kronprinz Henrys Zustand erhalten …«

Ich erstarre zur Salzsäule und kann kaum noch atmen. Sofort sende ich ein Gebet an jeden, der mich erhören mag, um den Cousin zu retten, dem ich nie begegnet bin.

Bitte überlebe, Henry.

Du musst überleben.

Du musst regieren.

Ein feierliches Schweigen legt sich einmal mehr über das *Hennessy's* – die unscheinbare kleine Spelunke um die Ecke des Campus, in der wir uns herumtreiben, wenn wir nicht gerade Vorlesung haben und Owen nicht auf der Arbeit festhängt. An einem Freitagabend herrscht hier normalerweise wildes Treiben. Nun ist es unheimlich still, und selbst die betrunkensten Gäste scheinen den Atem anzuhalten.

Owen legt eine Hand auf meine Hüfte – sie ist schwer und warm, und er zieht mich damit an sich heran. Es ist eine vertraute Berührung. Unter normalen Umständen würde sie dazu führen, dass ich die Augenbrauen hochziehe. Aber diese Umstände sind alles andere als normal. Ich kann lediglich einen Augenblick darauf verwenden, mich zu fragen, ob mein bester Freund die unausgesprochene Grenze überschreitet, die schon so lange besteht, wie ich mich erinnern kann, denn die Nachrichtensprecherin ergreift wieder das Wort. Ihre Stimme durchschneidet die Luft mit neuem Entsetzen.

»Auch wenn wir immer noch auf eine offizielle Bestätigung warten, hören wir mittlerweile von Berichten, die besagen, dass Kronprinz Henry lebt, aber bewusstlos ist. Er befindet sich auf der Intensivstation, und sein Zustand wird als kritisch bezeichnet. Er hat Verbrennungen dritten Grades, eine Rauchvergiftung sowie ein schweres Schädelhirntrauma erlitten. Es ist nicht sicher, ob er die Nacht überleben wird.«

Im Raum ist es so still, dass ich das rhythmische Tropfen eines undichten Wasserhahns hinter der Theke hören kann. Jeder Tropfen klingt in der abgestandenen Luft wie ein Schuss. Die Nachrichtensprecherin holt tief Luft und strafft ihre Schultern im gelben Blazer. Sie blickt direkt in die Kamera. Ihre braunen Augen wanken nicht, als sie eine Nachricht verkündet, die für die nächsten hundert Jahre in Dauerschleife abgespielt werden wird. Man wird sie in Geschichtsmuseen und Aufzeichnungen über nationale Ereignisse finden, bis die Welt zu Staub zerfällt.

»Unserer Quelle im Palast zufolge … wurde vor wenigen Augenblicken Linus Lancaster, der Herzog von Hightower, offiziell als Regent vereidigt. Während man abwarten muss, ob sich Prinz Henry erholt … wird er in der Zwischenzeit die Regierungsgeschäfte übernehmen.« Ihre Stimme wird schwächer, während sie das offizielle Motto von Caerleon so leise zitiert, als wäre es ein Gebet. »*Non sibi sed patriae.*«

Nicht für sich selbst, sondern für das Vaterland.

»Gott segne König Linus«, sagt die Nachrichtensprecherin mit fester Stimme. »Möge er lange regieren.«

»Möge er lange regieren«, wiederholen die Barbesucher um mich herum im Chor mit brüchiger Stimme, den Blick auf das Abbild ihres neuen Monarchen gerichtet. Er ist ein Mann mit dichtem dunklem Haar und kalten grünen Augen. Ein Mann, den ich mein ganzes Leben lang gemieden habe.

Seine Majestät.

König Linus.

Mein Vater.

2. KAPITEL

Plötzlich ist mir das alles zu viel. Das Gedränge der Menge, das dumpfe Dröhnen des Fernsehers, das Gewicht einer ungewissen Zukunft, das schwer auf meinen Schultern lastet. Ich bekomme keine Luft mehr und kann aufgrund der in mir anschwellenden Panik nichts mehr hören.

Owen sagt etwas zu mir. Ich kann sehen, wie sich sein Mund bewegt, aber nicht eine einzige Silbe dringt zu mir durch. Ich murmle etwas darüber, dass ich frische Luft brauche, und löse mich aus seinem Griff, um geradewegs auf den Ausgang zuzusteuern. Er ist mir dicht auf den Fersen, als wir uns einen Weg durch die Menge bahnen. Niemand scheint zu wissen, wo er hinschauen oder was er sagen soll. Sie sind alle wie gelähmt und außerstande, die Neuigkeit, dass ihr Königreich soeben zusammengebrochen ist, zu verarbeiten. Also starren sie benommen auf die Fernseher, als wären sie in einem Albtraum gefangen, aus dem sie jeden Augenblick erwachen werden.

Der Türsteher, der am Eingang Ausweise überprüft, würdigt mich kaum eines Blickes, als ich in die kühle Oktobernacht hinausstürme. Ich mache ein paar holprige Schritte und biege um die Ecke des Ziegelsteingebäudes, wo mir eine verlassene kopfsteingepflasterte Gasse ein kleines bisschen Privatsphäre bietet.

Ich konzentriere mich auf Dinge, die mein Verstand in all seiner Panik verarbeiten kann. Das Gefühl der kühlen Ziegel, gegen die ich meinen Rücken drücke. Die halbmondförmigen Abdrücke, die meine Fingernägel in meinen zu festen Fäusten geballten Handinnenflächen hinterlassen. Der Atem in meiner Lunge, die sich füllt und leert, leert und füllt. Ein endloses Vakuum.

Schon im nächsten Moment spüre ich Owens Anwesenheit. Er berührt mich nicht und sagt kein Wort. Er steht einfach nur da und bietet mir stummen Trost an. So, wie er es schon immer gemacht hat, ob ich mir nun das Knie aufgeschürft oder eine Prüfung verpatzt hatte, ob es um eine misslungene Verabredung oder um ein gebrochenes Herz ging.

Mein bester Freund.

»Ems …«

»Es geht mir gut«, flüstere ich erstickt. »Absolut.«

»Aber …«

»*Nein!*«

Ich wirbele zu ihm herum, stemme die Hände in die Hüften und fixiere ihn mit einem strengen Blick. Mit meinen knapp ein Meter sechzig gebe ich wohl keine einschüchternde Figur ab – Owen überragt mich um mindestens dreißig Zentimeter –, aber meine Größe ist das geringste meiner Probleme, wenn ich *äußerlich* auch nur halb so elend aussehe, wie ich mich *innerlich* fühle. Meine gefärbten Locken fallen wie ein unordentlicher lavendelfarbener Vorhang über meine Schultern. Meine Brust hebt und senkt sich unter meinem Oberteil, das sich bei jedem meiner angestrengten Atemzüge anfühlt, als wolle es mich ersticken. Mein Minirock ist an meinen fluchtbereit angespannten Oberschenkeln nach oben gerutscht. Meine grünen Augen sind ein bisschen zu weit aufgerissen und ein bisschen zu wild, während ich damit in seine hinaufstarre.

Mit anderen Worten: Ich bin etwa zwei Sekunden von einem totalen Zusammenbruch entfernt.

Hier kommt der Katastrophenexpress, alle Mann einsteigen. Tut–tut!

Irgendwie gelingt es Owen, mich nicht auszulachen. Tatsächlich ist seine Miene so ernst, als er mich in meinem aufgelösten Zustand betrachtet, dass ich ihn kaum wiedererkenne. »Ob es dir nun gefällt oder nicht, Ems … Es geht dir nicht gut«, sagt er sanft. »Und wie könnte es das auch? Das ist deine Familie.«

»Nein, ist sie nicht«, wiederhole ich so halsstarrig wie eh und je.

»Du magst vielleicht alle anderen in dieser Bar davon überzeugen, dass dir das hier nichts ausmacht. Verdammt, du magst sogar dich selbst davon überzeugen, wenn du es nur hart genug versuchst.« Er zieht die Augen zusammen und blickt damit unbeirrt in meine. »Aber mir kannst du nichts vormachen. Ich kenne dich zu gut.«

»Ich will nicht mehr darüber reden, Owen«, sage ich mit belegter Stimme und frage mich, warum sich die Luft plötzlich so schwer anfühlt. »Diese Leute sind nicht meine Familie. Das sind sie nie gewesen. *Das wollten sie nie sein.*«

Owen seufzt. »Ems …«

»Warum sollte mir der Tod irgendeines Monarchen nähergehen als allen anderen in dieser Bar? Warum sollte ich um Leute trauern, die sich nie für mich interessiert haben?« Meine Stimme zittert jämmerlich, aber ich rede weiter, weil ich fest entschlossen bin, die Worte auszusprechen. Ich muss sie aus meinem Körper tilgen wie ein tödliches Gift. »Warum sollte ich um Leute trauern, die mich und meine Mom wie Abfall beiseitegeworfen haben?«

»Ems …«

Seine Stimme bricht auf herzzerreißende Weise. Er macht einen Schritt auf mich zu und überwindet damit den geringen Abstand zwischen uns. Er hebt vorsichtig – so unglaublich vorsichtig – eine Hand und umfasst mein Gesicht mit einer Zärtlichkeit, die mir den Atem verschlägt. Mit seinem schwieligen Daumen streicht er über meine Wange, und ich atme scharf ein, während das fremde Gefühl, das diese kleine, einfache Berührung in mir auslöst, durch mich hindurchwirbelt.

In seinen Augen schimmern ungehemmte Gefühle, was mir selbst in der Dunkelheit nicht verborgen bleibt. »Rede nicht so. Hörst du? Du bist kein Abfall. Du bist … etwas ganz Besonderes. Wenn du sehen könntest, was ich sehe … wenn du … du … *Gott*, Emilia, ich …«

Mein Herz hämmert wie wild. In seiner Stimme liegt etwas Neues. Etwas, das ich in all den Jahren, die ich ihn nun schon kenne, noch nie zuvor gehört habe. Eine Mischung aus Entschlossenheit und Verzweiflung und …

Etwas, vor dem ich zu viel Angst habe, um es beim Namen zu nennen.

Ich stehe wie angewurzelt da und kann lediglich zusehen, wie er sich weiter zu mir herabbeugt, wobei ihm eine blonde Locke in die Stirn fällt und er im Mondlicht wirklich gut aussieht. Ich habe keine Zeit, mich zu fragen, ob sich die Welt auf den Kopf gestellt hat, ob ich halluziniere, ob mein bester Freund vorhat, seine Lippen auf meine zu pressen und alles zwischen uns zu verändern … denn bevor er diese letzten paar Zentimeter überwinden kann – zerreißt das schrille Kreischen von Gummi auf Asphalt die Nachtluft und lässt die Realität auf uns herabstürzen. Wir machen beide einen Satz zurück und drehen ruckartig die Köpfe in Richtung des Geräuschs. Ich entdecke zwei schwarze SUV, die auf den Bürgersteig vor dem *Hennessy's* rasen.

Instinktiv schiebt mich Owen hinter sich und schirmt mich mit seinem Körper ab, während die riesigen Fahrzeuge am Eingang der Gasse zum Stehen kommen. Ihre Scheinwerfer blenden uns so heftig, dass ich den Arm hebe, um meine Augen vor der Helligkeit abzuschirmen. Ich höre, wie sich Autotüren öffnen und schnelle, knirschende Schritte sich nähern, als Stiefel über das Kopfsteinpflaster eilen. Doch meine Augen sind so geblendet, dass ich lediglich die Umrisse der Männer ausmachen kann, die auf uns zukommen und uns den Fluchtweg versperren.

Was.

Zum.

Teufel.

Owen versucht, mich weiter in die Gasse hineinzudrängen, aber es gibt keinen Ausweg. Mein Rücken trifft auf eine Ziegelmauer, die viel zu hoch ist, um hinüberzuklettern.

Wer auch immer diese Typen sind, sie meinen es ernst. Sie bewegen sich mit methodischer Genauigkeit – eine bestens ausgebildete Einheit. Sie geben kein einziges Wort von sich, während sie uns von allen Seiten umzingeln. Sie sind zu viert und tragen allesamt schwarze Anzüge. Mit kalten, abwägenden Augen mustern sie uns von oben bis unten, während sie gleichzeitig nach möglichen Bedrohungen Ausschau halten. Mir bleibt die Luft weg, als ich die Handfeuerwaffen sehe, die sie in den Holstern an ihren Seiten tragen.

Für den Bruchteil einer Sekunde bin ich davon überzeugt, dass sie uns tatsächlich kaltblütig ermorden und unsere Leichen zurücklassen werden, damit sie in dieser gottverlassenen Gasse wie Abfall verrotten. Doch sie machen keinerlei Anstalten, nach ihren Waffen zu greifen. Trotzdem wäre es gelogen, wenn ich sagen würde, dass mein Herz nicht mit doppelter Geschwindigkeit in meiner Brust hämmert. Äußerlich wirkt

Owen dank seiner gestrafften Schultern gefasst, aber durch den dünnen Stoff seines T-Shirts kann ich spüren, wie hektisch er atmet.

Er hat ebenfalls Angst.

Ich spähe um seine Schulter herum und versuche, einen besseren Blick auf die Männer zu erhaschen. Weder weisen sie sich uns gegenüber aus, noch liefern sie eine Erklärung für ihr plötzliches Auftauchen. So gern ich auch das Gegenteil glauben würde, weiß ich tief in meinem Inneren, dass sie nicht wegen Owen hier sind.

Sie sind meinetwegen hier.

Meine panischen Gedanken überschlagen sich, während sie in meinem Kopf um die Vorherrschaft ringen.

Wer hat sie geschickt?

Und aus welchem Grund?

»Emilia Lancaster«, sagt der Anzugtyp, der uns am nächsten ist, mit tonloser Stimme.

Ich zucke zusammen. Ich lebe schon so lange unter dem Namen Emilia Lennox, dass ich beinahe vergessen habe, welcher Name auf meiner Geburtsurkunde steht.

Beinahe.

»Sie müssen mit uns kommen.« Die Stimme des Mannes ist ebenso ausdruckslos wie sein starrer Blick. »Auf der Stelle.«

Ich versuche zu sprechen, kann aber nicht mehr als ein Quieken über meine tauben Lippen bringen.

»Das können Sie vergessen«, knurrt Owen in meinem Namen und presst mich fester gegen die Ziegelmauer. Seine Rückenmuskeln spannen sich kampfbereit an. »Sie geht nirgendwo mit Ihnen hin.«

Der Anzugtyp legt langsam eine Hand an sein Holster – eine eindeutige Drohung. Als er wieder spricht, unterstreichen kleine Speicheltropfen seine Worte, während er sie mit tödlicher Klarheit artikuliert.

»Das ist die letzte Warnung. *Treten. Sie. Von. Der. Frau. Weg.*«

Owen bewegt sich keinen Millimeter. »Scheren. Sie. Sich. Zum. Teufel.«

Der Mann reagiert so schnell, dass seine Bewegung praktisch vor meinen Augen verschwimmt. Ich sehe nicht, wie er die Waffe aus dem Holster zieht, aber ich höre den entsetzlichen dumpfen Aufprall, als sie mit genug Wucht gegen Owens Kopf kracht, um ihn ins Wanken zu bringen. Ein Schrei entringt sich meiner Kehle, als ich mit ansehe, wie mein bester Freund auf dem Kopfsteinpflaster zusammensackt und dabei die Hände an seine Schläfe presst. Blut sickert zwischen seinen Fingern hindurch und tropft auf die Pflastersteine wie roter Regen.

»*Owen!*«

Zwei der Anzugtypen steigen über ihn hinweg, als wäre er ein Stück Abfall, und kommen auf mich zu. Ihre Begleiter schauen teilnahmslos zu, während sie meine Oberarme mit stahlhartem Griff umklammern. Ich versuche, Owen im Blick zu behalten und mich aus ihrem festen Griff zu befreien, während sie mich in die grellen Strahlen der Scheinwerfer zerren, als wäre ich ein Käfer, der auf eine Elektrofalle zuhält. Aber es hat keinen Zweck. Sie sind zu stark.

Innerhalb von Sekunden verfrachten sie mich auf den Rücksitz und drücken meinen Kopf nach unten, damit ich ihn mir nicht am Dach des Autos stoße, so, wie man es bei einem Verbrecher macht, wenn man ihn in ein Polizeiauto bugsiert. Das Letzte, was ich höre, bevor die Tür hinter mir zuknallt, ist Owens Stimme. Sie ist von Schmerz und Panik erfüllt und schallt in die Nacht hinaus.

»*Emilia!*«

Owens Schrei hallt noch lange in meinen Ohren wider, obwohl wir längst den Bürgersteig verlassen haben und die Straße hinunterrasen. Der Motor des Fahrzeugs brüllt wie eine eingesperrte Kreatur unter der Motorhaube. Ich bin allein auf dem Rücksitz. Ich kann kaum etwas sehen, da die Trennwand hochgefahren ist und mich von den Anzugtypen im vorderen Bereich des Fahrzeugs abschirmt.

Ich gebe mir Mühe, nicht in Panik zu verfallen – *oh, wem zum Teufel mache ich etwas vor, ich bin schon längst in Panik verfallen* –, und greife nach den Türgriffen, doch die Türen sind fest verschlossen. Das Gleiche gilt für die dunkel getönten Fenster. Ich schaue mich suchend nach meiner Handtasche und meinem Handy um … bis mir klar wird, dass ich beides auf einem Barhocker im *Hennessy's* liegen gelassen habe, wo sie mir absolut nichts nützen.

Perfekt.

Ich taste unter den Sitzen herum, doch auch dort finde ich nichts Brauchbares. Keinen praktischen Montierhebel, den ich als Waffe benutzen könnte, keine spitzen Gegenstände, die ich den Bösewichten in die Augen rammen könnte, sofern ich die Gelegenheit dazu erhalten sollte. Ich bin ganz und gar auf mich allein gestellt.

Ich presse die Stirn an die Scheibe und versuche, nach draußen zu schauen, doch ich sehe nur Dunkelheit, während wir durch die Nacht auf ein unbekanntes Ziel zurasen.

»Lassen Sie mich hier raus!«, schreie ich und hämmere mit den Fäusten gegen die Trennwand. »Sind Sie verrückt? Das ist Freiheitsberaubung!«

Von der anderen Seite der Wand kommt keine Reaktion.

»Ich werde die Polizei rufen!«

Ich stelle das Hämmern ein, um zu lauschen, aber ich höre nichts. Nicht mal den kleinsten Hinweis darauf, dass sie mich wahrgenommen haben. Das Auto biegt mit einem schrillen Kreischen der Reifen ab, und ich fliege quer über die Ledersitze. Mein Ellbogen knallt mit genug Wucht gegen die Fensterscheibe, um mir einen blauen Fleck zu bescheren. Ich blinzle Tränen fort und reibe mir über den Musikantenknochen. Dann schnalle ich mich an.

Es hat keinen Zweck zu sterben, bevor sie eine Gelegenheit haben, mich um die Ecke zu bringen.

Wir fahren etwa zwanzig Minuten lang, bis das Fahrzeug schließlich abbremst. Als der Motor abgestellt wird, löse ich den Sicherheitsgurt und verharre vollkommen reglos. So warte ich auf den Augenblick, dass sich meine Tür öffnet. Ich warte darauf, dass sie mich aus dem SUV zerren, um … um … mich an den Ort …

Tja, ehrlich gesagt habe ich keine Ahnung, *wohin* sie mich zerren werden, aber ich kann nur davon ausgehen, dass es kein Ort ist, an dem ich normalerweise meinen Freitagabend verbringen würde.

Eine Minute vergeht in vollkommener Stille.

Dann eine weitere.

Meine nackten Knie hüpfen vor Nervosität auf und ab, während ich warte.

Und warte.

Und warte.

Endlich höre ich draußen eine laute Stimme. Sie stammt nicht von einem der Anzugtypen – ich kann mir nicht vorstellen, dass sie ihre eiserne Kontrolle auch nur für eine Sekunde aufgeben könnten –, sondern von jemand anders, der wirr herumbrüllt, während er auf das Fahrzeug zubugsiert wird. Die wütende Stimme wird lauter, als sie sich nähern.

Ein weiterer Gefangener?

Einen Augenblick sehe ich meinen Verdacht bestätigt, als die gegenüberliegende Tür aufgerissen wird. Ich stürze nach vorn, weil ich denke, dass ich mich vielleicht nach draußen winden kann, aber es gibt kein Entrinnen. Der einzige Ausgang wird von einer Wand aus Muskeln in maßgeschneiderten schwarzen Anzügen versperrt. Mein nutzloser Hilfeschrei erstirbt in meiner Kehle. Ich kann nur wie betäubt zusehen, wie ein Junge zu mir auf den Rücksitz gestoßen wird.

Ich korrigiere: kein Junge.

Ein Mann.

Ein extrem betrunkener Mann, wie mich der Geruch von Bourbon, der aus seinen Poren dringt, vermuten lässt. Ich glaube, dass sich mein Blutalkoholspiegel bereits dadurch erhöht, dass ich in seiner Nähe atme. Vielleicht ist dieses berauschende Gefühl aber auch einfach nur eine Nebenwirkung, die ein Blick in sein Gesicht mit sich bringt, denn, meine Güte, selbst im schummrigen Licht des Autos kann ich erkennen, wie unfassbar attraktiv dieser Kerl ist. Ich habe keine Ahnung, warum er hier bei mir auf dem Rücksitz ist, aber er sieht aus, als käme er geradewegs von einem Filmset.

Ein Blick auf ihn und schon gerate ich ins Schwärmen. Na toll.

Er scheint zwischen Mitte und Ende zwanzig zu sein, ist ausgesprochen muskulös und trägt ein schneeweißes Hemd sowie eine dunkelgraue Anzughose. Seine Züge sind wie gemeißelt und wirken wie etwas, das man normalerweise nur auf nachbearbeiteten Fotos in Zeitschriften oder auf Instagrambildern sieht, über die massenhaft Filter gelegt wurden. Seine Augen schimmern vor Alkohol und Lust und sind von dichten Wimpern umrahmt, für die jede Frau töten würde. Seine Wangenknochen sind so scharfkantig, dass sie ein Herz vermutlich sauber entzweischneiden könnten, wenn man dumm genug wäre, ihnen zu nah zu kommen. Verdammt, er könnte ebenso gut ein Leuchtreklameschild hochhalten, auf dem steht: LASST, DIE IHR EINTRETET, ALLE HOFFNUNG FAHREN. Es wäre eine fairere Warnung für jene armen Seelen, die versuchen, ihre Herzen in seiner Gegenwart zu schützen.

Reiß dich zusammen, Emilia.

Ich löse den Blick von dem umwerfenden Fremden und versuche, Augenkontakt zu einem unserer anzugtragenden Entführer herzustellen. Ich bin wirklich mehr als wütend auf mich selbst, weil ich mich so sehr habe ablenken lassen, dass ich nicht um Hilfe geschrien habe, als ich die Gelegenheit dazu hatte.

»Warten Sie!«, rufe ich und schaue einem der bewaffneten Wachmänner direkt in die Augen. »Bitte …«

Bevor ich mein Gesuch aussprechen kann, versetzt der Anzugtyp dem betrunkenen dunkelhaarigen Fremden einen heftigen Schubs und stößt ihn nach vorn in den SUV – und förmlich auf meinen Schoß. Ich höre die Tür hinter ihm zuknallen und das Schloss einrasten, schaue aber nicht in diese Richtung. Dafür bin ich ein wenig zu sehr mit dem zerzausten Schopf aus schwarzem Haar beschäftigt, dessen Besitzer momentan mit dem Gesicht voran zwischen meinen Knien gelandet ist.

Ernsthaft, könnte diese Nacht noch schlimmer werden?

3. KAPITEL

»Runter von mir!«, quieke ich und blinzle den Hinterkopf dümmlich an.

»Normalerweise gebe ich einer Frau einen Drink aus, bevor ich meinen Kopf zwischen ihre Beine stecke«, murmelt er. Seine tiefe Stimme wird vom Stoff meines Minirocks gedämpft. »Aber wenn du Lust drauf hast, Schätzchen …«

Mit einem Knurren schubse ich ihn grob von mir runter und schmunzle zufrieden in mich hinein, als er mit der Stirn gegen die Trennwand prallt.

»Verdammt!«, flucht er. »Wofür war das denn?«

»Musst du das wirklich fragen?«

Ich beobachte ihn misstrauisch, während er sich mit einem leisen Ächzen neben mir auf dem Sitz aufrappelt. Er hat die Augen fest zusammengekniffen, sodass ich ihre Farbe nicht erkennen kann. Aber ich ertappe mich dabei, wie ich im Dämmerlicht seine kantigen Gesichtszüge mustere: die hohen Wangenknochen, die unter seiner gebräunten Haut hervorragen; seine breite Kehle sowie die Hals- und Schulterpartie, von der jeder feste Muskelstrang bestens zu sehen ist, weil er den Kopf nach hinten gegen das Leder gelehnt hat; das dichte Haar …

»Kann ich dir irgendwie helfen?«

Ich zucke zusammen. »Wie bitte?«

»Du starrst mich an.«

Woher weiß er das?

Ich drehe ruckartig den Kopf nach vorn zur Trennwand und spüre, wie meine Wangen heiß werden. »Stimmt ja gar nicht.«

Ein leises Kichern dringt an meine Ohren. »Wie du meinst, Orchidee.«

»*Orchidee?*«, hake ich nach und schaue ihn wieder an, obwohl ich das eigentlich gar nicht will.

Er öffnet langsam ein Auge – es ist kristallblau, wie das ganze Karibische Meer in einer einzigen Regenbogenhaut –, um zu mir herüberzusehen. »Das lilafarbene Haar.«

Oh. Richtig.

Ich greife nach oben, um meine lavendelfarbenen Strähnen zu glätten, und fühle mich angesichts meiner aktuellen Farbauswahl ein wenig verunsichert. Letzten Monat war ich eine aschgraue Blondine. Davor war mein Haar marineblau. Davor … Ich erinnere mich nicht einmal mehr daran, wenn ich ehrlich bin. Meine natürliche Haarfarbe habe ich nicht mehr gesehen, seit ich alt genug war, um etwas dagegen zu unternehmen.

»Also, vor wem versteckst du dich?«, fragt er. Seine Worte klingen ein wenig undeutlich.

»Ähm …« Ich blinzle und bin vollkommen verwirrt. »Was?«

»Die Frage ist doch ziemlich einfach. Vor wem versteckst du dich?«

»Ich habe keine Ahnung, wovon du redest.«

Er starrt mich einfach nur an. In seinen Augen liegt trotz der Tatsache, dass sein Gehirn vermutlich in einer Pfütze Johnnie Walker schwimmt, ein aufmerksames Funkeln. Selbst durch einen Nebel aus Trunkenheit ist es nervenaufreibend, direkt in sie hineinzuschauen. Ich frage mich flüchtig, wie dieser Mann wohl wäre, wenn er die volle Kontrolle über seine geistigen Fähigkeiten hätte.

Ich denke, dass du das nicht herausfinden willst, Emilia.

Ich unterdrücke den Drang herumzuzappeln, setze eine gleichgültige Miene auf und erwidere seinen Blick kühn. Er mag denken, dass er mich einschüchtern kann, aber ich weigere mich, mich einschüchtern zu lassen. In meinem Kopf nehme ich ihn Stück für Stück auseinander, analysiere ihn und hoffe, dass ich einen fatalen Fehler entdecken werde. Einen Riss in seiner Rüstung.

Es ist ein zweckloses Unterfangen – selbst seine Unvollkommenheiten sind auf verstörende Weise attraktiv. Der kleine Hubbel auf seiner Nase lässt vermuten, dass er schon in die eine oder andere Kneipenschlägerei verwickelt war. Die kleine Narbe, die seine linke Augenbraue zweiteilt, verleiht seinem Gesicht, das ohne sie *zu* perfekt wäre, Charakter. Und wenn sein dunkles Haar zerzaust ist, dann liegt das nur daran, dass eine Frau die ganze Nacht lang mit den Fingern hindurchgefahren ist – zumindest vermute ich das, denn auf dem Kragen seines Hemds befindet sich ein greller Lippenstiftfleck.

Was für eine Frau hat diesen pinkfarbenen Kuss hinterlassen? Diese Frage drängt sich mir einfach auf, während ich ihn betrachte. *Was für eine Frau hat die Nacht mit ihm verbracht, ihre Finger in seinem Haar gehabt und ihre Lippen auf seine muskulöse Kehle gepresst? Was für eine Frau würde er sich aus einer Menge herauspicken und mit nach Hause nehmen, um sie vollkommen fertigzumachen?*

Vermutlich eine Bilderbuchblondine mit Modelmaßen und umwerfendem Haar. Ganz sicher keine lilahaarige Katastrophe mit verschmiertem Augen-Make-up und einer Figur, die darauf schließen lässt, dass ihre Mitgliedschaft im Fitnessstudio bestenfalls dazu da ist, ihr schlechtes Gewissen zu beruhigen.

»Hast du vor, meine Frage in nächster Zeit zu beantworten?«

Ich zucke zusammen. »Vielleicht würde ich das tun, wenn sie Sinn ergäbe. Ich verstecke mich vor niemandem. Und ich verstehe wirklich nicht, warum ein vollkommen Fremder auf so eine Idee kommen sollte.«

Er legt den Kopf zur Seite und mustert mich. Als er wieder spricht, klingt seine Stimme sanft. Beinahe nachdenklich. »Dein Haar.«

Ich greife nach oben und berühre die beleidigenden Strähnen. Für einen Augenblick bin ich so verblüfft, dass ich nichts erwidern kann.

»Das ist entweder eine Tarnung oder ein Ablenkungsmanöver«, murmelt er. »Ich versuche nur noch herauszufinden, was von beidem es ist.«

Ich reiße die Augen ein wenig weiter auf und schnaube. Ich bin mir nicht ganz sicher, warum ich das Bedürfnis verspüre, meine modischen Entscheidungen einem Fremden gegenüber zu rechtfertigen – ich bin mir nicht mal sicher, warum ich überhaupt Zeit damit verschwende, mit diesem Fremden zu *reden* –, aber irgendwie kann ich mich nicht davon abhalten. »Nur damit das klar ist, das ist kein persönliches Statement. Mir gefiel die Farbe. Interpretiere da nicht zu viel hinein.«

»Es gibt nur einen Grund, warum eine Frau, die so aussieht wie du, so etwas tut: Sie versteckt sich. Entweder vor sich selbst oder vor jemand anderem.«

»N… nein«, stammele ich und werde blass. »Das ist …«

»Die Leute sehen nur dieses auffällige Lila und machen sich gar nicht erst die Mühe, genauer hinzuschauen. Genau darum geht es doch, oder?«

Ich blinzle hektisch. »Hör zu, Freud, so sehr ich die Psychoanalyse auch zu schätzen weiß, kannst du sie gerne für dich behalten.«

»Es braucht keinen Seelenklempner, um zu erkennen, dass du ein soziales Chamäleon bist.«

»Ich bin kein *Chamäleon!*«, zische ich und spüre, wie mein Blutdruck steigt. »Und für die Zukunft kannst du dir merken, dass es allgemein als unhöflich angesehen wird, Menschen mit Tieren gleichzusetzen. Vor allem Menschen, denen man gerade erst begegnet ist und über die man nicht das Geringste weiß!«

Sein Mund zuckt. »Ich kenne deinen Typ. Du machst dich unsichtbar. Mit diesem Haar und dem starken Augen-Make-up und diesen billigen Klamotten ...«

Mein Mund klappt auf. »Nur zu deiner Information, dieses Outfit ist von Zara und ...«

»Schätzchen, mir ist vollkommen egal, wo du einkaufst.«

»Dann tu uns beiden einen Gefallen und behalte deine unerwünschten Meinungen für dich, Arschloch!«

»Du gehst ganz schön in die Defensive für jemanden, der behauptet, dass ich mit meiner Vermutung vollkommen danebenliege, findest du nicht?«

Ich balle die Hände zu Fäusten und bemühe mich um einen gleichgültigen Tonfall. »Ich gehe nicht in die Defensive. Ich habe einfach nur kein Interesse daran, mir eine tiefgründige, von Bourbon durchtränkte Analyse meines psychologischen Profils von einem betrunkenen Idioten anzuhören, der mich seit schätzungsweise fünf Minuten kennt.«

»Ich sage dir das nur wirklich ungern, aber ich habe dich schon nach etwa fünf *Sekunden* durchschaut, Liebes.«

Ich starre ihn eine Sekunde lang mit offenem Mund an, erhole mich aber schnell. »Bist du immer so arrogant?«

»Bist du immer so durchschaubar?«

»Du weißt gar nichts über mich!«

»Ich kenne Frauen.«

»Oh, da bin ich mir *sicher*.« Ich werfe einen sprechenden Blick auf den Lippenstiftfleck auf seinem Kragen. »Aber ich garantiere dir, dass ich nicht wie die Frauen bin, denen *du* bislang begegnet bist.«

Er zuckt mit den Schultern. »Jeder Swimmingpool hält sich für einen Ozean.«

»Und *ich* soll in diesem Szenario wohl der Swimmingpool sein, was?« Ich beiße mir auf die Unterlippe, um nicht empört aufzuschreien.

Er senkt den Blick zu meinem Mund und verweilt dort, ohne sich zu rühren. »Hör mal, nichts für ungut, aber jeder denkt, dass er ein großes Rätsel ist, das gelöst werden muss. Die Wahrheit ist jedoch, dass die meisten Menschen gar nicht so kompliziert sind.«

»Hast du diese Aussage gerade ernsthaft mit ›nichts für ungut‹ eingeleitet?« Ich knurre förmlich. »Willst du mich verdammt noch mal auf den Arm nehmen?«

»Ich bin im Allgemeinen nicht für meinen Humor bekannt.«

»Tja, *das* ist jetzt wirklich ein Schock!«

Leute mit seinem Aussehen – die genetisch Gesegneten sozusagen – entwickeln nur selten einen Sinn für Humor, weil sie sich im Gegensatz zu uns Normalsterblichen nicht um Anerkennung oder Zuneigung bemühen müssen. Sie bekommen das alles einfach von dem Augenblick an, in dem ihre perfekt geformten Gesichter Teil der irdischen Existenz werden.

Er zieht angesichts meines sarkastischen Tonfalls eine Augenbraue hoch, aber ich führe das nicht weiter aus. Ich habe nicht vor, sein eh schon gewaltiges Ego zu füttern, indem ich ihm mitteile, dass er wie ein griechischer Gott aussieht. Ich starre ihn einfach nur mit steinerner Miene an, schweige und wünsche mir, dass er sich in Luft auflöst.

»Weißt du …?« Er verzieht die Lippen auf einer Seite nach oben. »Frauen schauen mich normalerweise erst mit so viel Feindseligkeit im Blick an, *nachdem* ich ihnen mitgeteilt habe, dass ich kein Interesse daran habe, noch mal mit ihnen ins Bett zu gehen …«

»*Igitt!* Du bist ekelhaft.«

»Ekelhaft attraktiv?«

»Nein. Einfach nur ekelhaft. Auf der Liste mit Synonymen kannst du unter ›widerlich‹, ›abstoßend‹ und ›abscheulich‹ nachschlagen.«

»Du hast ›verabscheuungswürdig‹ und ›verachtenswert‹ vergessen.«

»Dazu wäre ich schon noch gekommen«, schnauze ich. »Glaub mir, die Liste ist sehr umfangreich.«

Seine Lippen zucken wieder, und in seinen Augen flammt Hitze auf. Sie wirken wie aufgehäufte Glut, die Funken sprühend zum Leben erwacht, als hätte ich darin gerade ein Streichholz entzündet. Ich muss wohl den Verstand verlieren, denn er sieht beinahe *zufrieden* aus, weil ich ihn mit mehr als nur ein paar blumigen Worten beleidigt habe. So als wären meine barschen Worte kein Angriff auf seinen Charakter, sondern eher …

Eine Herausforderung.

Ich straffe die Schultern, schüttele die seltsamen Gedanken ab und konzentriere mich auf meine aktuelle Situation. Ich weiß nicht, wie es ihm gelungen ist, aber in den letzten paar Minuten hat dieser Fremde es geschafft, mich so wütend zu machen, dass ich komplett vergessen habe, dass ich von einem Trupp bewaffneter Anzugträger in Gewahrsam genommen wurde. Ich weiß nicht, was ich zuerst tun will – ihm ins Gesicht schreien oder ihm diese selbstzufriedene Miene aus der Visage schlagen.

Doch leider kommt alles anders, denn bevor ich überhaupt irgendetwas tun kann … streckt er eine Hand über den Sitz aus, kommt mir damit viel zu nah und schnappt sich mit Daumen und Zeigefinger eine meiner lilafarbenen Strähnen. Ich erstarre.

Die Worte »Was zum Teufel machst du da?« liegen mir auf der Zunge, aber ich kann sie aus irgendeinem Grund nicht aussprechen. Tatsächlich scheine ich gar nichts unternehmen zu können, außer dazusitzen und ihn im Dämmerlicht anzustarren. Und zu warten.

Mit einer bewussten Geste, die dafür sorgt, dass ich die Augen aufreiße und mein Herz ins Stocken gerät, streicht er langsam an der Strähne entlang nach unten. Dabei bewegt er die Finger mit überraschender Sanftheit, während er an dem gelockten Haar zieht, um es zu seiner vollen Länge zu strecken. Ich bewege mich nicht. Ich atme nicht mal. Als er endlich das Ende der Strähne erreicht, schaut er zu mir hoch.

»Weißt du, Orchidee …« Das Schmunzeln kehrt zurück und wird von einem tiefen, heiseren Tonfall begleitet, der zur Folge hat, dass sich meine Kehle zuschnürt. Er lehnt sich vor, als würde er mir ein Geheimnis anvertrauen wollen. »Ich habe gern ein wenig Farbe in meinem Leben.«

Ich ignoriere mein rasendes Herz und meine brennenden Wangen und schlage seine Hand weg. Die Locke springt zurück nach oben in Richtung meiner Brüste.

»Behalt deine Hände bei dir, Johnnie.«

»*Johnnie?*«

»Ja. Wegen Johnnie Walker. Wegen des Bourbons. Wegen des Gestanks, der aus jeder deiner Poren dringt«, erkläre ich süßlich und deute auf ihn. »Du hast schließlich mit den Spitznamen angefangen.«

Er lacht nicht. Er lächelt nicht einmal. In seinem Blick liegt keinerlei Belustigung. Nur reine, abschätzende Aufmerksamkeit, während er dasitzt und mich dabei beobachtet, wie ich ihn beobachte. Er lässt seinen vom Alkohol verklärten Blick über meinen Körper wandern und nimmt sich die Zeit, jede Einzelheit zu begutachten. Das sorgt dafür, dass mein Puls unter meiner Haut gefährlich in die Höhe schnellt. Ich bin mir nicht sicher, ob ihn der Alkohol enthemmt hat oder ob er sich einfach *immer* so verhält, selbst wenn er nüchtern ist. Zumindest momentan strahlt er reine sexuelle Anziehungskraft und pures männliches Anspruchsdenken aus.

Ich muss nur einen Blick auf ihn werfen, um zu erkennen, dass er der perfekte Spieler ist. Ein Mann, der die Karten so gekonnt mischt, dass man gar nicht weiß, wie einem geschieht. Und eh man sich's versieht, befolgt man plötzlich seine Regeln und jagt den Würfeln nach, die er wirft. Denn man will ihm unbedingt beweisen, dass man nicht nur eine weitere Tussi ist, die er benutzen und dann fallen lassen kann.

Ich bin solchen Männern schon zuvor begegnet. Spielern. Vielleicht nicht welchen seines Kalibers, aber ganz sicher Männern, die auf dem Gebiet Laien waren, auf dem er ein Profi ist. Sie treiben sich in jedem dunklen Pub und in jedem Seminarraum auf dem College herum. Man muss nur nach dem attraktivsten Mann im Raum Ausschau halten, nach dem, der diese berauschende Mischung aus Selbstvertrauen und Herablassung auszustrahlen scheint … und sie wie eine Waffe gegen jede Frau einsetzt, die seinen Weg kreuzt, damit er sie mit geradezu skrupelloser Effizienz erobern kann.

Tja, ich habe keine Lust auf Spielchen. Weil ich nur zu gut weiß, worauf das hinausläuft, wenn es um Männer wie ihn geht …

Das Haus gewinnt immer.

»Da ist schon wieder dieser vernichtende Blick«, sagt er, als würde er mit sich selbst sprechen. »Das dürfte lustig werden.«

»Verzeihung?«

»Wusstest du, dass dein Gesicht all deine Gedanken preisgibt? Gerade bereitest du dich offensichtlich darauf vor, mir eine Standpauke zu halten. Spuck schon aus, was du sagen willst, ich habe nicht die ganze Nacht Zeit.« Er hält inne. »Eigentlich habe ich doch die ganze Nacht Zeit. Aber das bedeutet nicht, dass ich sie damit verbringen will, mir diese umfangreiche Liste mit Unzulänglichkeiten anzuhören, die du in unserer kurzen gemeinsamen Zeit zusammengestellt hast.«

Uff! Der Kerl hat vielleicht Nerven …

Ich versuche, die richtigen Worte zu finden, doch es fällt mir schwer. Ich bin nervöser, als ich zugeben will. Dieser Mann hat einfach etwas an sich, das in mir alle möglichen Emotionen gleichzeitig auslöst: Abscheu, Verwirrung, Neugier – das alles kocht gleichermaßen in mir hoch und versetzt mein Blut in Wallung, bis ich kaum noch Luft bekomme.

»Die Zeit läuft, kleine Orchidee«, sagt er gedehnt und stachelt mich an. »Mir tut langsam der Nacken weh, weil ich die ganze Zeit zu dir hochstarren muss, während du auf deinem hohen Ross sitzt.«

Das reicht.

Er will eine Standpauke?

Gut.

Die kann er haben.

»Du hast gesagt, dass du meinen Typ kennst, richtig?« Ich ziehe die Augen zusammen und fixiere ihn. »Tja, ich kenne deinen auch. Du bist ein Meister darin, Leute zu manipulieren. Ein herzloser Spieler. Du würdigst Frauen herab, damit du dich selbst erhabener fühlst. Du bringst dich mit kleinen gönnerhaften Kommentaren ganz bewusst in eine Machtposition. Du gibst dich überlegen, weil du weißt, dass du dadurch unerreichbar wirkst. Und Frauen mögen nichts lieber als einen

Mann, den sie nicht haben können, richtig?« Meine Stimme wird kalt. »Aber die Sache ist die: Wenn du tatsächlich ein Mann wärst, der es wert wäre, dass man seine Zeit mit ihm verbringt, müsstest du dich nicht so sehr anstrengen, um die Leute dazu zu bringen, dir das zu glauben. Du müsstest andere Leute nicht auseinandernehmen, um dich großartig zu fühlen.« Ich lehne mich nach vorn und atme schwer. »Mein Haar mag eine Methode sein, um mich zu verstecken, mein Gesicht mag meine Gefühle preisgeben … aber *du* – du bist nur Schall und Rauch. Du hast eine große Klappe, aber nichts dahinter. Und ich durchschaue dich ohne Probleme.«

Ich rechne damit, dass er zusammenzuckt. Dass er vor der Beleidigung zurückweicht. Dass er mich böse anstarrt oder etwas erwidert, das sogar noch scheußlicher ist. Stattdessen … tut er etwas Unerwartetes. Etwas, das mich vollkommen verwirrt.

Er lächelt.

Er *lächelt* tatsächlich, als hätte ich ihn ernsthaft amüsiert. Ich sehe makellose weiße Zähne aufblitzen, die einen großen Bissen aus meinem pochenden Herzen reißen. Dann lehnt er sich ohne ein weiteres Wort auf dem Sitz zurück, neigt den Kopf nach hinten und schließt die Augen.

Für ihn ist diese Unterhaltung eindeutig beendet.

Er ist fertig mit mir.

Ich weiß nicht, warum mich das so sehr überrascht.

Ich weiß nicht, warum ich deswegen so seltsam enttäuscht bin.

Ich weiß nicht, warum ich mich nun, da ich ihm all diese wütenden Worte an den Kopf geworfen habe, so leer fühle.

Ich schlucke schwer, schaue nach vorn und rufe mir ins Gedächtnis, dass ich gerade weitaus größere Probleme habe, um die ich mich kümmern muss. Allen voran die Tatsache, dass ich immer noch auf dem Rücksitz eines SUV eingesperrt bin und mitten in der Nacht über eine mir unbekannte Straße rase.

Oder hast du vergessen, dass du gegen deinen Willen mitgenommen wurdest? Dass sie deinem besten Freund eins mit der Pistole übergezogen und ihn dann blutend in einer dunklen Gasse zurückgelassen haben? Dass du, so gern du es auch leugnen würdest, eine ungute Ahnung hast, wer genau diesen Männern den Befehl erteilt hat, dich aus deinem Leben zu reißen und in ein Auto zu verfrachten, das mehr als deine jährlichen Studiengebühren kostet?

Konzentriere dich darauf, Emilia.

Und ... ignoriere ihn.

4. KAPITEL

Wir fahren lange Zeit schweigend durch die Nacht.

Ich stelle schon sehr bald fest, dass es nicht leicht ist, den Mann, der im Dämmerlicht neben mir sitzt, zu ignorieren. Ich habe mich dicht an die Türverkleidung gepresst, um so weit weg von ihm zu sein, wie es mir körperlich möglich ist, aber er scheint trotzdem den ganzen Raum im Auto einzunehmen. Seine Anwesenheit lässt sich nicht einfach auslöschen. Es ist, als hätte er die chemische Zusammensetzung jedes einzelnen Luftmoleküls verändert, das in meine Lunge eindringt, als hätte er meine Sinne umgarnt, um das Einzige zu sein, was sie noch wahrnehmen können.

Mach dich nicht lächerlich, Emilia.

Mit beträchtlicher Mühe zwinge ich mich dazu, unsere seltsam aufgeheizte Unterhaltung in meinem Kopf nicht immer und immer wieder abzuspulen. Stattdessen konzentriere ich meine Gedanken auf die Dinge, die wirklich wichtig sind – nämlich von hier zu verschwinden und ein paar Antworten zu erhalten. Nicht notwendigerweise in dieser Reihenfolge.

Vielleicht ... Ich werfe einen Blick zu meinem Mitgefangenen und stelle fest, dass er die Augen immer noch geschlossen hält. Ich frage mich, ob er das Bewusstsein verloren hat. *Vielleicht weiß er etwas ...*

Allein bei der Vorstellung, auch nur den Versuch zu unternehmen, eine weitere Unterhaltung mit ihm zu führen, verziehe ich das Gesicht. Schließlich ist unser letztes Gespräch nicht gerade reibungslos verlaufen. Aber meine Optionen sind begrenzt. Er mag ein totales Arschloch sein, aber er ist auch der einzige Verbündete, den ich gerade habe. Der einzige Mensch, der mit mir in dieser absurden Situation feststeckt.

Also selbst wenn ich ihn gerne für den Rest aller Zeiten ignorieren würde ... Falls auch nur die geringste Chance besteht, dass er etwas weiß ...

Muss ich ihn fragen.

Ein paar weitere Minuten vergehen in Schweigen, bis ich endlich all meinen Mut zusammennehme, ihn anzusprechen. Ich räuspere mich ganz leicht, um die Stille zu durchbrechen. »Hör mal, wir beide hatten zweifellos einen schlechten Start ...«

Er schnaubt.

Okay. Dann hat er eindeutig nicht das Bewusstsein verloren.

»Hör zu, wir müssen keine Freunde werden, aber ...«

»Wow«, sagt er affektiert. »Das trifft mich. *Zutiefst.*«

Ich beiße die Zähne zusammen und ignoriere seine alberne Bemerkung. »Weißt du zufällig, was wir hier machen? Warum diese Leute uns geschnappt haben?«

»Warum sie *mich* geschnappt haben? Ja.« Er hält inne. »Bei *dir* bin ich mir nicht so sicher.«

»Was zum Teufel soll das heißen?«

»Es bedeutet, du Nervensäge, dass ich weiß, warum *ich* jetzt gerade in diesem Auto sitze. Aber deine Anwesenheit ist und bleibt mir ein Rätsel.« Er öffnet endlich die Augen und schaut blitzartig zu mir herüber, um mich mit seinem Blick festzunageln. »Also bin ich, was das betrifft, genauso neugierig wie du.«

»Was meinst du damit?«

»Wer bist du?«

Ich versteife mich. »Niemand. Ich bin niemand.«

»Das bezweifle ich doch stark.«

Ich versuche, den Blick abzuwenden, aber seine Augen – diese blauen, blauen, blauen Augen – halten mich gefangen.

»Du wärst nicht in diesem Auto, wenn du ein Niemand wärst. Also ... *Wer bist du?*«, fragt er erneut und deutlich ungeduldiger. »Eine Freundin von Chloe? Octavias neue Assistentin? Geralds lang verschollene Nichte?«

»Wovon zum Teufel redest du da?« Ich schlucke schwer und hoffe, so ein wenig von der Panik zu vertreiben, die in meiner Brust aufsteigt. »Hör zu, hier muss ein Irrtum vorliegen. Ich sollte gar nicht hier sein. Ich kenne keine dieser Personen, die du gerade erwähnt hast. Ich bin niemand von Bedeutung.«

Er hebt abwehrend die Hände und lehnt sich dann wieder gegen den Sitz, um erneut die Augen zu schließen. »Wie du willst.«

Ich drehe meinen Körper von ihm weg, verschränke die Arme vor der Brust und starre eisern auf die getönte Scheibe.

Tja, das war ein totaler Fehlschlag ...

Wir fahren weiter, und nur das Geräusch der Reifen auf der Straße durchbricht die Stille zwischen uns. Es ist so ruhig, dass ich jeden seiner gleichmäßigen Atemzüge hören kann. Ihn scheint unsere Situation nicht sonderlich zu beunruhigen. Tatsächlich wirkt er sogar regelrecht entspannt. Er stellt einen ärgerlichen Gegensatz zu meinem eigenen verängstigten Zustand dar.

»Wie kannst du so ruhig sein?«, schnauze ich, nachdem eine weitere Minute in vollkommenem Schweigen vergangen ist, und schaue wieder zu ihm hin, obwohl ich mir alle Mühe gebe, es nicht zu tun.

Er öffnet nicht einmal die Augen.

»Hallo? Kannst du mich hören? Oder hast du so viel Alkohol intus, dass du ins Koma gefallen bist?«

Der einzige Hinweis darauf, dass er mir zuhört, ist das leichte Zucken seiner Lippen, die sich zu einem Schmunzeln verziehen.

»Wir müssen uns eine Strategie überlegen. Ich denke, dass wir zusammen eine Chance haben könnten, diese Männer zu überwältigen, wenn sie die Tür öffnen. Wenn wir ...«

Er schnaubt – *laut* – und öffnet endlich die Augen. »Ist das dein Ernst?«

»Natürlich ist das mein Ernst!«

»Schätzchen, es war eine lange Nacht. Eine Nacht, in der ich mich eigentlich hemmungslos betrinken wollte, um all den Mist zu vergessen, der heute passiert ist. Stattdessen stecke ich hier nun mit einer durchgeknallten lilahaarigen Elfe fest, die entweder wirklich unterbelichtet ist oder einfach nur so tut. Und zu allem Überfluss ist mir auch noch der Bourbon ausgegangen. Was bedeutet, dass mir schon sehr bald ein gewaltiger Kater bevorsteht.« Er schließt einmal mehr die Augen. »Also nein. Ich werde mir mit dir keine ›Strategie überlegen‹. Ich werde schlafen, und wenn ich aufwache, wird dieser ganze verfluchte Tag hoffentlich nur ein Albtraum gewesen sein. Dich eingeschlossen.«

Lilahaarige Elfe?

Albtraum?

Gott, er ist so ein Arschloch. Ich hätte wissen sollen, dass er in etwa so nützlich wie ein Handy mit leerem Akku sein würde. Aber ich werde mich von seiner pessimistischen Einstellung nicht anstecken lassen. Wenn er sich nicht zusammen mit mir wehren will ... werde ich es eben einfach selbst machen müssen.

Wut brennt in mir wie Feuer, als ich mich der Trennwand

zuwende und anfange, mit beiden Fäusten darauf einzuhämmern. Ich lege meinen ganzen Zorn in jeden Schlag.

»LASST MICH HIER RAUS!«

Ich hämmere und hämmere, bis meine Hände wund sind und wehtun.

Ein Dutzend Schläge.

Fünfzig.

Einhundert.

»LASST! MICH! RAUS!«

Meine heiseren Schreie werden von den Schlägen untermalt, mit denen ich mich immer stärker selbst verletze. Meine Muskeln schmerzen von der Anstrengung, aber ich höre nicht auf.

»WO BRINGT IHR UNS HIN?«

Eine wütende Träne rinnt über meine Wange. Ich halte nicht inne, um sie wegzuwischen.

»IHR VERDAMMTEN MISTKERLE!«

Er bewegt sich so schnell, dass ich ihn gar nicht kommen sehe. In einem Moment hämmere ich noch gegen die Trennwand, im nächsten drückt er mich fest an seine breite Brust und umfasst meine Handgelenke mit seinen kräftigen Händen. Mein Hintern ruht fest auf seinen unnachgiebigen Oberschenkeln. Ich versuche, mich loszureißen, aber seine Arme sind wie Stahlbänder. Man würde eine Ladung Sprengstoff benötigen, um mich aus seiner Umklammerung zu befreien.

Als sein Mund auf mein Ohr trifft, verfalle ich in vollkommene Schockstarre. Ich wage es nicht einmal zu atmen und sitze wie angewurzelt da – ein hilfloser Vogel zwischen den Pranken eines Löwen.

Eine falsche Bewegung und er könnte mich in Stücke reißen.

»Das reicht«, befiehlt er in einem leisen Tonfall, der irgendwie jeglicher Sanftheit entbehrt – wie das Flüstern einer scharfen Klinge, die zwischen zwei Rippen dringt. Ich winde mich, aber er lässt mich nicht los. Tatsächlich zieht er mich nur noch fester an sich, bis ich jede wundervolle Vertiefung seiner Brust dicht an meinem Rücken spüren kann. Aus dieser Nähe ist sein Duft – alter Zigarettenrauch und teurer Bourbon und etwas Würziges, das ich nicht so richtig benennen kann – berauschend genug, um meinen Kopf schwirren zu lassen.

»Lass mich los«, zische ich mit zusammengebissenen Zähnen.

»Das werde ich, wenn du dich bereit erklärst, dich nicht mehr selbst zu verletzen.«

»Mich selbst zu verletzen? Ich versuche, uns aus diesem Schlamassel zu befreien.«

»Schätzchen, wir kommen hier nicht raus.«

»Du hast es ja nicht mal versucht!«

»Es gibt da etwas, das du über mich wissen solltest …« Seine Nase streift seitlich meinen Hals, und ich versuche, nicht zu erschaudern. »Ich gebe mir keine Mühe, wenn ich weiß, dass es nichts bringt. Ich stecke meine Energie lieber in … *aussichtsreichere* … Unterfangen, bei denen ich davon ausgehen kann, dass das Ergebnis zufriedenstellend sein wird. Für alle Beteiligten.«

Meine Oberschenkel ziehen sich unwillkürlich zusammen. Ich hätte nie gedacht, dass das Wort »aussichtsreich« so verdammt sexy sein könnte.

Das war eindeutig ein Irrtum.

»Hör mir jetzt gut zu«, blaffe ich. »*Dich* mag die Tatsache, dass wir hier drinnen gefangen sind, vollkommen kaltlassen. Aber vermutlich werden uns diese Leute an Zuhälter verkaufen, die uns dann zur Prostitution zwingen. Oder an internationale Organhändler. Oder … an irgendwelche anderen illegalen Geschäftemacher, über die Netflix in den kommenden Monaten zweifellos eine Dokumentation herausbringen wird …«

Er schnaubt.

Ich ignoriere das Geräusch. »Und *ich* habe mich noch nicht damit abgefunden, vor meinem einundzwanzigsten Geburtstag zu sterben. Also lass mich los. *Sofort.*«

»Erst zwanzig«, murmelt er. Ich spüre seinen warmen Atem auf meiner Haut. »So jung. Und so naiv.«

»Im Gegensatz zu dir, der du dank deines hohen Alters abgeklärt und weise bist?« Ich schnaube verbittert. »Wie alt bist du? Fünfundzwanzig? Sechsundzwanzig?«

»Auf jeden Fall zu alt für dich.«

»Das passt perfekt, da ich nicht in einer Million Jahren an dir interessiert wäre«, zische ich vernichtend. »Und jetzt lass mich los. Ich meine es ernst.«

»Sonst was?« Der Anflug von Belustigung in seinem Tonfall verrät mir, dass er diesen verbalen Schlagabtausch genießt.

Ich spanne den Kiefer an. »Werde ich … Werde ich …«

»Schreien wie am Spieß? Dir deine winzig kleinen Fäuste wund schlagen?« Er lacht wieder, und ich kämpfe gegen den Drang an, ihm eine Kopfnuss zu verpassen. »Weil das ja bislang *so* wunderbar funktioniert hat.«

»Du Ausgeburt der Hölle.«

»Du kennst mich doch gar nicht.«

»Und dafür bin ich wirklich dankbar«, schnauze ich. »Jetzt lass mich los.«

»In einer Minute. Sobald du dich beruhigt hast.«

Ich winde mich erneut, aber es ist nur ein halbherziger Versuch. Dadurch gelingt es mir lediglich, mich noch fester auf seinem Schoß zu verkeilen. Selbst in seinem halb betrunkenen Zustand ist er sehr viel stärker als ich.

Zum Teufel damit.

Zum Teufel mit ihm.

Entgeistert erkenne ich, dass es nur einen Ausweg aus diesem Dilemma gibt. Ich atme scharf aus und konzentriere mich darauf, meinen rasenden Puls zu beruhigen.

Atme, Emilia.

Atme einfach.

Einen Moment lang sitzen wir einfach nur da – zwei Fremde, die im Dämmerlicht fest aneinandergepresst sind. Sein Körper umgibt meinen wie ein stählerner Handschuh. Ich versuche, mich nach und nach zu beruhigen, indem ich mich auf den Rhythmus meiner Atemzüge konzentriere und ihr Tempo an seine anpasse. Und auch wenn es total verrückt ist … auch wenn der Mann an meinem Rücken wahrscheinlich die größte Nervensäge ist, die mir je begegnet ist … spüre ich zum ersten Mal in dieser Nacht, zum ersten Mal, seit ich die Nachricht über die Lancasters erfahren habe … wie die Panik, die durch meine Adern rauscht, ein wenig nachlässt und durch das Aufwallen einer anderen Emotion gedämpft wird. Jeglicher Kampfgeist verlässt mich, und an seine Stelle tritt …

Keine Ruhe.

Keine Gelassenheit.

Keine Vernunft.

Mein Herzschlag, der sich eigentlich verlangsamen sollte, nimmt wieder Fahrt auf. Das Tempo meiner Atemzüge nimmt zu und wird immer schneller, um sich an die warme ausgeatmete Luft anzupassen, die ich an meinem Hals spüre. Ganz unwillkürlich schmiege ich mich ein wenig dichter an seine Brust. Ich spüre, wie sich seine festen Muskeln unter mir anspannen, und sofort schießt ein unerwünschter Schwall aus Erregung direkt zwischen meine Beine.

Oh Gott.

Oh nein.

Das darf nicht wahr sein.

Die Schwingungen in der Luft verändern sich, während sich eine Art der Anspannung so schnell in eine andere verwandelt, dass ich den genauen Augenblick, in dem ich mich in seiner Umklammerung plötzlich nicht mehr wie eine Gefangene fühle, gar nicht benennen kann. Das Ganze verläuft so subtil, dass ich nicht beurteilen kann, in welcher Sekunde sich sein Griff von zwanghafter Kontrolle in etwas … ganz anderes verwandelt.

Was zum Teufel soll das, Emilia?

Du hasst diesen Typen, erinnerst du dich?

Ich höre, wie er scharf einatmet, und weiß, dass er es ebenfalls spürt – diese neue Spannung zwischen uns. Er bewegt die Finger an meinen zerbrechlichen Handgelenken, als würde er um Kontrolle ringen. Nicht über mich, denn ich habe schon längst aufgehört, Widerstand zu leisten.

Sondern über sich selbst.

»Verrate mir deinen Namen«, murmelt er und durchbricht damit die Stille. In seiner Stimme liegt eine neue Dringlichkeit, die zuvor nicht da war. »Verrate mir, wer du bist.«

Ein waghalsiger Teil von mir will ihm etwas Verrücktes zuflüstern – *Für dich werde ich die sein, die du haben willst* –, nur um zu sehen, wie er reagieren würde. Um ihn vor eine Herausforderung zu stellen und zu sehen, ob er sie meistern kann. Um ihn dazu zu bringen, seine fähigen Hände zu benutzen und damit all die wütenden Gefühle auszulöschen, die durch mein Blut rauschen, bis nur noch besinnungslose Leidenschaft übrig ist.

»Das habe ich dir doch bereits gesagt«, zwinge ich stattdessen als Antwort über meine Lippen. »Ich bin niemand.«

»Warum fällt es mir so schwer, das zu glauben?«

»Keine Ahnung. Vielleicht weil dein IQ sogar noch niedriger als deine Ansprüche ist, sofern der Lippenstiftfleck auf deinem Kragen diesbezüglich irgendwelche Hinweise liefert?«

»Ist da jemand eifersüchtig?«

»Davon träumst du wohl.«

»Mmm.« Seine Nase streift erneut meine Kehle, und ich spüre, wie mein Magen Purzelbäume schlägt. »Ich habe eine sehr lebhafte Fantasie ...«

»Du bist abscheulich«, informiere ich ihn mit einer Stimme, die sehr viel überzeugender klingen würde, wenn sie nicht so verdammt hauchig wäre. »Und jetzt lass mich los.«

Er erwidert nichts, aber seinen Griff lockert er auch nicht.

»Du hast gesagt, dass du mich gehen lassen würdest, wenn ich mich beruhigt habe.« Ich schlucke schwer. »Jetzt bin ich ruhig.«

»Bist du das?«

»*Ja.*«

Er streicht mit den Daumen über die papierdünne Haut, die die Venen in meinen Handgelenken bedeckt, und ich spüre, wie mein Herz als Reaktion darauf einen Schlag aussetzt. »Warum kann ich dann fühlen, wie dein Puls hämmert?«

»Mein Puls neigt zum Hämmern, wenn ich wütend bin.«

»Mhm.«

Ich beiße die Zähne zusammen und ringe darum, die Kontrolle über meinen verräterischen Körper zurückzuerlangen. Ehrlich gesagt hört er mittlerweile gar nicht mehr auf mein Gehirn. Er scheint seine Anweisungen nun von einem ganz anderen Organ entgegenzunehmen. Ein Organ, das südlich der Grenze liegt und vollkommen andere Prioritäten hat.

Verdammt, verdammt, verdammt.

Ich atme ein, um mich zu sammeln, und suche fieberhaft nach einem Fluchtplan, um dieser zunehmend heiklen Situation zu entkommen. »Schön. Dann lass mich eben nicht los.« Ich zucke mit den Schultern. »Aber nur schon mal als Warnung, ich werde mich gleich übergeben.«

»Wird dir vom Autofahren schlecht?«

»Nein. Aber die Tatsache, dass ich so fest an dich gedrückt bin, ruft bei mir Übelkeit hervor.«

Er lacht leise. »Tatsächlich?«

»Ja.«

Er hält sehr lange inne. Als sein Flüstern an mein Ohr dringt, spüre ich, wie meine Körpertemperatur ansteigt.

»*Lügnerin*.«

Mir fällt keine Erwiderung darauf ein, denn, nun ja ... er hat nicht ganz unrecht. Die Wahrheit ist, dass ich aufgrund der Tatsache, dass ich fest an diesen Mann gedrückt bin, viele Dinge verspüre, und *Übelkeit* gehört nicht dazu. Falls ich fiebrig bin, liegt das allein an meinem Verlangen.

Emilia, was zum Teufel machst du da? Lass dich nicht von deinen Hormonen steuern und konzentriere dich wieder auf die Realität!

Mit einer verzweifelten Bewegung rutsche ich zur Seite und gleite aus seinen Armen auf den Sitz. Zumindest versuche ich es. Irgendwie unterschätze ich in meiner Eile, von ihm wegzukommen, wie nah sich unsere Körper tatsächlich sind. Als ich nach links rutsche, sorgt die Bewegung dafür, dass mein Hintern vollständigen Kontakt zu der Naht an seiner Hose erhält ... und zu der nicht zu leugnenden Beule, die sich darunter befindet.

Die Berührung lässt uns beide erstarren.

Heilige.

Scheiße.

Das bloße Gefühl, ihn durch den Stoff meines Rocks zu spüren, jagt eine Schockwelle durch meinen Körper, die heftig genug ist, um auch noch die letzten Reste meiner Kontrolle in Fetzen zu reißen. Ich brauche meine ganze Willenskraft, um aufrecht sitzen zu bleiben und die Anspannung in meinen Muskeln aufrechtzuerhalten, denn jedes Atom in meinem Körper verlangt schreiend danach, dass ich das genaue Gegenteil tue. Mein Herz pocht so laut, dass ich mir sicher bin, dass er es an der Schlagader in meinem Hals hören kann.

Ich hasse die Tatsache, dass ein Mann, dem ich nie zuvor begegnet bin, so schnell so heftige Auswirkungen auf mich hat. Ich hasse die Tatsache, dass er sich mir gegenüber bislang nur wie ein Idiot verhalten hat, dass die Welt um uns herum zusammenbricht und dass trotz alledem … Verlangen in meinen Venen pocht wie ein unermüdlicher Trommelrhythmus.

Ich hasse es.

Ich hasse das hier.

Ich hasse ihn.

Also … was sagt es über mich aus, dass ich jetzt gerade erregter bin als je zuvor in meinem Leben?

Mit dir stimmt etwas ganz gewaltig nicht. Das sagt es über dich aus, Emilia.

Er atmet angestrengt. Mir geht es ähnlich. Der Augenblick dehnt sich immer weiter aus, keiner von uns sagt ein Wort, keiner von uns bewegt auch nur einen Muskel. Ich habe das Gefühl, dass er mich widerstandslos gehen lassen würde, wenn ich jetzt versuchen sollte, mich zurückzuziehen.

Also warum kann ich mich nicht vom Fleck rühren?

»Bitte«, murmle ich schließlich. Was ich eigentlich sagen will, ist: »Bitte lass mich los.« Aber irgendwie gelingt es mir nicht, den Rest der Worte auszusprechen. Aus irgendeinem unbegreiflichen Grund … klingt meine Bitte so, als würde ich um eine ganz andere Art von Erlösung flehen.

»Bitte *was*, Orchidee?« Seine Stimme ist beinahe ein Knurren.

Ich presse die Lippen fest zusammen, um den kleinen Laut zurückzuhalten, der aus einem düsteren, gefährlichen Ort in meinem Inneren aufsteigt, dessen Existenz ich mir nicht eingestehen will. Ein Ort, der liebend gern zulassen würde, dass sich dieser Fremde auf diesem dunklen Rücksitz alles von mir nimmt, was er haben will. Vermutlich würde das der aufregendste Sex meines langweiligen, durchschnittlichen Lebens sein.

Herrgott, Emilia. Du wurdest entführt, die Welt steht kurz vor dem Zusammenbruch … und du denkst darüber nach, Sex mit einem Mann zu haben, den du verabscheust?

Er bewegt seine Lippen wieder an mein Ohr, und ich stöhne förmlich, als sein warmer Atem mein empfindliches Ohrläppchen streift. »Du hattest recht, weißt du? Mit dem, was du vorhin gesagt hast …«

Ich blinzle begriffsstutzig.

Was habe ich gesagt?

Ehrlich gesagt, bin ich mir nicht mehr sicher, dass mich das jetzt noch kümmert …

»Ich *bin* ein herzloses Arschloch«, flüstert er unverblümt. »Und du tätest gut daran, das nicht zu vergessen.«

Bevor ich etwas erwidern kann, löst er sich ruckartig von mir. Sobald er die Hände von meinen Handgelenken löst, verflüchtig sich der Nebel des Verlangens aus meinem Kopf. Umgehend kehrt mein Verstand zurück und mit ihm steigt brennende Scham in mir auf, die ich angesichts meiner eigenen Schwäche verspüre.

Genau das passiert, wenn du zulässt, dass die Hormone die Gewalt über dein Gehirn übernehmen, Närrin …

Mein Gesicht ist unfassbar heiß, als ich unbeholfen von seinem Schoß und zurück auf den Sitz krabbele. Ich ziehe mich so weit von ihm zurück, wie es mir unter diesen beengten Platzverhältnissen möglich ist. Doch es nützt nichts – selbst wenn ich mich an die harte Plastikverkleidung der Tür drücke, kann ich immer noch seine Hände an meinen Handgelenken spüren, seinen Atem an meinem Hals, seine Hitze an meinem Rücken, seine harte Erektion …

Nein!

Nein.

Denk nie wieder darüber nach.

Doch es hat keinen Zweck. Jedes Atom in meinem Körper summt immer noch, weil es mit heftiger sexueller Energie aufgeladen ist, und das trotz der Verlegenheit, die sich in meiner Brust breitmacht.

Er hat nur mit dir gespielt, rede ich mir streng ein. Und du hast zugelassen, dass er dich wie eine verdammte Mundharmonika spielt.

Theoretisch bin ich klug genug, um zu wissen, dass Männer wie er nur Ärger bedeuten. Vielleicht würden dabei für mich ein paar umwerfende Orgasmen herausspringen, aber Ärger würde ich mir trotzdem einhandeln, wenn ich mich auf ihn einließe. Leider ist es in der Realität sehr viel schwerer, die Sehnsucht zu ignorieren, die sich in meinem Blutkreislauf ausbreitet wie eine tödliche Dosis Heroin.

Ich muss ihn nicht anschauen, um zu wissen, dass er mich beobachtet. Das Gewicht seines unerschütterlichen Blicks reizt meine Nervenenden. Ich hoffe, dass er im Dämmerlicht nicht sehen kann, wie rot meine Wangen sind, sind sie doch der Beweis dafür, wie gründlich es ihm gelungen ist, mir innerhalb weniger Augenblicke unter die Haut zu gehen.

»Hör auf, mich so anzustarren«, flüstere ich und behalte den Blick stur geradeaus gerichtet.

Eine sehr lange Pause entsteht. »Wie denn?«

»Als würdest du versuchen zu erraten, welche Farbe meine Unterwäsche hat.«

»Schätzchen, da muss ich nicht raten. Dieser Rock ist so

kurz, dass ich mich nur vorbeugen müsste, um es herauszufinden.«

Ich verdrehe die Augen so heftig, dass ich überrascht bin, dass sie nicht an der Rückseite meines Schädels stecken bleiben. »Ehrlich gesagt war ja klar, dass ich von all den Leuten, mit denen ich hätte entführt werden können, ausgerechnet mit jemandem wie dir hier in diesem Auto landen musste ...«

»Ich nehme das als Kompliment.«

»Dazu besteht nicht der geringste Anlass.« Ich schüttle den Kopf und senke die Stimme zu einem mürrischen Murmeln. »Offenbar war der Schreck, von muskelbepackten Männern in schlecht sitzenden Anzügen gepackt und in einen SUV verfrachtet zu werden, als wäre das hier eine Szene aus einem schlechten James-Bond-Film, noch nicht traumatisierend genug. *Nein!* Die wahre Folter besteht in einer einstündigen Autofahrt in Gesellschaft eines unerträglichen Alphamännchens, das einen Komplex von der Größe der königlichen Schatzkammer hat.«

»Weißt du, das ist nicht das Einzige, was bei mir die Größe der königlichen Schatzkammer ...«

»Du bist ekelhaft.«

»Witzig, als du dich eben auf meinem Schoß gerekelt hast, habe ich von dir noch ganz andere Signale empfangen.«

»Du meinst, als du mich ohne meine Einwilligung begrapscht hast? Das hat nichts mit Anziehungskraft zu tun. So was nennt man Übergriff.«

Die Luft um uns herum wird so still und so angespannt, dass ich beinahe einknicke und zu ihm hinüberschaue. Wann immer ich ihn bisher beleidigt habe, hat ihn das völlig kaltgelassen. Dieses Mal habe ich jedoch eindeutig einen Nerv getroffen, denn als er die Sprache wiedergefunden hat, liegt keinerlei neckische Absicht mehr in seiner Stimme. Stattdessen klingt sie beinahe wie ein wütendes Knurren.

»Ich habe dich nur festgehalten, weil du dich selbst verletzt hast wie ein Kind, das einen Wutanfall hat. Was danach passiert ist und wie du auf mich reagiert hast – das war etwas anderes. Wenn du es in deinem Kopf so drehen willst, als hättest du es nicht auch gespürt, dann ist das dein gutes Recht. Aber rede nicht von einem Übergriff, wenn wir beide wissen, dass dein rasender Puls und dein feuchtes Höschen eindeutig für etwas anderes sprechen.«

Ich erröte. Seine kalten Worte treffen mich wie ein Schlag ins Gesicht ebenso sehr wie mich meine eigenen in Verlegenheit bringen. Ich öffne den Mund, um mich für meine unüberlegte Anschuldigung zu entschuldigen, klappe ihn dann aber sofort wieder zu.

Ich schulde ihm keine Entschuldigung.

Ich schulde ihm *gar nichts*.

Er ist nicht mein Freund. Er ist nicht mein Verbündeter.

Er ist bloß ein Fremder in einer misslichen Lage.

Vermutlich ist es sehr viel sicherer, es dabei zu belassen.

Der SUV fährt weiter brummend über die unbekannte Straße. Und obwohl fast eine weitere Stunde vergeht, reden wir nicht noch einmal miteinander. Nicht, als wir spüren, wie das Auto scharf nach links abbiegt. Nicht, als wir langsam zum Stehen kommen. Und auch nicht, als die Anzugtypen die Türen aufreißen und uns in die Nacht hinauszerren.

Wir sind endlich am Ziel.

… wo immer das auch sein mag.

5. KAPITEL

Ich bin mir nicht sicher, was ich erwartet habe.

Irgendeine geheime Einrichtung der caerleonischen Regierung? Einen Bunker aus dem Krieg, der mit halbautomatischen Waffen ausgestattet ist und von Hubschraubern umkreist wird?

Stattdessen finde ich mich in der kreisförmigen Einfahrt eines imposanten Herrenhauses mitten auf dem Land wieder. Meine klobigen schwarzen Absätze sorgen dafür, dass ich auf dem Kies, der den Boden bedeckt, keinen sicheren Halt habe und ein wenig schwanke. Mit seinem Mansardendach und dem Eingangsbereich mit Marmorsäulen weist das dreigeschossige Gebäude beeindruckende Merkmale der Barockarchitektur auf. In jedem Geschoss muss es an die zwanzig Fenster geben, die in regelmäßigen Abständen aufeinanderfolgen und sich über die ganze Steinfassade erstrecken. Sie sind alle hell von innen erleuchtet.

Es ist kein Schloss, aber es ist verdammt beeindruckend.

Ich bin so in Ehrfurcht erstarrt, dass ich mich nicht mehr erinnere, wie ich überhaupt hierhergekommen bin, bis ein Knirschen auf dem Kies direkt neben mir meine Aufmerksamkeit wieder zurück auf die Erde holt. Der dunkelhaarige Fremde steht ein paar Schritte von mir entfernt, und sein Tonfall trieft nur so vor Verachtung, als er das Anwesen betrachtet.

»Ich glaube es nicht. Das Lockwood-Anwesen?«, schnaubt er und beäugt den Wachmann, der ihm am nächsten ist. »Die Notfallmaßnahmen sehen vor, dass Sie mich an einen *sicheren* Ort bringen – nicht an einen, der so weit ab vom Schuss liegt, dass ich mir zweifellos nach nur dreißig Minuten vor lauter Langeweile das Hirn wegpusten will.«

Die Anzugtypen lässt das völlig kalt, was nicht weiter verwunderlich ist. Sie bewegen sich in Richtung Eingang in der Erwartung, dass wir ihnen folgen, aber keiner von uns setzt sich in Bewegung. Ich für meinen Teil habe es nicht eilig herauszufinden, was mich jenseits dieser Schwelle erwartet.

Oder ... wer mich erwartet.

Ich lasse den Blick zu dem Mann neben mir wandern. Er ist größer, als ich es im Auto vermutet hätte – deutlich über eins achtzig –, und scheint fest entschlossen zu sein, mir nicht in die Augen zu schauen. Er starrt auf das Haus, als wäre es der Vorhof zur Hölle und kein umwerfend schönes Herrenhaus. Erst jetzt wird mir klar, dass er selbst zum Gefolge der königlichen Familie gehören muss. Seine Anwesenheit hier bedeutet also, dass er entweder mit den Lancasters verwandt ist oder in einer engen Verbindung zu ihnen steht. Ich hoffe wirklich, dass man nicht von mir erwartet, dass ich ihn mit »Eure Durchlaucht« oder »Mylord« oder irgendeinem anderen protzigen Titel anrede ... denn das kann er *vergessen*.

Zum ersten Mal in meinem Leben verfluche ich mich dafür, dass ich mich regelrecht dazu gezwungen habe, alles, was mit der Monarchie zusammenhängt, auszublenden. So habe ich die einschlägigen Nachrichtensender gemieden, nicht auf die Titelseiten der Klatschzeitschriften geschaut und in meinem ersten Jahr auf dem College auch sämtliches Getratsche mit den Mädels aus meinem Wohnheim über den feschen Prinzen ausgeblendet. Ich habe mir immer eingeredet, dass ich kein Interesse daran habe, meine Gehirnzellen an ein so frivoles Thema zu verschwenden, aber die Wahrheit ist … dass es zu schmerzhaft war, eine Außenseiterin zu sein, die draußen vor der Scheibe steht und nach drinnen auf das Leben schaut, das sie beinahe gehabt hätte. Auf die Familie, zu der sie nie gehören wird. Und doch …

Bin ich jetzt hier. Und ich stehe kurz davor, diese Scheibe zu zertrümmern und hineinzutreten.

Ich schaue wieder zu dem Fremden. Ich öffne den Mund, um ihm eine Frage zu stellen, klappe ihn aber wieder zu, bevor auch nur ein einziges Wort entweichen kann. Nach unserem heftigen Tête-à-Tête auf dem Rücksitz des Autos bin ich mir nicht sicher, ob wir überhaupt noch miteinander sprechen.

Er atmet geräuschvoll aus. »Um Himmels willen, frag mich einfach.«

Ich blinzle erschrocken. »*Was?*«

Er schaut zu mir hinunter, als wäre ich die größte Nervensäge, die es je gewagt hat, ihm die Luft wegzuatmen. Er hat die dunklen Augenbrauen zu einer finsteren Miene zusammengezogen, was ihn irgendwie noch attraktiver wirken lässt. Oder vielleicht liegt das auch am Mondlicht. Hier draußen mitten im Nirgendwo, weit weg von jeglicher Quelle von Lichtverschmutzung, ist das Sternenlicht so hell, dass es jeden seiner Züge in bleiche, schwarzweiße Perfektion taucht.

»Jetzt oder nie.«

»Wo sind wir?«, frage ich, bevor er es sich anders überlegen kann.

»Auf dem Lockwood-Anwesen.«

»Ja, aber *wo* ist das?«

»Etwa fünf Kilometer hinter dem Arsch der Welt.«

»Danke. Das ist überaus hilfreich.«

Er zuckt gleichgültig mit den Schultern und schiebt die Hände in die Taschen seiner perfekt geschnittenen grauen Anzughose. »Dieser Ort liegt etwa auf halbem Weg zwischen Lund und Vasgaard, wenn ich mich richtig erinnere.«

»Warum sind wir hier?«

»Ich gehe davon aus, dass du vorhin die Nachrichten gesehen hast.«

»Das Feuer im Palast?«

»Ja.« Trauer blitzt in seinen Augen auf, aber sie ist so schnell wieder verschwunden, dass ich mir sicher bin, dass ich sie mir nur eingebildet habe. »Wenn es eine Bedrohung für die Monarchie gibt, wird die ganze königliche Familie abgeriegelt. Das gilt auch für ihre engsten Verwandten, Freunde und Bekannten ... Du kannst dir sicher vorstellen, wie das läuft.«

Ich nicke.

Er zieht die Augen zusammen und schaut mich an. »Da du mir nicht verraten hast, wer zum Teufel du bist, gehe ich davon aus, dass du eine Verbindung zu jemandem hast, der von Bedeutung ist. Jemand, der für deine Sicherheit sorgen wollte, nur für den Fall, dass sich herausstellen sollte, dass das Feuer ...« Er fährt mit einer Hand durch sein Haar und spannt plötzlich den Kiefer an. »Mehr als nur eine Kerze war, die man versehentlich in Henrys Gemächern brennen ließ.«

Die Selbstverständlichkeit, mit der er über den Kronprinzen spricht, fällt mir sofort auf.

Henry.

Sie stehen sich nahe.

Sie sind Freunde. Vielleicht sogar miteinander verwandt.

Plötzlich erinnere ich mich an seine Worte von vorhin.

Es war eine lange Nacht. Eine Nacht, in der ich mich eigentlich hemmungslos betrinken wollte, um all den Mist zu vergessen, der heute passiert ist.

Ich spüre, wie ich blass werde. Gott, ich bin so sehr mit meinem eigenen Dilemma beschäftigt gewesen, dass ich gar nicht darüber nachgedacht habe, dass er gerade womöglich ebenfalls eine schlimme Zeit durchmacht. Aller Wahrscheinlichkeit nach ist der Verlust dieses Fremden sogar sehr viel größer als mein eigener.

Für mich waren der König und die Königin nur Aushängeschilder.

Für ihn …

Waren sie seine Familie?

»Es tut mir leid«, sage ich leise.

Er weicht zurück, als hätte ich ihn geschlagen. »*Wie bitte?*«

»Das Feuer … der König und die Königin … Kronprinz Henry …« Meine Stimme ist nicht mehr als ein Flüstern. »Der Verlust, den du erlitten hast, tut mir leid. Was du gerade durchmachen musst, ist wirklich schlimm.«

Er schaut mir einen Moment lang in die Augen. Ich könnte ebenso gut auf zwei himmelblaue Schilde starren – er ist vollkommen undurchschaubar. Ich sollte den Blick vermutlich abwenden, aber das kann ich einfach nicht. Die Atmosphäre zwischen uns lädt sich wieder elektrisch auf, und seltsam knisternde Strömungen huschen flackernd zwischen ihm und mir hin und her. Als er die Stille endlich durchbricht, klingt seine Stimme rau.

»Bist du fertig?«

»*Fertig?*«

»Mit deinen Fragen.«

»Nicht mal ansatzweise.«

»So ein Pech.« Er wendet sich ruckartig ab. »Es wird Zeit, sich dem Erschießungskommando zu stellen.«

Ich muss wohl einen entsetzten Laut von mir gegeben haben, denn sein Schmunzeln kehrt zurück.

»Dem metaphorischen Erschießungskommando.« Er hält inne. »Andererseits, wenn Octavia deine Haare sieht …«

»Wer ist Octavia?«, piepse ich, aber er geht bereits auf die Wachen zu, die an den Stufen, die zum Eingang führen, auf uns warten. »Wer bist du? Wer ist da drinnen? *Warte!*«

»Tut mir leid, Schätzchen. Die Fragerunde ist für den heutigen Abend beendet.«

»Aber du hast mir doch so gut wie nichts verraten!«

»Stell beim nächsten Mal bessere Fragen.«

Ich grummele vor mich hin. Ich habe keine andere Wahl, als ihm hinterherzulaufen und dabei meinen Minirock nach unten zu ziehen und mein Haar so gut wie möglich glatt zu streichen, während wir um einen üppig verzierten Brunnen biegen, der von kunstvollen Formschnittpflanzen umgeben ist. Mein Blutdruck steigt immer weiter, je näher wir der Tür kommen. Als wir die fünf Marmorstufen erklimmen, die zur Schwelle führen, flankieren uns die vier Wachen auf beiden Seiten. Ich bin mir sicher, dass ich jeden Moment einen Herzinfarkt erleiden und zusammenbrechen werde.

Kurz bevor wir eintreten, schaut er mich mit seinen blauen Augen an. »Bist du bereit hierfür?«

»Nicht mal ansatzweise«, flüstere ich.

»Das ist deine letzte Chance, dich aus dem Staub zu machen.«

»Eins solltest du über mich wissen.« Ich straffe die Schultern, richte den Blick nach vorn und sehe zu, wie die Tür nach innen aufschwingt. »Ich laufe vor nichts und niemandem weg.«

Mit diesem Schwur zwischen uns in der Luft betrete ich das Herrenhaus.

Ich habe mich in meinem ganzen Leben noch nie zerzauster und unzulänglicher gefühlt als in dem Moment, in dem ich den Blick durch die hoch aufragende Eingangshalle des Lockwood-Anwesens gleiten lasse. Zwischen der ausladenden Treppe, dem Kristallkronleuchter und der sorgfältig zusammengestellten Sammlung aus Antiquitäten wirke ich in etwa so fehl am Platz wie Maria, als sie in *Meine Lieder – Meine Träume* im Haus der von Trapps eintrifft. Als kleines Mädchen habe ich mir diesen alten Hollywoodfilm immer wieder angeschaut, denn damals glaubte ich noch an Märchen und Geschichten, die ein gutes Ende nehmen.

Ein rundlicher Mann in einem Nadelstreifenanzug erwartet uns. Überrascht stelle ich fest, dass ich ihn vorhin im Fernsehen gesehen habe. Das ist der Pressesprecher des Palasts. Abseits des Bildschirms ist seine Miene genauso säuerlich – und möglicherweise wird sie sogar noch ein wenig säuerlicher, als er mich entdeckt. Er mustert mich von meinen herausgewachsenen lavendelfarbenen Strähnen bis zu meinen klobigen schwarzen Absatzschuhen und schaut dann wieder nach oben. Die ganze Prozedur dauert nur zwei Sekunden, aber ich weiß, dass er mich in dieser Zeit beurteilt und für unzureichend befunden hat.

»Nun ja«, sagt er in einem überheblichen Tonfall, als wären wir für einen Termin unentschuldbar spät dran. Seine Hängebacken schwabbeln verdrießlich, als er den Blick auf meinen Begleiter richtet und auch bei ihm jeden Makel registriert, von dem Lippenstiftfleck auf seinem Kragen über sein zerzaustes Haar bis hin zu seinen blutunterlaufenen Augen. »Lord Thorne, Sie dürfen Ihre ausgiebige Freizeit so verbringen … wie immer Sie es wollen. Aber bitte verlassen Sie nicht das Anwesen.«

»Überaus großmütig, Simms«, sagt mein Fremder – *Lord Thorne?* – gedehnt. »Aber ich denke, ich werde mir die Vorstellung ansehen.«

»Wie Sie wünschen, Mylord.« Simms seufzt und richtet den Blick dann wieder auf mich. »Was Sie betrifft …«

Ich ziehe die Augenbrauen hoch.

Er wirbelt zackig herum und geht in Richtung eines Flurs zu unserer Linken. »Folgen Sie mir bitte.«

Ich schaue zur Seite und stelle fest, dass mich Lord Thorne – *ich werde ihn niemals so ansprechen, egal, ob ich mich damit der königlichen Etikette widersetze* – aufmerksam beobachtet.

»Willst du dich immer noch nicht aus dem Staub machen?«

»Nein«, lüge ich durch zusammengebissene Zähne.

Er schmunzelt, als wüsste er, dass ich Schwachsinn rede, und deutet eine spöttische Verbeugung an. »Dann bitte nach dir.«

Ich schlucke schwer, straffe die Schultern und marschiere hinter Simms her. Dabei gebe ich mir große Mühe, in meinen Absatzschuhen nicht zu wanken. Es wäre nicht auszudenken, wenn ich stolpern, gegen einen antiken Beistelltisch aus dem fünfzehnten Jahrhundert fallen und ihn zerbrechen würde. Ich mag zierlich sein, aber ich bin noch nie wirklich anmutig gewesen. Mom sagt immer, dass ich mich eher wie eine Naturgewalt durchs Leben bewege, so als wäre ich ein Tornado, der alles auf seinem Weg durcheinanderwirbelt.

Das *sagte* sie immer.

Hin und wieder benutze ich die Verben noch in der falschen Zeitform. Es ist fast zwei Jahre her, aber ich habe mich immer noch nicht daran gewöhnt, dass sie nun zu meiner *Vergangenheit* und nicht mehr zu meiner *Gegenwart* gehört. Ich bezweifle, dass ich mich jemals damit abfinden werde.

Wir gehen an mehreren geschlossenen Türen vorbei und halten auf das Ende des Flurs zu, wo ein bogenförmiger Durchgang in einen großen Salon führt. Ich presse die Lippen zusammen, um meinen Mund davon abzuhalten, vor lauter Staunen aufzuklappen.

Alles ist in cremefarbenen Tönen gehalten: die Möbel, die Vorhänge, die Kranzprofile und der helle Parkettboden unter meinen Füßen. Geschmackvolle Bücherregale säumen die Wände, ein Flügel füllt eine Ecke aus und drei weiße Sofas sind kunstvoll um den Mittelpunkt des Zimmers arrangiert worden – einem unglaublichen Marmorkamin, dessen Sims dicker als mein Körper und zweimal so lang ist.

Der einzige Farbtupfer ist das zu elegant aufgedrehten Locken frisierte rotbraune Haar einer glamourösen Frau mittleren Alters, die an dem prasselnden Kaminfeuer sitzt. Sie hat die Beine anmutig verschränkt, und der weiße Leinenstoff ihres Kleids passt perfekt zu dem Sofa unter ihr. Als ich in ihre hellblauen Augen schaue, bemühe ich mich, nicht zurückzuzucken, denn in ihrem Blick liegt eisige Ablehnung. Zum Glück schaut sie mich nicht lange an, sondern richtet ihre Aufmerksamkeit auf den Mann neben mir.

»*Carter.*«

Es ist wirklich erstaunlich, wie viel Missfallen sie zum Ausdruck bringt, indem sie einfach nur seinen Namen ausspricht – ein Name, der, das muss ich zugeben, gut zu ihm passt. *Lord Carter Thorne.* Ich schaue zu ihm und stelle fest, dass sich sein ganzes Auftreten verändert hat. Seine Haltung ist anders: Seine Schultern sind steifer, und in seiner Miene liegt keinerlei Humor oder Lässigkeit mehr. Er könnte ebenso gut aus dem gleichen Marmor sein wie der Kamin, denn alles Menschliche scheint von ihm abgefallen zu sein.

»Wo ist Chloe?«, fragt die Frau in demselben eisigen Tonfall.

»Ich bin nicht ihr Babysitter, Octavia.«

Die Frau lässt seine Bemerkung unkommentiert. Stattdessen greift sie mit einer fließenden, lautlosen Bewegung nach ihrer Teetasse, die vor ihr auf dem Couchtisch steht. Sie nimmt einen demonstrativen Schluck und schaut Carter dabei die ganze

Zeit über den Rand hinweg an, als befänden sie sich in einer Art Anstarrwettbewerb. Ich bin mir nicht sicher, in welchem Verhältnis sie zueinander stehen, aber die Luft zwischen ihnen ist so frostig, dass es mich wundert, dass ich nicht meinen Atem sehen kann. Sogar Simms wirkt unangenehm berührt, während er pflichtbewusst an der gegenüberliegenden Wand steht und auf Anweisungen wartet wie ein gut abgerichteter Hund.

Carter bricht den Blickkontakt zuerst ab und schaut auf seine Anzugschuhe hinunter. Ich stehe nah genug neben ihm, um das resignierte Ausatmen zu hören, das ihm zischend über die Lippen kommt. »Soweit ich weiß, wollte Chloe mit Ava zu einer Cluberöffnung in Lund. Ich bin mir sicher, dass sie sofort zum Krankenhaus gefahren sind, als sie die Nachricht von Henry gehört haben.«

Die Frau stellt ihre Tasse und Untertasse ohne das leiseste Geräusch ab und hebt den Blick dann wieder zu Carter. »Und du hattest nicht das Gefühl, dass du sie begleiten solltest?«

»Um dazusitzen und ihm beim Sterben zuzusehen? Nein. Ich denke, das machen schon genug Leute.«

»Sei nicht so theatralisch.«

»Besser als so gleichgültig wie du, aber das war ja vorauszusehen.« Carters Stimme gleicht einem angewiderten Knurren. »Gott, Octavia, du könntest wenigstens so tun, als würdest du um Henry trauern. Aber warum solltest du dir die Mühe machen? Du bist jetzt genau da, wo du immer sein wolltest. Ich gehe davon aus, dass du Purzelbäume durch die Schlossflure schlägst, sobald sich der Rauch verzogen hat.«

»Und schon wieder bist du theatralisch.« Sie verzieht missbilligend die Lippen. »Jemand muss in dieser chaotischen Zeit vortreten, um die Führung zu übernehmen, bevor alles außer Kontrolle gerät. Wenn man jedoch bedenkt, dass du dein Leben damit verbringst, streitlustig von einer Party zur nächsten zu torkeln, kann ich wohl nicht erwarten, dass du verstehst, wovon ich rede.«

»Kriegsgewinnertum?«, schlägt er verbittert vor.

»*Pflicht.*« Ihre blauen Augen blitzen auf. »Ich werde die Rolle übernehmen, die mir aufgebürdet wurde, und tun, was ich tun muss, für meine Familie, meinen Ehemann und mein Land.«

Eine deutliche Pause entsteht. Dann schlägt Carter die Hände zusammen und applaudiert langsam und höhnisch. Ich zucke bei jedem Schlag, der in dem stillen Zimmer widerhallt, zusammen. Aus dem Augenwinkel sehe ich, dass es Simms in der Ecke ähnlich ergeht.

»Wow.« Carter pfeift. »Das war eine hübsche kleine Rede. Sie klang beinahe so, als hättest du sie *einstudiert.* Als hättest du sie *wochenlang* einstudiert.«

»Einstudiert?« Die Frau mit den rotbraunen Haaren senkt die Stimme. »Das ist absurd. Das, was heute passiert ist, war ein schrecklicher Unfall.«

»Wenn es tatsächlich ein *Unfall* war, warum hat man uns dann hierhergebracht und uns unter Bewachung gestellt?« Er schüttelt den Kopf. »Wir wissen beide, dass mehr dahintersteckt. Ein Anschlag.«

»Das wird sich noch herausstellen. Vielleicht kann uns Chloe mehr Informationen liefern, wenn sie eintrifft.« Sie mustert ihn von oben bis unten. »Wenigstens ist einer von euch für etwas zu gebrauchen.«

»Oh, Mutter, hör auf – du wirst mich noch verhätscheln.«

Mutter?

Sie starrt Carter weiterhin kalt an. »Du erwartest, dass ich dich lobe? Du siehst aus, als wärst du gerade aus einem Bordell gestolpert.«

»Vielleicht bin ich das ja«, ätzt er mit angespanntem Kiefer.

»Aber das sollte dich nicht überraschen. Wie man in den Wald hineinruft, so schallt es heraus, nicht wahr, Octavia?«

Ich bin mir nicht ganz sicher, was genau er damit meint, aber *sie* begreift es offensichtlich. Die Worte sind ein nicht zu leugnender Schlag. Sie wird blass und verkrampft die manikürten Finger so fest, dass ich sogar auf die Entfernung sehen kann, wie sich ihre Knöchel weiß färben. So, wie sie ihren Sohn anschaut, ist klar, dass sie am liebsten quer durch das Zimmer gehen und ihm eine Ohrfeige verpassen würde. Stattdessen legt sie auf unheimliche Weise eiserne Haltung an den Tag und lächelt einfach nur gelassen.

Wer zum Teufel sind diese Leute?

Ich fühle mich ganz und gar nicht wohl, trete von einem Fuß auf den anderen und wünschte, dass ich mich buchstäblich an jeden anderen Ort auf der Welt beamen könnte, um der erstickenden Bosheit in diesem Zimmer zu entkommen. Sofort wird mir klar, dass ich einen Fehler gemacht habe – die kleinen Bewegungen ziehen Octavias durchdringende Aufmerksamkeit auf mich. Sie mustert mich von Kopf bis Fuß, und ihr Hochmut ist förmlich greifbar, als sie meine knappen Klamotten, meine strähnigen Haare und mein verschmiertes Augen-Make-up betrachtet.

»Und ich dachte schon, dass das mit dem Bordell ein Scherz gewesen wäre.« Sie schüttelt den Kopf. »Hast du es wirklich für eine gute Idee gehalten, eine der Begleitdamen mit herzubringen?«

Moment, was?

»Hat diese Familie für eine Nacht nicht genug ertragen müssen?«, zischt Octavia. »Warum musst du immer darauf beharren, eine Szene zu machen?«

In Carters Kehle braut sich ein tiefer, wütender Laut zusammen. »Octavia …«

»Ich bin diese Aktionen, mit denen du um Aufmerksamkeit heischst, wirklich leid! Dein Stiefvater wird …«

»Verzeihung«, falle ich ihr ins Wort und trete vor, bevor sie weiter Gift verspritzen kann. Sie wirkt vollkommen verblüfft, dass ich – *eine gewöhnliche Bordellangestellte!* – es gewagt habe, ihre Schmährede zu unterbrechen. »Haben Sie mich gerade als Prostituierte bezeichnet?«

Sie schnieft, als würde sie etwas Vergammeltes riechen, und lässt sich nicht zu einer Antwort herab.

»Perfekt!«, schnauze ich und gestikuliere wild, um meinen angestauten Emotionen Luft zu machen. »Einfach verflucht perfekt. Das setzt dem Ganzen wirklich die gottverdammte Krone auf!«

Simms und Octavia schnappen angesichts meiner unverblümten Ausdrucksweise gleichzeitig nach Luft, aber ich bin zu sehr in Rage, um mich zurückzuhalten. Und ich werde mich auch ganz sicher nicht entschuldigen. »Lassen Sie mich mal sehen, ob ich das richtig verstanden habe. Sie haben mir bewaffnete Wachen auf den Hals gehetzt, die meinen besten Freund bewusstlos geschlagen, mich mit Gewalt auf den Rücksitz eines SUV verfrachtet und mitten in der Nacht aufs Land rausgefahren haben. Und für all das habe ich nicht die geringste Erklärung erhalten.« Meine Stimme schwillt mit jedem Wort an. »Und jetzt besitzen Sie tatsächlich die Unverfrorenheit, dazusitzen und mich als *Hure* zu bezeichnen?«

Octavia tut so, als hätte sie kein einziges Wort gehört und greift wieder nach ihrer Teetasse. Dann mustert sie mich einmal mehr von Kopf bis Fuß – meine Brust, die sich hektisch hebt und senkt, meine Hände, die ich in die Hüften gestemmt habe, meinen wütenden Blick – und trinkt mit einem grazilen Schniefen einen weiteren Schluck Tee – und zwar so langsam, dass ich beinahe ausraste.

Oh Mann!

Ich mache einen drohenden Schritt auf sie zu, bleibe aber ruckartig stehen, als sich eine warme Männerhand fest auf meine Schulter legt. *Carter.* Er presst die Finger auf meine nackte Haut, aber ich bin mir nicht sicher, ob er mir nach meinem Ausbruch Trost spenden oder mich warnen will, damit ich nicht noch ausfallender werde.

»Ihr zwei seid wirklich ein äußerst melodramatisches Paar, nicht wahr?« Octavia legt hochmütig den Kopf schief. »Tun Sie sich keinen Zwang an und erzählen Sie uns, wer Sie sind und warum Sie hier sind.« Als ich nicht reagiere, zuckt ihr Blick zu ihrem Pressesprecher. »*Gerald!* Wer ist diese Frau? Warum ist sie hier und nimmt an unserem privaten Familiengespräch teil?«

Simms' Doppelkinn schwabbelt nervös. »Euer Gnaden ... Sie ist ... Nun ja ...«

»Spucken Sie es aus, Gerald.«

Simms ist knallrot angelaufen. »Sie ist ... Sie ist ...«

»Sie ist meine Tochter«, sagt eine tiefe, heisere Stimme von der Tür aus.

Octavias Teetasse kracht scheppernd auf den Teppich.

Carter nimmt die Hand von meiner Schulter.

Simms gibt einen gequälten Laut von sich.

Und ich ... Tja, ich tue absolut gar nichts. Ich kann nicht. Ich bin vor Schreck, Angst und Wut wie gelähmt.

Nicht jetzt.

Nicht er.

Ich bin nicht bereit dafür.

Ich werde niemals bereit dafür sein.

Ich will davonlaufen. Mich verstecken. In die Nacht hinausfliehen. Aber ... habe ich Carter nicht gerade eben erst mitgeteilt, dass ich vor niemandem weglaufe? Habe ich nicht gerade noch darauf beharrt, dass ich nicht abhauen würde, wenn es ernst wird?

Außerdem: Selbst wenn ich jemand wäre, der sich aus dem Staub macht ... weiß ich tief im Inneren, dass ich es jetzt einfach nicht kann.

Nicht vor dem hier.

Du kannst nicht vor dem Blut davonlaufen, das durch deine Adern fließt.

Das Herz klopft mir bis zum Hals, doch ich zwinge mich dazu, mich in Richtung Tür herumzudrehen. Ich hebe den ängstlichen Blick zu dem Mann, der dort steht. Sein dichtes, von Grau durchzogenes dunkles Haar ist ein ganz klein wenig gewellt. Seine Haut ist von der Sonne und dem Alter verwittert. In seinen tiefgrünen Augen liegt weder Wärme noch Anerkennung.

Warum auch?

Wir sind uns nie begegnet. Wir bedeuten einander nichts.

Er wollte uns nicht, Emilia, flüstert die Stimme meiner Mutter in meiner Erinnerung. *Er wollte dich nicht.*

Eine ganze Minute lang herrscht in dem Salon vollkommene Stille. Ich glaube, dass niemand zu atmen wagt – weder Carter noch seine Mutter noch Simms noch die drei Anzugträger, die den Mann beschützend flankieren, der die gleichen DNA-Stränge hat wie ich. Und am allerwenigsten ich.

Linus macht zwei Schritte ins Zimmer hinein. Sein abschätzender Blick wankt nicht, als er mich betrachtet – mein lilafarbenes Haar, meine eng anliegende Kleidung, meine entblößten Beine, meine dreiste Miene.

Falls ihn meine Erscheinung schockiert, lässt er es sich nicht anmerken. Nicht dass es mich kümmern würde, wenn er etwas an mir auszusetzen hätte. Ich warte schon lange nicht mehr auf seine Anerkennung. Das habe ich etwa zu dem Zeitpunkt aufgegeben, als ich aufhörte, mit Puppen zu spielen und mich zu verkleiden.

Ich recke das Kinn höher, damit er weiß, dass er mich nicht einschüchtert. Vielleicht erwartet man von mir, dass ich demütig den Kopf senke, vielleicht erwartet man von mir, dass ich mich respektvoll verhalte – immerhin ist er der neue König –, aber ich kann mich nicht dazu durchringen, dem Mann, der mich und meine Mom wegwarf wie das Kondom, das er in der Nacht meiner Empfängnis hätte tragen sollen, auch nur einen Deut Respekt entgegenzubringen.

Bastard.

Oh, Moment. Nein. *Ich* bin der Bastard.

Er lässt den Blick seiner grünen Augen durchs Zimmer wandern, um nacheinander jeden Anwesenden anzusehen. Dann verkündet er mit einer Stimme, in der königliche Befehlsgewalt mitschwingt, die Worte, die mein ganzes Leben verändern.

»Ihr Name ist Emilia Victoria Lancaster. Sie ist meine Tochter. Und nach aktuellem Stand der Dinge … ist sie die nächste Anwärterin auf den Thron. Ihre Abstammung macht sie zur rechtmäßigen Kronprinzessin von Caerleon.«

6. KAPITEL

»Nein«, flüstere ich und weiche angesichts seiner Worte zurück.

Ich pralle direkt gegen Carters Brust. Ich muss meine ganze Kraft aufbringen, um mich nicht gegen ihn zu lehnen. Um nicht zuzulassen, dass er das Gewicht meiner weichen Knochen stützt, nun, da meine Knie nachgeben wollen. Das Zimmer kippt um mich herum zur Seite, während die Worte durch meinen Kopf wirbeln.

Die nächste Anwärterin auf den Thron.

Kronprinzessin von Caerleon.

Er muss verrückt sein – das ist die einzige Erklärung. Ich bin auch nicht die Einzige, die das denkt.

»Linus!« Octavia ist von ihrem Platz aufgesprungen und hat so schnell das Zimmer durchquert, dass ich mir nicht sicher bin, ob sie nicht möglicherweise über Teleportationsfähigkeiten verfügt. »Sag mir, dass das nicht wahr ist.«

»Ich fürchte, das kann ich nicht«, erwidert Linus, der mich die ganze Zeit über nicht aus den Augen lässt.

Gott, er sieht aus wie ich. Oder vermutlich sehe *ich* eher aus wie *er*. Und ich hasse das. Ich hasse es so sehr, dass ich jeden Spiegel auf der Welt zerschlagen, mein Gesicht umoperieren lassen und jedes Foto, das ich je von mir gemacht habe, in einem Opferfeuer verbrennen will.

»Aber das *kann* nicht dein Ernst sein!« Ihr schriller Tonfall sticht in meinen Ohren wie ein Messer. »Schau sie dir an! Sie kann unmöglich ...«

Er versteift sich. »Sie ist meine Tochter, Octavia.«

»Vielleicht sollten wir diese Angelegenheit *unter vier Augen* besprechen«, sagt sie betont. »Bevor irgendwelche überstürzten Entscheidungen getroffen werden ...«

»Überstürzte Entscheidungen?« Er zieht die Augenbrauen hoch. »Hier passiert gar nichts überstürzt. Wenn überhaupt ist es seit zwanzig Jahren überfällig.«

»Aber ...«

»Meine Entscheidung ist endgültig. Ich werde kein weiteres Wort mehr über das Thema verlieren.«

Octavia presst ihre perfekt geschminkten Lippen zu einer schmalen Linie zusammen. Sie schaut mich an, und ich bin dankbar, dass Blicke nicht wirklich töten können, denn ansonsten wäre der makellose helle Orientteppich jetzt mit meinem Blut besudelt.

»Eure Majestät«, mischt sich Simms mit beschwichtigendem Tonfall ein und durchbricht das angespannte Schweigen. Er deutet eine leichte Verbeugung an, um seinem König seine Ehrerbietung zu erweisen. »Wenn ich auf irgendeine Weise behilflich sein kann, lassen Sie es mich bitte wissen. Ob es nun darum geht, einen Entwurf für eine Pressemitteilung zu verfassen oder sonst wie behilflich zu sein. Ich stehe Ihnen voll und ganz zur Verfügung.«

»Danke, Gerald. Sorgen Sie bitte dafür, dass in einem der oberen Geschosse adäquate Räumlichkeiten für Emilia bereitgestellt werden. Und besorgen Sie vielleicht auch noch angemessene Kleidung. Die Presse werden wir noch nicht unterrichten. Das tun wir erst, wenn sich Emilia ...« Er schaut kurz zu mir. »Eingelebt hat.«

Damit meint er, dass ich erst wie eine ordentlich zurechtgemachte Prinzessin aussehen soll.

Ich muss meine ganze Selbstbeherrschung aufbringen, um nicht die Augen zu verdrehen.

»Natürlich, Eure Majestät. Ich werde umgehend die persönlichen Einkäufer des Palasts kontaktieren und sie gleich morgen früh eine Auswahl an Kleidung herschicken lassen.« Simms wirft einen Blick in meine Richtung. »Ihre Größe, Miss?«

Statt zu antworten, verschränke ich die Arme vor der Brust. Ich weigere mich, an meiner eigenen Neuerfindung mitzuwirken. Vor allem wenn besagte Neuerfindung von mir verlangt, dass ich vor *diesen* Leuten, die alle aussehen, als kämen sie geradewegs von einem Laufsteg auf der Paris Fashion Week, die exakten Ausmaße meines Hinterns verkünde.

»Sehr wohl.« Er verneigt sich erneut leicht vor Linus und macht dann kehrt, um das Zimmer zu verlassen, wobei er vor sich hin murmelt. »Dann müssen wir wohl mit Augenmaß vorlieb nehmen …«

Wieder macht sich Stille breit. Octavia nutzt die Gelegenheit für einen letzten Appell.

»Linus …« Sie schaut kurz zu mir. »Bist du sicher, dass sie … *von dir* ist? Hast du die notwendigen Tests machen lassen, um den Nachweis …«

»*Octavia.*« Sein stählerner Tonfall ist schärfer als ein Breitschwert. »Diese Angelegenheit steht nicht zur Debatte.«

»Also erwartest du von mir, dass ich … dass ich … sie einfach so in unserem *Zuhause* aufnehme?« Sie zieht die perfekt gewachsenen Augenbrauen zusammen. »Dass ich ihr erlaube, bei uns zu leben, als wäre sie ein Teil dieser Familie?«

»Ich würde von dir erwarten, dass du mein Kind aufnimmst, wie ich einst deine beiden Kinder aufnahm.« Linus schaut zu

Carter, der ein paar Schritte links von mir herumlungert, und dann wieder zu mir. »Ich entschuldige mich, Emilia, das Ganze muss dich furchtbar verwirren. Gestatte mir, dass ich dich ganz offiziell meiner Familie vorstelle. Dies ist meine Frau, Octavia Thorne.«

»Ist mir ein Vergnügen«, lügt die Rothaarige schwach. Ihr Lächeln ist ebenso zahn- wie freudlos.

Ich erstarre.

Seine Frau.

Thorne.

Aber das bedeutet …

Als ich kein Wort sage, fährt Linus hastig fort. »Und ich glaube, dass du meinen Stiefsohn Carter bereits kennengelernt hast.« Er deutet links neben mich. »Ich schätze, er ist nun dein Stiefbruder.«

Mein Stiefbruder.

Ich versuche zu nicken, aber es gelingt mir nicht. Ich bin wie gelähmt. Carter scheint es ähnlich zu gehen, allerdings wage ich es nicht, in seine Richtung zu schauen, um diese Annahme zu bestätigen.

»Die Wachen haben mich darüber informiert, dass ihr beide in Vasgaard wart, als die Notfallmaßnahmen in Kraft traten.« Linus räuspert sich leise. »Ich hoffe, dass ihr während der Fahrt hierher die Gelegenheit hattet, euch ein wenig miteinander vertraut zu machen.«

Oh, wir haben uns durchaus miteinander vertraut gemacht.

Ich drehe den Kopf langsam nach links, und Grauen durchtränkt jedes Blutgefäß in meinem Körper. Mein Blick verfängt sich in Carters, sobald ich aufschaue. Er ist auf der Hut wie immer – eine verschlossene Schachtel voller Emotionen. Den einzigen Hinweis darauf, dass er überhaupt etwas empfindet, liefern das angespannte rhythmische Zucken seines verkrampften Kiefers und seine Hände, die er an den Seiten seines Körpers zu festen Fäusten geballt hat.

Heftiges Entsetzen durchströmt mich, als ich mich daran erinnere, wie es sich anfühlte, diese Hände vor gar nicht allzu langer Zeit auf dem dunklen Rücksitz eines SUV auf meiner Haut zu spüren. Ich erinnere mich an die stummen Funken der Lust in der Luft. An das schmerzhafte Verlangen zwischen meinen Beinen. An dieses unkontrollierbare Gefühl in meinem Inneren, so als könnte ich auf den Befehl eines vollkommen Fremden hin komplett den Verstand verlieren. Wegen dieser Hände ...

Meines neuen Stiefbruders?

Übelkeit macht sich in meinem Magen breit, und es erfordert meine ganze Willenskraft, mich nicht auf den Teppich unter meinen Füßen zu übergeben. Ich breche den Blickkontakt mit ihm ab, denn ich bin nicht in der Lage, das auch nur eine Sekunde länger zu ertragen. Ich habe noch nie unter Klaustrophobie gelitten, aber plötzlich kommt es mir so vor, als würde die ganze Welt um mich herum einstürzen und mich unter sich begraben.

Ich muss hier raus.

Ich muss hier weg.

Zurück in mein Leben.

Zurück in die Realität.

Octavia und Linus haben angefangen, sich gegenseitig anzukeifen, aber ihre Worte haben für mich keine wirkliche Bedeutung.

»Was würdest du denn stattdessen vorschlagen, Octavia?« Linus seufzt erschöpft. »Ich bin zu alt, um Kinder zu zeugen, und du bist zu alt, um sie auszutragen.«

»Es gibt andere Möglichkeiten!« Ihre Stimme ist beharrlich. »Eine Leihmutter oder ...«

»*Nein.* Wenn sich Henry nicht erholt, ist die Nachfolge eindeutig. Emilia ist die designierte Thronerbin.«

Ich schüttle den Kopf, um diese Worte abzulehnen, aber er schaut mich nicht mal an, während er meine gesamte Zukunft plant – egal, ob *ich* Teil seiner großartigen Pläne sein will oder nicht.

»Die Leute werden sich nach dem heutigen Abend auf der Suche nach Kraft und Zuversicht an die Krone wenden. Wir können es uns nicht leisten, aufgrund des erlittenen Verlustes angeschlagen zu wirken. Wir müssen ihnen etwas geben, woran sie sich festhalten können. Eine neue Monarchin, der sie ihre Unterstützung zukommen lassen können.« Er nickt vor sich hin und blickt dabei ins Leere. »Sie werden sich hinter sie stellen. Die Lancaster-Linie wird in den Augen der Welt wiederhergestellt sein.«

»Linus, ich verstehe das, aber sie ist ...« Octavia verstummt gequält. »Dieses Mädchen ist ...«

Ich ziehe eine Augenbraue hoch und warte.

Octavia wiederum setzt eine arrogante Miene auf. »Sie ist in keiner Weise dazu geeignet, Caerleon im großen Stil zu repräsentieren.«

»Dennoch muss sie es tun«, kontert Linus. »Und falls sich Henry nicht erholt ... Eines Tages, ob es dir nun gefällt oder nicht, meine Liebe ... werde ich sterben, und sie wird mein Erbe antreten. Sie wird das Zepter übernehmen.«

»Das werde ich auf gar keinen Fall«, falle ich ihm ins Wort und finde endlich meine Stimme wieder.

Alle im Zimmer drehen den Kopf in meine Richtung. Für eine Minute sagt niemand ein Wort.

»*Was hast du gesagt?*«, knurrt der König.

»Ich habe kein Interesse an ...« Ich deute vage auf meine Umgebung. »Irgendetwas hiervon. Ich will weder deinen Namen noch dein Geburtsrecht. Ich habe kein Interesse daran, eine … eine …« Ich kann mich nicht dazu durchringen, das Wort »Prinzessin« laut auszusprechen. Es ist viel zu absurd. »Eine Lancaster zu sein«, beende ich meine Ansprache lahm.

»Dein Interesse ist irrelevant«, donnert Linus, und Wut verzerrt seine Züge. »Dies ist dein Schicksal. Deine Verantwortung.«

»Du besitzt die Dreistigkeit, mir gegenüber von Verantwortung zu sprechen?«, bringe ich erstickt hervor. »Das ist wirklich heftig, wenn man bedenkt, dass du bis vor drei Stunden nicht die *geringste* Verantwortung für mich empfunden hast. Und so weit ich es beurteilen kann, tust du es auch jetzt nur, weil deiner wertvollen Monarchie plötzlich ein paar brauchbare Thronerben zu fehlen scheinen.«

»Du hast keine Ahnung, wovon du redest.« Linus sieht aus, als würde er jeden Moment vor Wut explodieren. »Deiner Erziehung mangelte es eindeutig an Disziplin, Manieren und zuverlässigen Informationen. Keine Sorge – wir werden dafür Sorge tragen, jede Bildungslücke, für die deine Mutter verantwortlich ist, zu schließen.«

Ich erstarre vollkommen.

Hat er gerade wirklich gesagt, was ich denke?

Ich lehne mich vor, um sicherzustellen, dass ich mich deutlich ausdrücke, damit er meine nächsten Worte auf gar keinen Fall als leere Drohung abtun kann. »Mir ist egal, wer du bist oder was für Titel du hast. Wenn du noch einmal meine Mutter oder ihre Erziehungsmethoden beleidigst, wirst du es *bereuen* – da kannst du dir sicher sein.«

Alle drei Wachen treten vor und legen die Hände an ihre Holster. Carter rückt näher an mich heran, und in seinen Augen schimmert Sorge. Aus gutem Grund. Den König zu beleidigen ist schlimm genug … aber ihm offen zu drohen?

Das kommt Hochverrat gleich.

Octavia presst eine Hand auf ihr Herz und gibt sich angesichts meiner Unverfrorenheit entsetzt. »Du wagst es, so mit dem König zu reden, Mädchen?«

»Oh, ich wage es«, zische ich und bewege mich bereits auf die Tür zu. »Wenn wir hier dann fertig sind ... würde ich mich gern wieder meinem Leben widmen.«

»Du würdest deiner Krone den Rücken zuwenden?«, ruft mir Linus hinterher. »Deinem Land?«

»Soweit es mich betrifft, kannst du dein königliches Vermächtnis nehmen und es dir sonst wohin stecken.« Damit stürme ich durch die Tür, den Flur entlang und durch die Vordertüren in die Nacht hinaus.

Vierzig Minuten später bin ich immer noch stinksauer, aber die Wut ist einer sehr viel heftigeren Empfindung gewichen: *Kälte.* Zitternd reibe ich mit Fingern, die längst taub sind, über meine nackten Oberarme. Meine Knie beben in dem vergeblichen Versuch, ein wenig dringend benötigte Körperwärme zu generieren. Es ist zwecklos – ich bin beinahe unterkühlt, und jeder Zentimeter meiner Haut ist mit Gänsehaut bedeckt.

Die Steinbank, die ich im seitlich neben dem Haus angelegten Garten entdeckte, kam mir auf den ersten Blick wie ein idealer Ort vor, weil mir nach der Szene im Salon immer noch vor Wut die Ohren qualmten. Aber jetzt, nachdem ich beinahe eine Stunde hier gesessen habe, schmerzen meine Knochen. Meine Lippen sind rissig, und jedes Mal, wenn ich die eiskalte Luft einatme, brennt meine Kehle wie Feuer. Zu allem Überfluss fängt es auch noch an zu regnen – ein stechender, speiender Niederschlag, der auf mein Gesicht pladdert und mich schnell bis auf die Knochen durchnässt.

»Perfekt«, murmle ich vor mich hin und beobachte, wie mein Atem in kleinen Wolken vor meinem Mund kondensiert. Für Oktober ist es ungewöhnlich kalt, selbst so hoch in den Bergen. Mir wird klar, dass ich irgendwann wieder werde reingehen müssen – entweder das oder ich erfriere hier draußen, da mein Versuch, ein Auto anzuhalten, um mich mitnehmen zu lassen, kläglich gescheitert ist. Als ich aus dem Herrenhaus stürmte, begrüßten mich die knallharten Blicke derselben vier muskelbepackten Wachmänner, die mich vorhin geschnappt hatten – Mitglieder der königlichen Elitegarde, wie mir inzwischen klar ist. Ihre Aufgabe besteht darin, die Lancasters zu beschützen.

Was nun offenbar auch mich einschließt.

Emilia Victoria Lancaster.

Die aufgrund ihrer Abstammung rechtmäßige Kronprinzessin von Caerleon.

Ich verziehe das Gesicht.

Ich würde nur zu gerne so tun, als wäre das alles ein alberner Witz, aber ich weiß es besser. Linus – ich kann mich nicht dazu durchringen, ihn anders zu nennen, nicht mal in meinem Kopf – meint das vollkommen ernst. Er beabsichtigt, mich öffentlich als designierte Erbin zu benennen. Er will mich vor der ganzen Welt als sein Kind anerkennen.

Wie absurd ist das denn bitte?

Ich meine … es ist der Traum jedes unehelichen Kinds. Nicht wahr? Von jemandem beansprucht zu werden. Legitimiert zu werden. Zu erleben, wie der Elternteil, der einen nie haben wollte, plötzlich wieder auftaucht und einem mitteilt, dass er einen schrecklichen Fehler gemacht hat. Dass es ihm leidtut. Dass von nun an alles anders laufen wird.

Verdammt, das war einst auch *mein* Traum.

Aber jetzt nicht mehr.

Weil ich jetzt weiß, dass Träume immer einen Haken haben. Wie Mom immer sagte: *Wenn etwas zu gut erscheint, um wahr zu sein ... dann liegt das normalerweise daran, dass es so ist.* Ein Zittern sorgt dafür, dass meine Zähne klappern. Gott, es ist eiskalt. Ich kann der Verlockung von Wärme und Zuflucht im Inneren des Herrenhauses immer schwerer widerstehen, je länger ich hier draußen auf dieser durchnässten Bank hocke. Ich wische mir den Regen aus den Augen und werfe einen sehnsüchtigen Blick auf das Lockwood-Anwesen.

Zwei meiner Wachen stehen in den Schatten des großen Hauses und werden von dem Licht umrissen, das aus den Fenstern im Erdgeschoss strömt. Sie behalten mich trotz des stetig zunehmenden Regengusses im Auge. Sie haben noch nicht versucht, mich mit Gewalt nach drinnen zu befördern, aber ich weiß, dass es nur eine Frage der Zeit ist. Schließlich sind sie durch einen Schwur dazu verpflichtet, mich zu beschützen – und sei es vor meinen eigenen sturen Entscheidungen.

»Ich muss schon sagen«, kommentiert eine ironische Stimme aus dem Dunkeln und erschreckt mich halb zu Tode. »Das ist der beste Plan, den ich je gesehen habe.«

Ich werfe den Kopf herum und atme scharf ein, als ich Carter dort im Regen stehen sehe. Sein weißes Anzughemd klebt an seiner muskulösen Brust wie eine zweite Haut. *Herr im Himmel.* Es sollte verboten sein, dass jemand so heiß aussieht, wenn er pitschnass ist. Vor allem wenn dieser Jemand mein neuer Stiefbruder ist.

»W... was?«

»Das hier.« Er zuckt mit den Schultern. »Du nimmst es in Kauf zu erfrieren, nur um keine Prinzessin werden zu müssen. Das wird sicher funktionieren, aber ich denke, dass es eine einfachere Möglichkeit geben muss.«

Ich versuche zu lachen, aber der Laut, der aus meinem Mund kommt, klingt stattdessen verdächtig nach einem Schluchzen. »Klar. Tja, lass es mich wissen, wenn dir eine einfällt, denn ich bin schon eine ganze Weile hier draußen und zermartere mir das Hirn, und bislang ist mir nichts eingefallen.«

»Ich weiß nicht, wie es dir geht, aber ich kann sehr viel effektiver denken, wenn es um mich herum warm ist. Und trocken. Vorzugsweise habe ich dabei auch noch ein Glas Bourbon in der Hand.« Er zögert für eine Sekunde. Dann kommt er einen Schritt auf mich zu und streckt seine Hand aus. »Komm schon.«

Ich rühre mich nicht vom Fleck, sondern lege einfach nur fragend den Kopf schief. »Ich dachte, du solltest ein Arschloch sein.«

»Das bin ich auch.«

»Was du nicht sagst. Meiner allgemeinen Erfahrung nach stellen sich Arschlöcher nicht den Elementen, um einer ... als was hast du mich vorhin noch gleich bezeichnet?« Ich verziehe die Lippen. »Oh, ich erinnere mich. Um einer ›durchgeknallten lilahaarigen Elfe‹ zu helfen, die sie kaum kennen.«

»Schön.« Er zieht seine Hand zurück. »Vergiss es. Meinetwegen kannst du hier erfrieren.«

Er grummelt vor sich hin und macht sich über einen der Gartenpfade davon, bis er nach ein paar Schritten zwischen zwei Rosenbüschen verschwindet. Bevor ich genug Zeit habe, es mir auszureden, stehe ich auf und renne hinter ihm her.

»Warte!«, rufe ich atemlos und rutsche beinahe auf dem glatten Steinpfad aus, während ich schlingernd um einen stacheligen Busch fege. »Warte, Carter, ich habe dich doch nur ... *uff!*«

Ich pralle so heftig gegen seine Brust, dass es mir die Luft aus der Lunge presst. Er schnauft vor Schmerz und biegt sich nach hinten, um den Aufprall abzufangen. Dabei legt er die

Hände automatisch um meine Oberarme und stützt mich mit seinem Körper. Ich lange mit den Händen an seine Seiten und klammere mich mit aller Macht am feuchten Stoff seines Hemds fest.

»Großer Gott!«, flucht er.

»Tut mir leid!«, keuche ich. »Wirklich, ich wollte nicht …«

»Für eine so winzige Person bringst du ganz schön viel Wucht mit.«

Die Entschuldigung, die mir auf der Zunge liegt, kommt nicht über meine Lippen. Stattdessen breche ich in unkontrollierbares Lachen aus. Carter blinzelt zu mir herunter und zieht besorgt die dunklen Augenbrauen zusammen. Aus irgendeinem Grund bringt mich das nur noch mehr zum Lachen.

Tief im Inneren weiß ich, dass nichts an diesem Tag auch nur im Entferntesten amüsant ist. Aber gerade im Moment fühle ich mich derartig vom Wahnsinn besessen, dass ich mich nicht im Geringsten darum schere, wie eine Verrückte zu wirken, die wild lachend im Regen steht.

In den Armen meines Stiefbruders.

Der abstruse Gedanke sorgt dafür, dass ich erneut in Gelächter ausbreche. Ich versuche, mich zusammenzureißen, aber ich kann nicht. Freudentränen – *oder sind es am Ende vielleicht doch echte Tränen?* – vermischen sich auf meinem Gesicht mit dem Regen. Carter legt die Finger fester um meine Arme, aber ich spüre sie kaum. Ich schwebe außerhalb meines Körpers, fühle mich leichter als Luft, leichter als Wind, leichter als das Gewicht der erdrückenden Verantwortung, die auf meinen Schultern lastet. So leicht, dass ich davonschweben würde, wenn er mich losließe – hoch, hoch und immer höher bis zu den Sternen hinauf, wo es keine Wörter wie »Geburtsrecht« oder »Schicksal« oder »Thronfolge« gibt, die mich nach unten drücken.

»Hey! *Hey.*« Er schüttelt mich sanft. »Emilia.«

Das ist das erste Mal überhaupt, dass er mich bei meinem Namen nennt, und das Gefühl, das damit einhergeht, schießt durch meinen Körper wie ein Stromschlag. Mein Gelächter verpufft so plötzlich, wie es entstanden ist, und hinterlässt einen hohlen Schmerz, der mir Angst einjagen würde, wenn ich irgendetwas spüren könnte.

»Emilia?«

»Es geht mir gut«, flüstere ich mit einer Stimme, die ich kaum als meine eigene erkenne. »Ich komme schon wieder in Ordnung.«

»Gott, deine Haut ist eiskalt.« Er reibt meine Arme. »Wir müssen dich nach drinnen bringen.«

»Ich will noch nicht wieder rein.«

»Tja, das ist Pech. Denn das steht nicht zur Diskussion.«

»Bitte.« Meine Stimme bricht, als ich dieses eine Wort ausspreche. »Zwing mich nicht, wieder da reinzugehen. Bitte, Carter …«

Er atmet scharf ein. Seine Augen blitzen in der Dunkelheit auf, und in ihren Tiefen schwimmen Gedanken, die zu entschlüsseln ich mich fürchte. Und ich weiß, dass es falsch ist … aber jetzt gerade in diesem Moment fühle ich mich so schwach, dass es keine Rolle zu spielen scheint. Ich schlinge die Arme um seinen Rücken, lehne mich vor und sauge ihn in mich auf.

Seine Hitze.

Seine Stärke.

Er verspannt sich, aber ich halte ihn nur noch fester – ich klammere mich an ihn, als wäre er mein Rettungsring in tosendem Wasser, als wäre er das Einzige, das meinen Kopf über den Wellen der Erschöpfung hält, die durch meinen Körper rauschen.

Nach einem Augenblick spüre ich, wie er sein Kinn auf meinen Kopf legt. Nach einem weiteren Augenblick schlingt er die

Arme vorsichtig um meinen Rücken. Er hält mich, als wäre er aus der Übung – als hätte eine simple Umarmung so wenig mit seiner normalen Welt zu tun, dass er nicht sicher ist, wie er dabei vorgehen soll. Tatsächlich würde ich Mitleid für ihn empfinden, wenn ich auch nur noch ein winziges Fitzelchen Emotionen übrig hätte, das ich für jemand anders erübrigen könnte.

Es mag vollkommen absurd erscheinen, aber wir stehen sehr lange im strömenden Regen und halten einander fest. Umarmen uns. Und die ganze Situation ist nicht von knisternder Spannung erfüllt wie auf der Rückbank des SUV. Sie ist nicht mal im Entferntesten erotisch. Hier geht es einfach nur darum, dass ein Mensch ein verzweifeltes Bedürfnis nach Trost verspürt und ein anderer ihn festhält und diesen Trost bereitwillig spendet.

Oder vielleicht rede ich mir das auch einfach nur ein.

Ich versuche, nicht an den Duft seiner Haut zu denken … den Klang seiner Atemzüge, den ich trotz des trommelnden Regens vernehme … die Konturen seiner Brustmuskeln unter meiner Wange … die Tatsache, dass unsere Münder nur wenige Zentimeter voneinander entfernt wären, wenn ich mein Gesicht zu seinem hochdrehen würde …

Lass los.

Tritt zurück.

Geh weg.

Ich ignoriere meinen eigenen Rat viel zu leichtfertig. Ich hole tief Luft, lege den Kopf in den Nacken und schaue zu ihm hoch. Sofort treffen seine Augen auf meine – blau, blau, blau und voller Fragen, die ich nicht beantworten kann. Aus dieser Nähe kann ich die schmalen marineblauen Ringe ausmachen, die seine Regenbogenhäute umgeben.

»Danke«, flüstere ich und wünschte, dass meine Stimme nicht so zittern würde.

Er erwidert nichts – er reagiert eigentlich gar nicht, hebt aber eine Hand und streicht mir langsam eine nasse Haarsträhne aus den Augen. Der heftige Regen lässt nicht nach und bespritzt unsere Gesichter. Ich starre auf die Tropfen, die an seinen Wimpern hängen, und beobachte, wie er sie wie Tränen fortblinzelt. Dabei ignoriere ich den Teil von mir, der sich danach sehnt, sie zu kosten, während sie über seine Wangen rinnen.

»Carter, ich … ich …«

Ein leiser Laut grummelt tief in seiner Kehle, als er sich dicht an mich heranlehnt und so den winzigen Abstand zwischen uns verschwinden lässt. Für einen winzigen Augenblick denke ich, dass er etwas vollkommen Verwegenes tun wird …

Stattdessen lässt er die Arme sinken und zieht sich zurück.

»Wir sollten gehen«, sagt er tonlos und schiebt die Hände in die Hosentaschen, während er es vermeidet, mich anzusehen. »Sie werden schon nach uns suchen.«

»Klar. Natürlich.« Ich presse meine runzligen Finger fest zusammen, drehe ihm den Rücken zu und gehe den Pfad entlang, der zurück zum Haus führt, und zwar so schnell mich meine Füße tragen.

Vor zehn Minuten wäre ich lieber die ganze Nacht über hier draußen geblieben, als noch einmal einen Fuß in dieses Herrenhaus zu setzen. Nun sieht das Lockwood-Anwesen verdammt gut aus – zumindest verglichen mit der Aussicht, auch nur eine weitere Minute in inniger Umarmung mit meinem neuen *großen Bruder* zu verbringen.

7. KAPITEL

In diesem Haus spukt es.

Hier mag es zwar keine echten Geister geben, aber es gibt geisterhafte Wachen und Bedienstete, die sich lautlos durch die zahlreichen Korridore bewegen. Nur hin und wieder lässt ein leises Knarren der Bodendielen ihre Anwesenheit erahnen. Vielleicht bin ich paranoid, aber ich kann einfach das Gefühl nicht abschütteln, dass die ganze Zeit über Augen auf mich gerichtet sind.

Sie beobachten mich.

Und warten.

Während wir in einem halbdunklen Flur in einem der oberen Stockwerke stehen, trete ich nervös von einem Fuß auf den anderen. Carter wühlt unterdessen auf der Suche nach Handtüchern in einem Wäscheschrank herum. Meine Beine, die nach dem Erklimmen dieser endlosen Treppe immer noch schmerzen, tropfen unablässig, bis sich auf dem Parkettboden unter meinen Füßen eine kleine Pfütze bildet.

»Hier.«

Es ist das erste Wort, das aus seinem Mund kommt, seit wir aus dem Garten zurück ins Haus gegangen sind. In dem unheimlich stillen Haus könnte es ebenso gut ein Schrei sein. Ich erschaudere und schaue mich um. Hier gibt es zu viele Zimmer mit verschlossenen Türen, zu viele umherhuschende Schatten, zu viele Fremde, die gerade so außer Sichtweite auf der Lauer liegen.

»*Hier*«, wiederholt Carter ungeduldig und schüttelt das Handtuch, das er umklammert hält.

Ich schnappe es mir und wickele den warmen Stoff um mein vom Regen durchnässtes Oberteil und den kurzen Rock. Beide Kleidungsstücke kleben nun eng genug an meinen Kurven, um selbst einer billigen Prostituierten die Schamesröte ins Gesicht zu treiben. Carter nimmt sich ein eigenes Handtuch aus dem Schrank und tritt die Tür zu. Der Knall sorgt dafür, dass ich vor Schreck in die Luft springe.

»Entspann dich«, murmelt er. Seine Stimme klingt gedämpft, weil er sich gerade mit dem Handtuch das Gesicht abtrocknet. »Octavia hat mittlerweile längst ihr Schlafmittel genommen. Und Linus mag zwar König sein, aber der Mann könnte eine verdammte Revolution verschlafen. Er würde erst aufwachen, wenn man ihn auf die Guillotine gelegt hätte, um ihm den Kopf abzuschlagen.«

»Das muss praktisch gewesen sein, wenn du dich als Teenager nachts aus dem Haus schleichen wolltest«, murmle ich und wringe Wasser aus meinen Haaren.

Er zieht die Augenbrauen hoch. »Das musste ich nie heimlich machen. Die Lancasters sind nicht unbedingt Anhänger der aktiven Erziehung, wie du schon bald herausfinden wirst.«

»Oh?« Meine tauben Finger fangen an zu kribbeln, als meine Durchblutung wieder in Gang kommt. »Du gehst also davon aus, dass ich bleibe.«

»Etwa nicht?«

»Warum sollte ich?«

Er sieht mich wortlos an.

»Ich kann nicht einfach mit den Fingern schnippen und … *königlich* werden.« Schon das Wort lässt mich das Gesicht verziehen. »Ich habe nicht die geringste Ahnung von diesem Leben.«

»Lass es dir von jemandem sagen, der mit diesem Leben aufgewachsen ist: Der Großteil besteht aus langweiligen Staatsbanketten und gelegentlichen Einweihungsfeiern oder Wohltätigkeitsveranstaltungen. Lächeln. Winken. Den Mund halten.« Er zuckt mit den Schultern. Ich habe nicht den Eindruck, dass sie dich in einer Führungsrolle sehen wollen. Sie brauchen jemanden, den sie als Beweis dafür präsentieren können, dass die Blutlinie der Lancasters munter und wohlauf ist. Jemanden, den sie der Öffentlichkeit als Beweis vorführen können, dass der Fortbestand der Monarchie nach dem Tod von König Leopold und Königin Abigail nicht gefährdet ist.« Er zieht die Augen zusammen und starrt mich an. »Da Henry im Krankenhaus liegt ... bist du momentan so ziemlich die einzige verbliebene Person auf diesem Planeten, die diese Rolle übernehmen kann. Ich kann mir nicht vorstellen, dass sie dich einfach so gehen lassen werden. Ob es dir nun gefällt oder nicht ... du bist ein unverzichtbarer Bauer in dieser speziellen Schachpartie.«

»Meinst du, ich wüsste das nicht?«, schnaube ich wütend. »Meinst du, mir wäre nicht klar, dass der einzige Grund, warum ich gerade hier in diesem Flur stehe und mit dir rede, darin besteht, dass sie buchstäblich *keine anderen Optionen* zur Verfügung haben?« Meine Stimme schnellt eine Oktave höher. »*Seht nicht hin, sie haben ein uneheliches Kind aus den Schatten gezerrt!* Sie haben wirklich die letzten Möglichkeiten ausgeschöpft, nicht wahr?«

»Das meinte ich nicht.«

»Aber es ist die Wahrheit.« Ich schüttle den Kopf. »Hast du irgendeine Ahnung, wie es sich anfühlt, sein ganzes Leben damit zu verbringen, auf Bestätigung von jemandem zu warten und sie dann endlich zu bekommen … aber aus den absolut falschen Gründen?«

Seine Miene versteinert sich. »*Nein*. Die habe ich verdammt noch mal nicht.«

Stimmt. Davon kann er ja gar keine Ahnung haben – nicht mit Octavia als Mutter. Sie wirkt nicht unbedingt wie der Typ Mensch, der anderen Bestätigung zukommen lässt.

Ich öffne den Mund, klappe ihn aber sofort wieder zu. Es hat kaum Sinn, ihn die Dinge aus meiner Perspektive sehen zu lassen. *Lord Carter Thorne* ist in diesem Leben voll übermäßigen Reichtums und bedeutender Verantwortungen aufgewachsen. Er könnte niemals verstehen, wie seltsam das Ganze für jemanden wie mich ist – eine gewöhnliche junge Frau, die man einfach so in ein Spiel geworfen hat, ohne dass sich jemand die Mühe gemacht hätte, ihr die Regeln zu erklären.

Ich werfe einen Blick zu der Tür des Zimmers, das das Hauspersonal auf Simms' Anweisung hin für mich vorbereitet hat. In der darin eingelassenen Halterung für das Namensschild befindet sich ein Kärtchen, auf dem in verschnörkelter Schönschrift mein lächerlicher neuer Titel steht.

Ihre Königliche Hoheit Emilia Victoria Lancaster

»Ehrlich gesagt ist das Ganze ohnehin bloß ein theoretisches Problem«, sage ich nach einem langen Moment, als ich den Blick endlich von der Tür losreiße. »Weil sich Prinz Henry erholen wird. Er wird die Krone übernehmen, er wird das Land regieren … und ich werde in mein altes Leben zurückkehren.«

»Bist du wirklich so wild darauf, dorthin zurückzukehren?«, fragt Carter und sieht mich an, als wäre ich ein Rätsel, das er nicht lösen kann. »Die meisten Frauen wären völlig aus dem Häuschen, wenn ihnen jemand mitteilen würde, dass sie in einem Schloss leben und eine Krone tragen dürfen. Das ist doch der Traum einer jeden Frau, oder etwa nicht?«

»*Meiner* nicht.« Ich ziehe das Handtuch von meinen Schultern und falte es zusammen. »Ich habe in Vasgaard Verpflichtungen. Ich kann das nicht alles einfach ignorieren, weil irgendeine altmodische Repräsentationsfigur mit den Fingern schnippt und verlangt, dass ich mein Leben, mein Praktikum und meinen Platz an der Universität aufgebe. Ganz zu schweigen davon, dass es Menschen gibt, die mir wichtig sind ...« Owens Gesicht blitzt vor meinem inneren Auge auf, und sofort überkommen mich Schuldgefühle. Er muss außer sich vor Sorge sein. »Ich kann ihn nicht einfach verlassen«, beende ich den Satz leise und schüttle den Kopf.

Carters Blick wird scharf wie eine Klinge, die mich schneidet, wann immer er mein Gesicht betrachtet. »Die arme kleine Prinzessin kann ihren Geliebten nicht sehen, weil man sie zu einem Mitglied der königlichen Familie gemacht hat. *Verschone mich.* Das ist kein echtes Problem, und das weißt du. Du suchst nur nach Gründen, um etwas aus dem Weg zu gehen, das dir Angst einjagt.«

Ich zucke angesichts seiner harschen Worte zusammen. »Wie ich sehe, verhältst du dich jetzt wieder wie ein Arschloch.«

»Das passt doch. Schließlich bist du wieder mal durchschaubarer als Klarsichtfolie.«

Ich starre ihn böse an. »Warum interessiert dich das alles überhaupt? Welche Entscheidungen ich treffe? Die Frage ob ich bleibe oder nicht?«

»Es interessiert mich nicht.«

»Tut es doch!«

»Du bist wirklich verblendeter, als ich dachte.«

Schwer atmend, funkeln wir einander an. Ich bin mir nicht ganz sicher, wann die Unterhaltung zu einem Streit ausgeartet ist, aber plötzlich ist mir vor lauter Wut ganz heiß. Und es sieht so aus, als würde es ihm ähnlich ergehen. Die Luft, die den geringen Abstand zwischen unseren Gesichtern ausfüllt, flimmert vor Hitze. Die Moleküle verformen sich wie Sauerstoff um einen kochenden Kessel.

»Wenn du das wirklich so siehst«, sage ich durch zusammengebissene Zähne, »bin ich *schockiert*, dass du mich nicht draußen im Regen gelassen hast, damit ich erfriere!«

»Ich muss diese Woche schon an einer Beerdigung teilnehmen«, ätzt er und ballt die Hände an den Seiten seines Körpers zu Fäusten. »Ich war nicht in der Stimmung, noch eine weitere in meinem Terminkalender unterbringen zu müssen.«

»*Wow*.« Ich wringe das Handtuch in meinen Händen, damit ich etwas zu tun habe und nicht in Versuchung gerate, ihm den Hals umzudrehen. »Weißt du, ich dachte, dass wir vielleicht Freunde werden könnten. Aber jetzt wird mir klar, dass das ein schrecklicher Irrtum war.«

»Und *ich* dachte, dass du dich vielleicht als jemand herausstellen würdest, der nicht so vorhersehbar und oberflächlich wie der Rest von ihnen ist. Aber ich schätze, dass sogar ich hin und wieder falschliege.«

»Oh Mann!« Das Handtuch fällt zu Boden, aber ich bemerke es kaum, denn ich mache bereits einen wütenden Schritt in seine Richtung. »Weißt du, von all den schrecklichen Menschen, denen ich während dieses langen, elenden Tages begegnet bin, muss ich schon sagen, dass *du* der schlimmste bist.« Meine Stimme zittert vor Wut. »Und nur damit das klar ist: Deine Konkurrenz schließt einen Vater mit ein, der mich bei meiner Geburt im Stich ließ, und außerdem die böse Schreckschraube, die er danach heiratete!«

In Carters Augen flackert Zorn auf, aber sein Tonfall ist sehr kontrolliert, als er schließlich wieder spricht. »Ich denke, dass wir mit diesem fehlgeschlagenen Versuch einer Freundschaft durch sind. Findest du nicht auch, *Schwesterherz?*«

»Oh, wir sind mehr als durch«, schnauze ich. »Wir haben ja nicht mal richtig angefangen!«

»*Perfekt.*«

Ich wirbele herum, stapfe zu meiner Tür und betrete das Zimmer. Ich will die Tür hinter mir zuschlagen, mache aber den Fehler, noch einmal in den Flur zu schauen. Meine Hand erstarrt, als ich sehe, wie Carter in der Tür zu seinem Zimmer steht, das meinem direkt gegenüberliegt. Er hat die Hand so fest um die Klinke gelegt, dass die Knöchel weiß hervortreten, und sein Gesicht verfinstert sich vor Wut, als er in meine Richtung schaut.

Ich weiß, dass ich ihm die Tür vor der Nase zuschlagen und diesen giftigen Blickkontakt abbrechen sollte, bevor die Situation noch weiter eskaliert. Aber mir stecken immer noch all die unausgesprochenen Worte in der Kehle fest. Ich kann erst dann wieder richtig atmen, wenn ich sie losgeworden bin.

»Du magst nicht in der Lage sein, dich um irgendjemand anders als dich selbst zu scheren, aber für *mich* gilt das nicht. Mich kümmern andere Menschen. Und ich bin nicht schwach, nur weil ich sie nicht im Stich lassen will.«

Sein Tonfall ist so kalt, dass ich ihn kaum wiedererkenne. »Sonst noch etwas?«

»Nein.«

»Gut.«

Keiner von uns rührt sich vom Fleck. Und ich habe einfach keine Erklärung dafür.

»Und ich habe nie gesagt, dass ich einen festen Freund habe!«, keife ich wütend weiter und komme zu dem Schluss, dass ich besser nicht zu genau über den Grund dafür nachdenke.

»Ich habe auch nie danach gefragt, Prinzessin«, schießt er ebenso feindselig zurück.

»Schön!«

»Schön.«

Meine Tür knallt eine Sekunde vor seiner zu, und zwar so heftig, dass sie im Rahmen rappelt.

Pitschnass und stinksauer tigere ich in meiner Gefängniszelle hin und her.

Okay, eigentlich ist es keine Gefängniszelle. Es ist ein Schlafzimmer. Ein schönes Schlafzimmer, das in hellen Blautönen gehalten ist und über ein riesiges Himmelbett, einen antiken Kleiderschrank und einen hübschen Kamin verfügt. Das Holz ist fast komplett heruntergebrannt, weshalb eigentlich nur noch glühende Asche übrig ist, also lege ich ein Holzscheit nach und schüre die Glut, bis Flammen hochschlagen. Ich halte die Hände dicht an den Kaminrost, bis mir endlich wieder warm wird.

Dann suche ich das Zimmer nach einem Telefon ab, entdecke aber keins. Für eine Minute spiele ich mit dem Gedanken, meine Suche auf die unteren Stockwerke auszudehnen, aber ich bin so erschöpft, dass ich bezweifle, dass ich es noch einmal die riesige Treppe hochschaffen würde. Außerdem ist da noch die winzige Tatsache, dass ich Owen ohnehin nicht anrufen könnte, selbst wenn es mir gelingen würde, ein Telefon ausfindig zu machen. Seine Nummer ist zwar im Telefonbuch meines Handys gespeichert, aber leider nicht in meinem Langzeitgedächtnis.

Die Technik hat's gegeben, die Technik hat's genommen.

Im angrenzenden Bad schnappe ich nach Luft, als ich einen Blick auf mein Spiegelbild über dem auf einem Sockel angebrachten Waschbecken erhasche. Ich sehe regelrecht furchterregend aus – meine Wimperntusche ist um meine Augen herum so heftig verschmiert, dass ich einem Waschbär ähnele, die Hälfte meines Lippenstifts habe ich weggekaut, und mein Haar ist ein nasses Gewirr aus gewellten lavendelfarbenen Strähnen. Ich ziehe die klobigen schwarzen Absatzschuhe aus, die ich nie wieder anschauen, geschweige denn darin herumlaufen will. Dann pelle ich mich aus dem Rest meines Outfits und lasse es mit einem klatschenden Geräusch auf den gefliesten Fußboden fallen. Zwei Minuten später sinke ich mit einem Stöhnen, das so laut ist, dass ich befürchte, Carter auf der anderen Seite des Flurs könnte es hören, in die warme Badewanne.

Nicht dass ich etwas darum geben würde, was er denkt.

Arschloch.

Ich schließe die Augen, gleite unter die Wasseroberfläche und lasse den Schrei heraus, den ich seit zwei Stunden zurückgehalten habe. Er hat sich wie ein Sturm in mir zusammengebraut, seit die Nachrichtensprecherin in dem gelben Blazer die Worte »Der König ist tot« verkündete. Ein Schwall aus Luftblasen schießt an die Oberfläche und versiegt, als mir die Luft ausgeht. Keuchend tauche ich wieder auf und fühle mich nur leidlich besser.

Gott, ich wünschte, Owen wäre hier.

Nicht hier bei mir in dieser Badewanne. Einfach nur ... hier. An meiner Seite.

Er würde genau das Richtige sagen und mir ein Lächeln aufs Gesicht zaubern. Er würde mich zum Lachen bringen, selbst wenn mir zum Weinen zumute wäre. Er würde mich unterstützen, mich aufmuntern und keine Angst haben, mich in den Arm zu nehmen und mich ganz fest zu drücken. Er würde mir selbst in einer unmöglichen Situation die Nervosität nehmen.

Im Gegensatz zu gewissen anderen Individuen, denen es ein wenig zu viel Spaß zu machen scheint, mich gegen sich aufzubringen, wann immer sich die Gelegenheit dafür bietet ...

Ich verdränge die Bilder von dunklem Haar und einem schmunzelnden Mund und rufe mir stattdessen blonde Locken und ein unbeschwertes Grinsen vor Augen.

Ein paar der Mädels in meinem Psychologie Studiengang finden es seltsam, dass mein bester Freund ein ungebundener Heteromann ist – der zugegebenermaßen ziemlich gut aussieht. Wenn sie mich fragen, warum wir nicht zusammen sind, zucke ich für gewöhnlich mit den Schultern und wechsle so schnell wie möglich das Thema.

Er ist mein bester Freund, erkläre ich ihnen immer und immer wieder. *Zwischen uns ist nie irgendwas gelaufen.*

Sie verdrehen die Augen und seufzen, als hätte ich das Zeug dazu, einer unserer Patienten zu sein.

Klar, Emilia. Was immer du sagst.

Im Laufe der Jahre habe ich andere flüchtige Freundschaften gehabt – meine Zimmernachbarn im Wohnheim aus meinem ersten Studienjahr, die Mädels in meinen Fortgeschrittenenkursen, ein paar Praktikumskollegen, mit denen ich nach einer Schicht hin und wieder ganz unverbindlich etwas trinken gehe. Aber keine dieser Bindungen ist je über das oberflächliche Small-Talk-Level hinausgegangen. Ehrlich gesagt sind diese Leute eher so was wie Bekannte, wenn ich sie mit Owen vergleiche, der all meine geheimen Gedanken und peinlichen Momente kennt und schon fast so lange an meiner Seite ist, wie ich mich zurückerinnern kann.

Er war in der fünften Klasse für mich da, als die Schultyrannin Lana Pillsner kurz vor meiner großen Präsentation mein Diorama zertrümmerte. Er war in unserem letzten Highschooljahr für mich da, als mich Markus Goldstein, mein Partner für den Abschlussball, versetzte. Er war vor zwei Jahren für mich da, als Mom mit einer akuten Lungenentzündung ins Krankenhaus kam … genauso wie er für mich da war, als sie siebzehn Tage später nicht mehr aus dem Krankenhaus herauskam.

Tränen steigen mir in die Augen, als ich an Mom denke. Sie würde das hier hassen – die Tatsache, dass ich hier in diesem Haus und bei diesen Leuten bin. Sie verabscheute die Monarchie fast ebenso sehr wie das Patriarchat und verbrachte meine prägenden Jahre damit, mir Vorträge über die vielen Niedergänge von absoluter Macht sowie über konzentriertes Vermögen und eine ganze Schar anderer sozialer Probleme zu halten, die ich mit meinem noch nicht vollständig entwickelten Verstand kaum begreifen konnte.

Selbst nach all der Zeit kann ich ihre melodische Stimme immer noch glasklar hören.

»Grenzenlose Macht verdirbt ein reines Herz mit sehr viel größerer Wahrscheinlichkeit, als sie ein dunkles heilen wird.«

Ich bin mir ziemlich sicher, dass sie mich das zusammen mit meinen Kinderreimen aufsagen ließ.

»Überfluss führt zu Egoismus, Emilia. Wenn ein Mensch mit nichts geboren wird, gibt es nichts, was er nicht geben würde, um anderen zum Erfolg zu verhelfen. Wenn ein Mensch hingegen mit allem geboren wird, wird er alles tun, um es für sich selbst zu behalten.«

Eine Träne rollt über meine Wange und trifft mit einem leisen Platschen auf die Wasseroberfläche.

»Ich liebe dich, reines Herz.«

Eine weitere Träne fällt.

»Bleib tapfer.«

Während ich in der Wanne vor mich hin döse, lasse ich mich von ihren Worten einlullen, bis ich einen Zustand derartiger Ruhe erreiche, dass ich beinahe einschlafe. Meine Augenlider sind schwer wie Blei, aber ich zwinge mich noch lange genug wach zu bleiben, um mit einem kleinen Stück Rosenseife den

Schmutz des Tages von mir abzuschrubben. Der süßlich-blumige Duft ist nicht unbedingt mein Lieblingsgeruch, aber er ist besser als nichts.

Als ich mir mithilfe einer Spülung endlich die schlimmsten Knoten aus dem Haar gewaschen habe, ist das Wasser bereits kalt geworden, und ich bin so erschöpft, dass ich Gefahr laufe, in der Badewanne das Bewusstsein zu verlieren. Ich lege einen Hebel um und beobachte, wie das Wasser in einem hypnotischen Wirbel in den Abfluss fließt. Ich bewege mich erst wieder, als die letzten Tropfen mit einem leisen Gurgeln verschwunden sind.

Vielleicht wird sich das alles morgen bei Tageslicht nicht mehr so furchtbar anfühlen.

Die Lüge lastet schwer auf meiner Brust, während ich mich auf die Füße zwinge. Ich schnappe mir ein flauschiges Badehandtuch von der beheizten Halterung zu meiner Linken und wickele mich darin ein, als wäre ich ein Schmetterling in einem Kokon. Ich bin mir sicher, dass sich in irgendeiner der vielen Badezimmerschubladen ein Haartrockner befindet, aber ich bin viel zu müde, um mir die Mühe zu machen, danach zu suchen – auch wenn ich weiß, dass ich morgen früh nach dem Aufwachen aussehen werde, als hätte ich in eine Steckdose gegriffen.

Ich lasse das Handtuch auf die Bettkante fallen und sacke mit dem Gesicht voran auf die weich gepolsterte Matratze. Von dort aus winde ich mich unter die Bettdecke, obwohl ich hier und da immer noch ein bisschen nass bin. Kaum dass ich die Augen schließe, schlafe ich ein. Zum Glück bin ich viel zu erschöpft, um im Geiste noch einmal all die schrecklichen Ereignisse durchzugehen, die sich heute zugetragen haben. Ich bin sogar zu erledigt, um von der Zukunft zu träumen – und von der gewaltigen Ungewissheit, die damit einhergeht.

8. KAPITEL

»Du bist also der königliche Bastard, was?«

Die Frage reißt mich aus einem tiefen Schlaf. Schätzungsweise zwei Sekunden später landet das Gewicht eines Körpers auf meiner Matratze und sorgt dafür, dass ich ein Stück weit nach oben geschleudert werde. Mit einem erschrockenen Kreischen reiße ich die Augen auf und entdecke eine mir unbekannte junge Frau mit rotbraunem Haar, die etwa in meinem Alter ist und am Fußende meines Betts sitzt. Sie hat die Beine vor ihrem Körper brezelförmig miteinander verschlungen – die Handflächen auf den Knien, das Kinn auf die Hände gestützt. *Und ihre Augen sind auf mich gerichtet.*

»Was …?« Ich schüttle den Kopf, um klar zu werden, und hoffe, dass sie vielleicht verschwindet. »Wer …?«

»Ich bin Chloe Thorne. Schwester von Carter, Brut von Octavia, ganz allgemein der Quälgeist der Lancaster-Familie.« Sie legt den Kopf schief. »Nette Brüste übrigens.«

Erschrocken lasse ich den Blick zu meiner Brust sinken und spüre, wie meine Wangen heiß werden. Ich habe vollkommen vergessen, dass ich nach meinem Bad nackt eingeschlafen bin. Ich zerre die Bettdecke hoch, um mich mit so viel Anstand, wie ich aufbringen kann, zu bedecken, und beiße die Zähne zusammen, um so etwas wie ein Lächeln auf mein Gesicht zu zwingen.

»Würdest du mir vielleicht verraten, was du in aller Herrgottsfrühe in meinem Schlafzimmer verloren hast, Chloe Thorne?«

»Ich sage es dir nur ungern, aber es ist schon fast ein Uhr mittags.«

»Was?«

Sie nickt. »Ja. Du hast den Vormittag so ziemlich verschlafen. Nicht dass ich dir das zum Vorwurf mache. Ich kann mir vorstellen, dass der gestrige Tag ein ordentlicher Schock für dich war – da ist ein wenig Erholung vermutlich angebracht.«

Ich fahre mit einer Hand durch mein wirres Haar. Wie ich vorhergesehen habe, fühlt es sich an, als hätte ich eine Wette verloren, bei der eine Steckdose und eine Gabel eine Rolle gespielt haben. »Du hast meine Frage nicht beantwortet.«

»Ich war neugierig auf dich. Das geheime uneheliche Kind und all das. Wer hätte gedacht, dass der alte Linus zu so etwas in der Lage ist?«

»Neuigkeiten verbreiten sich hier offenbar schnell«, murmle ich.

»Schneller als Tratsch in einer Highschool-Cafeteria. Außerdem hatte ich einen Informanten.« Ihre Lippen zucken. »Meinen Bruder. Ich glaube, du bist ihm schon begegnet.«

»Zu meinem Unglück bin ich das.«

Sie schnaubt. »Ja, er erwähnte, dass ihr zwei nicht unbedingt den besten Start hattet.«

Verärgerung macht sich schlagartig in meiner Brust breit. »Mmm. Das könnte man so sagen.«

»Er ist eigentlich gar nicht so übel«, versichert mir Chloe.

»Schon klar.«

»Du hast gerade mal zwei Stunden mit deinem sogenannten Bruder verbracht. Ich kenne ihn schon seit vierundzwanzig Jahren. Was ihn betrifft, kannst du dich auf mein Urteil verlassen, okay? Du weißt schon, Hunde die bellen, beißen nicht.« Ihre Miene wird ein wenig ernster. »In dieser Familie aufzuwachsen war nicht leicht.«

»Damit willst du wohl sagen, dass ich von Glück reden kann, dass ich zwei Jahrzehnte lang verstoßen wurde wie ein ungewolltes Stück Abfall …« Ich nicke, und meine Lippen zucken. »Gut zu wissen.«

Grinsend greift sie in die Tasche ihres maßgeschneiderten weißen Blazers. Ich sehe zu, wie sie ein silbernes Feuerzeug und einen fest gerollten Joint hervorholt. Sie klemmt sich ein Ende davon zwischen die Lippen und zündet ihn an.

»Das macht dir doch nichts aus, oder?«, fragt sie und bläst bereits Rauch aus ihrem Mundwinkel.

»Eigentlich …«

»*Na toll!*« Sie zwinkert. »In diesem Haus gibt es schon genug prüde Leute.«

Ich seufze tief.

Ich brauche Kaffee. Und etwas zum Anziehen.

Nicht zwangsläufig in dieser Reihenfolge.

»Ich meine es ernst.« Chloe nimmt einen weiteren tiefen Zug und schließt die Augen, als die Wirkung des Marihuanas auf ihren Körper übergeht. »Ich bin gerade mal drei Stunden hier. Wenn ich mir noch eine weitere Standpauke darüber anhören muss, dass ich auf all diesen unbezahlbaren Möbeln Asche hinterlasse …«

»Vielleicht sind sie ein wenig empfindlich, wenn es darum geht, dass ein *Feuer ausbrechen* könnte«, murmle ich, und mein Tonfall ist schärfer als beabsichtigt. »Weil gestern ein ganzer Flügel des Waterford-Palasts abgebrannt ist und all das.«

Sie blinzelt mich verblüfft an. Dann perlt ein überraschtes Lachen aus ihrem Mund. »Verdammt noch mal. Das war wirklich *schaurig*. Ich glaube, ich mag dich jetzt schon.«

»Toll. Und jetzt verschwinde, damit ich mir etwas anziehen kann.«

Sie lacht erneut, lässt sich von meinem Bett gleiten und ist eindeutig nicht beleidigt, dass ich sie so unsanft verscheuche. Ich dachte, sie würde jetzt gehen, aber sie schlendert stattdessen einfach nur zu dem Lehnstuhl in der Ecke hinüber, neben dem eine große weiße Einkaufstüte steht.

»Hier.« Sie wirft die Tüte aufs Bett. Ich tue mein Bestes, um sie mit einer Hand aufzufangen, ohne die Bettdecke loszulassen. »Die stand vor deiner Tür, als ich ankam. Mit besten Grüßen von der persönlichen Einkaufsflotte des Palasts. Ich bin mir sicher, dass sie dich mit einer ganzen Reihe an unfassbar langweiligen Outfits ausgestattet haben. Lass auf keinen Fall zu, dass sie dein Kleid für die Beerdigung für dich aussuchen – es sei denn, du bist ein Fan von sackartigen schwarzen Kastenkleidern, die höchstwahrscheinlich auch noch einen züchtigen U-Boot-Ausschnitt haben. Gott *bewahre*, dass irgendjemand in dieser Familie auch nur mal einen Hauch von Dekolleté zeigt!«

»Wann ist die Beerdigung?«

»Am Sonntag.«

»*Morgen?*«

Sie schnaubt. »Natürlich nicht. Morgen in einer Woche. Königliche Veranstaltungen zu planen dauert Ewigkeiten – vor allem Beerdigungen. Und das hier wird nicht einfach irgendeine Beerdigung sein. Wir betrauern den Verlust unseres Königs und unserer Königin. Vor der eigentlichen Zeremonie werden die Leichen eine ganze Woche lang öffentlich aufgebahrt sein.«

Ich ziehe verwirrt die Augenbrauen hoch, weil ich irgendwie nicht in der Lage bin, diese Information zu verarbeiten.

»Sie werden in Wyndsor Abbey aufgebahrt, damit sich jeder

von ihnen verabschieden kann«, erklärt sie langsam, als würde sie mit einem Kind reden.

»Das klingt ziemlich … makaber.«

Sie lässt sich mit einem Seufzen auf den Lehnstuhl sinken. »Das macht man, damit das Volk eine Gelegenheit hat, den Verstorbenen die letzte Ehre zu erweisen. Zu der eigentlichen Beerdigung ist nur die Aristokratie eingeladen.«

Ich runzle die Stirn und verziehe die Mundwinkel nach unten. »Das erscheint mir nicht fair.«

»*Fair?*« Sie schnaubt. »Das alles ist wirklich noch neu für dich, oder?«

Ich ignoriere sie. »Wie viele Teilnehmer werden erwartet?«

»Das halbe Königreich, so, wie es aussieht. Ich schwöre, auf den Straßen um die Kathedrale herum bilden sich bereits Schlangen, dabei beginnt die offizielle Totenwache erst morgen. Ich habe mehrere Gruppen gesehen, die Campingzelte aufgebaut haben, damit sie nicht ihren Platz in der Schlange verlieren.«

»Das ist doch Irrsinn.«

»Das ist *Trauer*. Du solltest mal sehen, was da draußen los ist. Das ist wie bei einer Zombieapokalypse. Das ganze Land ist zum Stillstand gekommen. Die Straßen sind wie leer gefegt, die Firmen sind geschlossen, die Leute gehen nicht zur Arbeit … Jeder Laden ist fest verrammelt, jede Flagge weht auf Halbmast. Riesige Menschenmengen kampieren draußen vor dem Krankenhaus und beten für Henry. Wir konnten heute Morgen beinahe nicht mit dem SUV durch die Eingangstore fahren.«

»Wie …?« Ich wage es kaum, die Frage zu stellen. »Wie geht es ihm?«

»Er lebt. Gerade so.« Sie wird ernst. »Ich war gestern Abend mit seiner Verlobten Ava Sterling unterwegs, als wir die Neuigkeit bei Twitter trenden sahen. Stell dir das mal vor. Du erfährst von Fremden im Internet, dass der Mann, den du heiraten sollst, beinahe bei lebendigem Leib verbrannt wäre.« Sie lacht bitter auf. »Eine ganz schön verrückte Welt, in der wir leben.«

»Tut mir leid. Das ist schrecklich.«

Sie nickt. »Wir sind sofort ins Krankenhaus gefahren und haben die ganze Nacht lang auf Neuigkeiten gewartet, bis die Ärzte uns anwiesen, nach Hause zu gehen und ein wenig zu schlafen.«

Ich atme tief ein. »Also ... wird er ...«

»Sterben?« Sie nimmt einen weiteren langen Zug. Rauchfäden kräuseln sich zu den Abdeckungen der Kassettendecke hinauf. »Das ist die große Frage, oder? Leider glaube ich, dass momentan nicht mal die Ärzte die Antwort kennen. Er ist noch nicht aufgewacht. Vielleicht wird er nie wieder aufwachen. Und falls doch ... Wenn man bedenkt, dass aufgrund der Verbrennungen immer ein Infektionsrisiko besteht, seine Lunge und sein Herz durch den eingeatmeten Rauch Schaden genommen haben und er noch dazu einen Schlag auf den Kopf erlitten hat, durch den er bewusstlos geworden ist ... ist es sehr gut möglich, dass er nie wieder derselbe Henry sein wird, den wir kannten.«

Mein Mund wird trocken. Ich versuche zu sprechen, scheine aber irgendwie keine Worte finden zu können.

Chloe zieht die Augenbrauen zusammen. »In der Zwischenzeit sitzen alle einfach nur zu Hause und verfolgen panisch die Nachrichten. Ich dachte, dass die Pressekonferenz, die Simms heute Morgen abgehalten hat, für ein wenig Ruhe sorgen würde, aber ...«

Mein Herz fängt an zu hämmern. »Pressekonferenz? Was für eine Pressekonferenz? Was hat er gesagt?«

»Du weißt wirklich gar nichts, oder?«, fragt sie amüsiert.

»Hat er …?«

»Über dich geredet?« Sie verdreht die Augen. »Nein. Kein Wort. Soweit ich weiß, hat die Presse noch keinen Wind von dir bekommen.«

Erleichterung durchströmt mich.

Ich bin in Sicherheit.

Zumindest für den Moment.

Ein Blick auf Chloe – die sich nun quer auf meinem Lehnstuhl lümmelt und die Füße über eine der Armlehnen gelegt hat, sodass ihre Designerschuhe in der Luft baumeln – verrät mir, dass sie nicht vorhat, allzu bald zu verschwinden. Ich ignoriere mein Publikum und wühle in der Einkaufstüte herum, bis ich ein einfaches weißes Baumwolloberteil finde. Ich verziehe das Gesicht, als ich es aus der Tüte ziehe und den wenig schmeichelhaften Ausschnitt betrachte.

»Was habe ich dir gesagt?« Chloe kichert. »Ein *U-Boot-Ausschnitt.*«

Es mag hässlich sein, aber es ist besser, als nackt herumzulaufen. Ich ziehe es an und gehe den Rest der Klamotten durch, bis ich eine schicke marineblaue Caprihose entdecke. Sie ist vollkommen anders als alles, was ich besitze – viel zu elegant, um sie im Unterricht oder in der Klinik zu tragen. Als mein Blick auf das Preisschild fällt, wird mir sofort klar, *warum* ich keine derartige Hose besitze.

»Herr im Himmel«, murmle ich. »Sind die Nähte etwa aus puren Goldfäden?«

»Das ist einer der Vorteile, wenn man eine Prinzessin ist«, sagt Chloe gedehnt. »Die Klamotten sind der Hammer.«

»Freut mich zu hören, dass es wenigstens ein paar Vorteile gibt.«

»Bedeutend mehr als nur ein paar.« Sie macht eine ausschweifende Geste, und ich beobachte, wie ein winziger

Ascheregen auf den makellosen Teppich niedergeht. »Sobald die Welt von deiner Existenz erfährt, werden die Designer Schlange stehen, um dich einzukleiden. Wenn du deine Karten richtig ausspielst, wirst du es in der Hand haben, eine Stilikone zu werden.«

»Träume werden also tatsächlich wahr«, kommentiere ich sarkastisch.

Sie zieht die Augen zusammen, obwohl ihr Blick schon ein wenig benebelt ist. »Weißt du, für jemanden, dem die Welt gerade auf einem Silbertablett serviert wurde, bist du eine ziemliche Spaßbremse.«

»Besten Dank auch.«

»Tja, wenn du jemanden suchst, der für dich eine Mitleidsparty veranstaltet, bist du bei mir an der falschen Adresse.«

»Ich bin nicht auf Mitleid aus. Und *du* bist zu *mir* gekommen, wenn ich mich recht entsinne.«

»Darum geht es nicht.«

»Geht es hier denn *überhaupt* um etwas?«

Sie verzieht die Lippen. »Ich kann dir alle Ratschläge geben, die du brauchst, wenn es darum geht, wie man an diesem Ort überlebt … aber du wirst sie vollkommen unverblümt bekommen. Und wenn wir Freundinnen werden sollen, werde ich im Gegenzug das Gleiche von dir erwarten.«

»Schön. Du willst Ehrlichkeit?« Ich stoße die Einkaufstüte mit einer Armbewegung von meinem Bett und lächle, als sie auf den Boden fällt. »Bitte entschuldige, wenn ich nicht vor Freude in die Luft springe, weil mein neuer Lebensentwurf ›Emilia Lancaster: Stilikone‹ lauten soll.« Ich schnaube. »Ich will mehr vom Leben als teure Kleidung und langweilige Staatsbankette … und …«

»Züchtige U-Boot-Ausschnitte?«

»*Genau.*«

»Dann verlang danach.«

Ich blinzle sie langsam an. »Was?«

»Verlang. Danach.« Sie rafft sich auf und schaut mich an, als wäre ich die größte Dumpfbacke, der sie je begegnet ist. Ihr Gesichtsausdruck erinnert mich sofort an ihren Bruder. »Du bist eine verdammte Prinzessin. Du bist in eine Position gehievt worden, von der die meisten Menschen nur träumen können, bloß weil Linus es vor gut zwei Jahrzehnten zufällig mal mit deiner Mom getrieben hat.«

Ich verziehe das Gesicht. »War diese Beschreibung nötig?«

»Vermutlich nicht.« Sie drückt ihren Joint in dem Blumengesteck aus, das auf meiner Frisierkommode steht, und lehnt sich mit der Hüfte dagegen. »Da Henrys Leben momentan am seidenen Faden hängt und das ganze verdammte Land in Aufruhr ist ... brauchen sie dich sehr viel dringender, als du sie brauchst. Das nennt man *Einfluss*, E. Das nennt man *Macht*. Hör auf zu jammern und nutze sie.«

Ich schaue sie an und bin verunsichert, während ihre Worte durch meinen Kopf rauschen.

Sie ist irgendwie genial.

»Ich dachte, dass meine gute Fee Flügel und einen Zauberstab haben sollte«, sage ich schließlich und lächle, obwohl mir nicht danach zumute ist. »Stattdessen bekomme ich eine unflätige Kifferin in Designerklamotten?«

»Tja, ich dachte, dass ich endlich einen angemessenen königlichen Titel erhalten würde, wenn meine Mom Königin wird«, gibt sie zurück und sprüht sich mit Parfüm aus einem Flakon ein, der auf der Kommode steht, um den muffigen Grasgeruch zu überdecken. »Stattdessen bekomme ich eine böse Stiefschwester mit kecken Brüsten und lila Haaren.«

Ich lache. »Hast du noch nie was davon gehört? Das Leben ist nicht fair.«

Sie bauscht ihr langes rotbraunes Haar auf, geht quer durchs Zimmer bis zur Tür und reißt sie auf. »Zum Teufel mit der Fairness«, sagt sie und zieht sarkastisch die Augenbrauen hoch. »Das Leben ist ein Schachspiel, E. Willkommen auf dem Brett. Ich schlage vor, dass du deine Züge sorgfältig wählst.«

Mit einem letzten Augenzwinkern schlüpft sie in den Flur hinaus. Mir bleibt kaum Zeit, ihr ein verspätetes »Danke« hinterherzurufen, bevor die Tür hinter ihr klickend ins Schloss fällt. Und zum ersten Mal seit vierundzwanzig Stunden breitet sich ein Lächeln auf meinem Gesicht aus, als mir klar wird, dass das Leben, das ich haben will, immer noch in meiner Reichweite ist. Ich muss nur mutig genug sein, danach zu greifen und es mir zurückzuholen.

Das nennt man Einfluss, E.

Es wird Zeit herauszufinden, ob meine gute Fee recht hatte.

Eine Stunde später sind jegliche Hinweise auf mein Lächeln längst wieder verschwunden. Ich starre den korpulenten Mann, der mir den Weg in das private Arbeitszimmer versperrt, böse an. Sein Doppelkinn zittert vor rechtschaffener Empörung, während er von oben auf mich herabschaut.

»Tut mir leid, Eure Hoheit, das ist gerade nicht möglich.«

»Ich bin noch nicht gekrönt worden, Simms. Hören Sie auf, mich mit ›Eure Hoheit‹ anzusprechen«, schnauze ich. »Und gehen Sie mir aus dem Weg.«

»König Linus ist zurzeit beschäftigt. Mit offiziellen Regierungsangelegenheiten.«

»Ja. Das sagten Sie bereits.« Ich lege den Kopf schief. »Aber es ist so: Ich muss ihn trotzdem sprechen. Dringend.«

»Er ist ein sehr beschäftigter Mann, Eure Hoh…« Er verschluckt sich, als er meinen tödlichen Blick sieht, und reißt das Ruder klugerweise herum. »… Miss Emilia.«

»Zu beschäftigt, um mit seiner einzigen Tochter zu sprechen?«, frage ich, da ich verzweifelt genug bin, um jede Karte auszuspielen, die ich habe, wenn das bedeutet, dass ich dadurch bekomme, was ich will.

Simms verlagert unbehaglich sein Gewicht, gibt aber nicht nach. »Leider kann ich keine Ausnahmen machen.«

Ich verschränke die Arme vor der Brust und versuche, ihn einzuschätzen, als wäre er einer der Patienten in der Klinik. Ich versuche, ihn zu analysieren, wie es einer meiner Dozenten während einer praktischen Unterrichtsstunde tun würde.

Sein schmissiger Kleidungsstil lässt einen Hang zur Theatralik vermuten ... *Er ist den Lancasters gegenüber absolut treu ergeben, sozusagen eine Frage des Stolzes* ... *Er strebt eine lange Karriere in Verbindung mit der königlichen Familie an* ...

Wenn man dann noch bedenkt, dass er zum Perfektionismus neigt und sich auf beinahe krankhafte Weise zu wichtig nimmt, kann ich nur einen potenziellen Riss in seiner Rüstung erkennen: Es liegt nicht in seiner Natur, jemanden zu verprellen, der ihm irgendwann einmal dabei behilflich sein könnte, seine Position zu verbessern.

Jemanden wie mich.

Ich muss ihm diese Tatsache lediglich ins Gedächtnis rufen.

»Sie wollen mir also sagen, dass der König zu beschäftigt ist, um mit der *einzigen Erbin von Caerleon* zu sprechen?«

»Es tut mir leid ... aber ...« Simms gerät ins Wanken.

»Wissen Sie, Gerald – darf ich Sie Gerald nennen?« Ich lehne mich vor und schaue direkt in seine braunen Knopfaugen. »Für mich ist das alles noch neu, also verzeihen Sie mir, wenn ich falschliege ... Aber wenn ich an Ihrer Stelle wäre, würde ich mir die Frau, die diese ›offiziellen Regierungsangelegenheiten‹, über die sie dort hinter diesen Türen diskutieren, möglicherweise eines Tages übernehmen wird, nicht zur Feindin ma-

121

chen. Und als Ihre Prinzessin …« Ich verkrampfe den Kiefer zu einem süßen Lächeln. »Vielleicht sogar als Ihre zukünftige *Königin* … schlage ich vor, dass Sie mich hineinlassen.«

Sein Gesicht wird ein wenig blasser. »So etwas habe ich wirklich noch nie erlebt …«

Ich ziehe die Augenbrauen hoch und warte.

Schätzungsweise drei Sekunden später vollführt er auf seinen glänzenden Schuhen eine Drehung und klopft leise an die Tür des Arbeitszimmers. »Eure Königliche Majestät? Bitte verzeihen Sie die Unverfrorenheit …«

Mein Lächeln kehrt zurück.

Ich habe in der Tat Einfluss.

9. KAPITEL

Ich sitze auf einem ledernen Stuhl vor einem gewaltigen Mahagonischreibtisch und bin in einen Anstarrwettbewerb mit dem Vater verwickelt, von dem ich wünschte, dass ich ihm nie begegnet wäre. Und ich befürchte, dass ich ihn nicht gewinnen kann. Es ist beinahe so, als würde ich in meine eigenen Augen schauen – sie sind genauso tiefgrün, haben die gleiche leichte Mandelform, und tief in ihnen liegt die gleiche Mischung aus Neugier und Vorsicht, während wir einander abschätzen.

Nur wir zwei sind im Zimmer. Er hat seine Berater und seine Leibgarde weggeschickt, als er mich in der Tür zu seinem Arbeitszimmer herumstehen sah, während Simms neben mir Entschuldigungen gluckste. In der erdrückenden Stille, die nun herrscht, erwische ich mich dabei, wie ich mir wünsche, dass sie geblieben wären. Plötzlich kommen mir Zweifel an meinen Gründen, auf diesem Treffen zu bestehen.

»Also.« Linus legt seine Hände aneinander und lehnt sich auf seinem Lederstuhl zurück. »Du wolltest mich sehen.«

Ich nicke.

»Ich muss schon sagen, dass ich überrascht bin. Wenn man deine Reaktion von gestern Abend bedenkt.«

Ich kneife die Augen fest zu, als ich mich an meinen Ausbruch erinnere. Die Worte »Du kannst dir dein königliches Vermächtnis in den Hintern stecken« laufen in Endlosschleife in meinem Kopf ab. Das war nicht gerade einer meiner besten Momente.

Ich kann mich nicht zu einer Entschuldigung durchringen, aber ich schaffe es, eine angemessen trotzige Miene aufzusetzen. »Gestern Abend war ich überwältigt und erschöpft. Das war … eine Menge Zeug, das ich auf einen Schlag verarbeiten musste.«

»Trotzdem hätte ich gedacht, dass du mittlerweile schon auf halbem Weg nach Hawthorne sein würdest.«

Ich zucke erschrocken zusammen, als er das kleine Viertel in Vasgaard erwähnt, das ich als mein Zuhause bezeichne.

»Bist du überrascht, dass ich weiß, wo du aufgewachsen bist, Emilia?«, fragt er sanft. »Wärst du überrascht zu erfahren, dass ich eine ganze Menge über dich und das Leben, das du geführt hast, weiß?«

Diese Frage würde ich nicht mal mit der Kneifzange anrühren. Die potenzielle Antwort ist zu beängstigend.

Mein Puls schlägt schneller. »Wenn ich ehrlich bin, überrascht es mich eher, dass du mich überhaupt nach Hause gehen lassen würdest.«

»Du bist keine Gefangene, Emilia. Du wurdest zu deinem eigenen Schutz auf das Lockwood-Anwesen gebracht, weil eine Notfallsituation eingetreten ist. Und egal, was du denken magst, alle in diesem Haushalt freuen sich sehr, dich hier zu haben.«

»Ja, das ist *genau* der Eindruck, den mir die bewaffneten Wachmänner, die mich gegen meinen Willen hierhergezerrt haben, vermittelt haben.« Ich schnaube. »Und *vor allem* deine Frau hat mich hocherfreut willkommen geheißen.«

»Ich gebe zu, dass einige mehr Probleme mit dieser Veränderung haben als andere.« In seinen Augen blitzt Belustigung auf. »Aber selbst Octavia wird sich irgendwann damit abfinden.«

Ich starre ihn skeptisch an.

»Wenn ich fragen darf … Was führt dich zu mir?« Er hustet – ein feuchtes, rasselndes Geräusch, das mich an den Husten meiner Mutter erinnert, bevor sie ins Krankenhaus kam. Ich versuche, mich auf die Themen zu konzentrieren, die ich ansprechen wollte, aber es fällt mir schwer.

Ist er krank?

»Emilia?«, drängt Linus. »So sehr ich deine Gesellschaft auch genieße, gibt es Angelegenheiten, um die ich mich kümmern muss. Wenn du mir nicht sagst, warum du hier bist …«

»Ich wollte dir einen Handel vorschlagen«, platzt es aus mir heraus.

»Oh?« Seine Miene wird neugierig. »Und wie soll der aussehen?«

»Du willst etwas von mir – brauchst etwas, um genau zu sein«, korrigiere ich mich recht unbeholfen und wünschte, dass meine Worte so aus meinem Mund kommen würden, wie ich es vorhin vor dem Badezimmerspiegel geprobt habe. »Aber ich brauche im Gegenzug auch einiges.«

Er zieht die buschigen grauen Augenbrauen hoch. »Sprich weiter.«

»Ich …« Ich zwinge die Worte über meine Lippen. »Ich werde mich bereiterklären, darüber *nachzudenken*, deine Erbin zu werden – und damit meine ich, dass ich wirklich ernsthaft darüber nachdenken werde, vollkommen offen und unvoreingenommen. Aber das kann ich nicht, wenn mir die ganze Welt dabei zusieht. Ich möchte gern herausfinden, wie dieses Leben wäre, ohne dass ich dabei unter dem wachsamen Blick der Öffentlichkeit stehe.« Meine Wangen laufen rot an. »Keine königlichen Bekanntmachungen. Keine Presse. Kein Druck.«

Er zeigt keine Reaktion.

Ich atme tief ein, um neue Kraft zu schöpfen, und rede weiter. »Auf diese Weise kannst du mir etwas über das Königreich, dieses Leben und die Verantwortung beibringen, die das Dasein als Mitglied der Königsfamilie mit sich bringt, bevor ich für alle Ewigkeit eingesperrt werde. *Falls* es dir gelingt, mich zum Bleiben zu bewegen, werde ich meine Rolle als Kronprinzessin annehmen. Aber falls nicht ... wirst du mir erlauben, in mein altes Leben zurückzukehren. Ich werde in keiner Weise dazu verpflichtet sein, den königlichen Titel jemals anzunehmen.« Ich zucke leicht mit den Schultern. »Nenn es eine ... Probezeit.«

Überraschenderweise lacht er mich nicht aus. Er neigt einfach nur den Kopf und fragt: »Und wie lange würde diese ›Probezeit‹ dauern?«

»Ähm ...« Mist, darüber habe ich gar nicht nachgedacht. »Ein Jahr?«

»Bis zu meiner offiziellen Krönung«, kontert er mit einer Miene, die ich nicht deuten kann. »In einem Monat.«

»Aber das ist nicht mal ansatzweise genug Zeit! Wie kann ich denn ...?«

»Das hier soll ein Handel sein, oder etwa nicht?«, fällt er mir mit strenger Stimme ins Wort.

»... ja.«

»Und dir ist bekannt, was dieses Wort bedeutet, richtig?«

Ich kämpfe gegen den Drang an, ihm wie ein Kind die Zunge rauszustrecken und murmle: »Ein Kompromiss zwischen Parteien mit gegensätzlichen Interessen.«

»Genauso ist es. Allerdings sind meine Interessen in diesem Fall zeitkritisch.« Er lehnt sich wieder auf seinem Stuhl zurück und legt erneut die Hände aneinander. »Ein Monat – während dieser Zeit wird deine Identität streng geheim gehalten. Niemand außer der direkten Familie, den Bediensteten und den

Sicherheitsleuten wird erfahren, wer du bist. Du wirst mir für öffentliche Veranstaltungen zur Verfügung stehen und dich als königliche Beraterin oder etwas ähnlich Angemessenes ausgeben. Außerdem wirst du Unterricht in Außenpolitik, Gesellschaftstanz und angemessenen Umgangsformen von einer Lehrperson meiner Wahl erhalten.«

»Das soll doch wohl ein Witz sein«, schnauze ich empört. »Du willst, dass ich *Prinzessinnenunterricht* nehme?«

»Zweimal täglich.«

»Das ist absurd!« Ich springe auf. »Ich werde mich nicht demütigen lassen, indem ich in einem Ballsaal herumstolziere und lerne, wie man poussiert und huldvoll winkt wie eine Idiotin mit Diadem auf dem Kopf.«

»Dann fürchte ich, dass du nicht bekommen wirst, was du haben willst.« Er zuckt leicht mit den Schultern, als wäre ihm egal, wofür ich mich entscheide. Doch sein Blick bleibt aufmerksam. »Was *willst* du denn überhaupt, Emilia? Ich stelle mir vor, dass es etwas überaus Wichtiges sein muss, wenn du dafür bereit bist, auch nur vorübergehend eine Rolle einzunehmen, die du so eindeutig verabscheust.«

Lass nicht zu, dass Wut dein Urteilsvermögen trübt.

Konzentriere dich auf dein Ziel.

Konzentriere dich darauf, nach Hause zu gelangen.

Ich lasse mich langsam wieder auf meinen Stuhl zurücksinken und atme tief ein. »Ich bin immer noch der Meinung, dass ein Monat nicht ansatzweise genug Zeit ist.«

Er sagt kein Wort.

»Aber ich werde mich darauf einlassen«, stimme ich zu und verziehe beim Gedanken daran das Gesicht. »*Wenn* du mir im Gegenzug das gibst, was ich will.«

»Was da wäre?«

Ich schlucke schwer. »Erstens: Ich will meine Sachen zu-

127

rückhaben, inklusive meinem Handy, damit ich den Freund anrufen kann, mit dem ich gestern Abend unterwegs war, um mich zu vergewissern, dass es ihm gut geht. Außerdem würde ich ihn gerne persönlich sehen – *heute*, falls möglich.«

»Das wäre dann wohl ...« Er wirft einen Blick auf eine Aktenmappe auf seinem Schreibtisch. »Mr Owen Harding?«

Ein Schreck durchfährt mich. »Ja. Woher weißt du das? Ist ihm etwas passiert?«

»Ich versichere dir, dass es ihm absolut gut geht. Tatsächlich geht es ihm sogar so gut, dass er ohne Unterlass im Palast angerufen und verlangt hat, mit dir zu sprechen, seit dich die Sicherheitsleute gestern Abend hierhergebracht haben.«

»*Was?*«

Linus nickt. »Er ist ein äußerst hartnäckiger Bursche.«

Ich fahre mit einer Hand durch mein Haar. »Er muss vor Sorge ganz außer sich sein ...«

»Wir werden natürlich dafür sorgen, dass dein Freund herkommen kann – nachdem man ihn auf potenzielle Sicherheitsbedrohungen überprüft hat.«

»Er ist keine Sicherheitsbedrohung! Und er ist nicht mein *fester* Freund.«

»Mein Fehler.« Wieder zieht er die buschigen Augenbrauen hoch. »So viel Zuneigung erlebt man nur selten bei einem ... Freund.«

»Vielleicht brauchst *du* neue Freunde.«

Seine Augen blitzen auf. »Nun, da wir die Angelegenheit mit Mr Harding geklärt haben ... gehe ich davon aus, dass du auf deiner Liste mit Forderungen noch mehr Punkte hast, richtig?«

»Richtig.« Ich straffe die Schultern. »Mein Praktikum.«

»Im Zentrum für Klinische Psychologie der Universität von Vasgaard.«

Wieder überrascht mich sein ausführliches Wissen über mein Leben. »Ja.«

»Ein anspruchsvolles Programm.«

»Genau. Ich habe hart gearbeitet, um mir meinen Platz dort zu verdienen, und ich werde nicht zulassen, dass all das hier …« Ich deute mit einer vagen Geste im Zimmer umher. »… ihn in Gefahr bringt, vor allem nicht, weil ich kurz vor meinem Abschluss stehe. Während dieser Probezeit werde ich weiterhin meine Kurse besuchen.«

»Das ist nicht möglich.«

Ich erstarre. »Einfach so? Ohne Diskussion?«

»Einfach so.«

»Ich muss also *Prinzessinnenunterricht* nehmen und meinen echten Unterricht aufgeben?«, schnaube ich. »Das ist absurd! Ich dachte, dass das hier ein Handel wäre!«

»Bis zu einem gewissen Punkt. Allerdings können wir deine Sicherheit nicht garantieren, wenn du unbeaufsichtigt auf einem Universitätsgelände herumspazierst.«

»Niemand weiß überhaupt, wer ich bin«, argumentiere ich. »Ich bin nicht in Gefahr.«

»Das wissen wir nicht mit Sicherheit. Wir haben noch keine definitiven Informationen darüber, wie es zu dem Feuer gekommen ist. Allerdings glaubt der Leiter meines Sicherheitsteams, dass Brandstiftung dahintersteckt. Es ist noch nicht offiziell bekannt, aber … jemand versetzte Henry einen Schlag auf den Kopf, *bevor* sich die Flammen ausbreiteten, und ließ in zum Sterben in seinen Gemächern zurück. Was bedeutet, dass das kein Unfall war. Es war ein Anschlag. Es war *Mord*.«

Ich reiße die Augen auf. Ich hatte schon vermutet, dass diese Möglichkeit in Betracht kommen könnte, aber diese Vermutung nun bestätigt zu hören fühlt sich trotzdem wie ein

Schlag in die Magengrube an. Linus wirkt plötzlich so alt, wie er tatsächlich ist. Die ganzen dreiundsiebzig Jahre seines Lebens liegen auf seinen Schultern wie eine zentnerschwere Last.

»Mein Bruder ist tot. Meine Schwägerin ist tot. Mein Neffe liegt auf der Intensivstation und ringt dort um sein Leben. Dies ist nicht der richtige Zeitpunkt, um unangemessene Risiken einzugehen, Emilia.«

»Das verstehe ich«, murmle ich. »Allerdings …«

»*Nein*. Meine Entscheidung ist unumstößlich. Bis wir wissen, ob es sich hierbei um eine tatsächliche Bedrohung handelt, wer die Täter sind und ob irgendwelche anderen Mitglieder dieser Familie Ziele weiterer Anschläge sein könnten, müssen wir zusätzliche Vorsichtsmaßnahmen ergreifen. Ich werde nicht zulassen, dass meine Tochter ihr Leben wegen etwas aufs Spiel setzt, das sich problemlos mit einem Brief an den Dekan und einer vorübergehenden Auszeit vom Studium regeln lässt.«

Das Wort »Tochter« hängt schwerer als Nebel zwischen uns in der Luft. Ich senke den Blick auf die schimmernde Oberfläche seines Schreibtischs und tue mein Bestes, um es zu ignorieren.

»Ich will keine Auszeit einlegen«, flüstere ich.

»Dann werden wir dich für Onlinekurse einschreiben.«

»Und mein Praktikum?«, hake ich nach und hebe den Blick wieder. »Wie kann ich Patienten besuchen oder Behandlungen anwenden oder lernen, wie man Diagnosen stellt, wenn ich vor einem Computerbildschirm sitze?«

Er schüttelt den Kopf. »Der Palast hat viele Möglichkeiten. Verbindungen zu jeder akademischen Einrichtung auf der Welt. Solltest du dich am Ende unserer Probezeit entscheiden abzudanken, werde ich persönlich dafür sorgen, dass du einen

Studienplatz in dem Fachbereich bekommst, den du einschlagen willst.«

»Aber ...«

»Emilia. Was dieses Thema betrifft, werde ich nicht nachgeben. Das kann ich nicht verantworten.«

Ich balle die Hände zu Fäusten und werfe dem Mann über den Schreibtisch hinweg giftige Blicke zu. Als ich seine unnachgiebig gestrafften Schultern und den fest zusammengepressten Mund sehe, wird mir plötzlich klar, woher ich meine störrische Art habe.

Wir stecken in einer Sackgasse.

Ich will auf gar keinen Fall mein Praktikum aufgeben. Ich habe so hart gearbeitet, um den Platz zu bekommen. Aber ich bin klug genug, um zu wissen, dass es nur eine Frage der Zeit ist, bis Linus eine königliche Stellungnahme über mich an die Presse herausgibt, sofern sich niemand einmischt. Und wenn die Katze einmal aus dem Sack ist ... wird man sie nicht mehr einfangen können. Dann werde ich für immer in diesem Leben feststecken.

Als Thronfolgerin.

Als Kronprinzessin.

Soweit ich das sehen kann ... ist dieser Handel die einzige Chance, die mir bleibt, wenn ich an meinen Träumen festhalten will. An meinem Leben. An meiner Identität. An meinem Zuhause.

»Es muss noch etwas anderes geben«, mischt sich Linus, der meine Gedanken zu lesen scheint, plötzlich ein. »Etwas von gleichem oder größerem Wert für dich, das ich dir im Austausch für die Opfer anbieten kann, die du bringst.«

Ich schaue ihn sehr lange an. »Es gibt da etwas.«

»Raus mit der Sprache.«

»Mein Haus ... *Ninas* Haus.«

Als ich den Namen meiner Mutter ausspreche, erstarrt er. »Was ist damit?«

»Die Hypothek …« Ich atme scharf ein. »Nachdem ich neben den Kursen auch noch das Praktikum anfing, hatte ich weniger Zeit zum Kellnern. In letzter Zeit ist es für mich nicht leicht gewesen, die Zahlungen zu leisten.«

»Ah. Und wie hoch ist die ausstehende Summe?«

Ich halte inne. »Etwa einhunderttausend Dollar.«

»Ich verstehe.«

»Es war nicht Moms Schuld. Das Haus war fast abbezahlt. Aber als sie starb …« Ich schaue ihm in die Augen und ertrinke fast in meiner Scham. »Wegen der Krankenhausrechnungen und meinen Studiengebühren blieb mir keine andere Wahl, als unsere Schulden zu bündeln. Eine zweite Hypothek war die einzige Möglichkeit, die mir einfiel, um über die Runden zu kommen.«

»Ich verstehe.« Er betrachtet mich ernst. »Ich gehe davon aus, dass ich die ausstehende Summe als Teil unserer Abmachung übernehmen soll.«

Das Einzige, was ich noch mehr hasse, als um Hilfe zu bitten, ist, um Geld zu bitten. Dadurch fühle ich mich schmutzig. Ich fühle mich gedemütigt und in meinem Stolz verletzt, weil ich diese Angelegenheit nicht selbst in Ordnung bringen kann. Aber dieses Gefühl ist nichts im Vergleich zu der Verzweiflung, die ich empfinde, wenn ich darüber nachdenke, dass ich das Haus verlieren könnte.

Jedes Zimmer, jede Wand, jede Bodendiele ist mit Erinnerungen an meine Mutter durchtränkt. In der Küche haben wir zusammen aufwendige Gerichte gekocht. Im Hinterzimmer vor dem alten Holzofen haben wir gelesen oder an kühlen Herbstabenden unter einer Decke gehockt und Schwarz-Weiß-Filme geschaut. Ich kann den Gedanken, meine letzte noch verbliebene Verbindung zu ihr zu verlieren, nicht ertragen.

»Ja«, flüstere ich, und meine Stimme bricht. »Wenn du mir mit dem Haus helfen kannst, werde ich tun, was immer du von mir verlangst.«

»Dann betrachte die Angelegenheit als erledigt«, stimmt Linus leichtfertig zu, als hätte ich ihn gebeten, mir fünf Dollar für eine Tüte Milch zu leihen und nicht meine komplette Hypothek zu übernehmen. »Ich werde morgen eine Zahlung anweisen.«

Erleichterung durchströmt mich. Vielleicht werde ich heute Abend zum ersten Mal seit Monaten in der Lage sein einzuschlafen, ohne mich herumzuwälzen, von Umschlägen zu träumen, auf denen in roter Tinte ÜBERFÄLLIG steht, und mir Sorgen wegen der finanziellen Notlage zu machen, in die ich mich selbst gebracht habe.

»Danke«, murmle ich.

»Gibt es sonst noch etwas, das du haben willst?«

Ich schüttle den Kopf und finde keine Worte mehr.

»Dann einigen wir uns auf Folgendes: Ich werde die finanzielle Verantwortung für dein Haus übernehmen, dafür sorgen, dass jemand ein paar deiner persönlichen Besitztümer herbringt – zusammen mit Mr Harding, falls es ihm beliebt – und dir dabei helfen, eine neue Praktikumsstelle zu finden, wenn du dich für eine Abdankung entscheiden solltest. Im Gegenzug wirst du hier wohnen – und sobald es wieder sicher ist auch im Palast –, bis in einem Monat meine Krönung stattfindet. Du wirst mir für formelle Anlässe, öffentliche Auftritte und alles, was ich sonst noch für nötig erachte, zur Verfügung stehen. Zweimal täglich wirst du ›Prinzessinnenunterricht‹ erhalten, wie du es so charmant genannt hast. Und vor allem wirst du absolut unvoreingenommen an die Rolle herangehen, die du übernehmen wirst, falls du dich dafür entscheiden solltest, deine Position als meine Erbin anzutreten.« Er fixiert mich mit einem ernsten Blick. »Sind wir uns diesbezüglich einig?«

»Ja«, sage ich, obwohl mich die bloße Aussicht auf die Wochen, die vor mir liegen, erschöpft. »Wir sind uns einig.«

»Sollen wir es mit einem Handschlag besiegeln?« Er streckt eine Hand über den Schreibtisch hinweg aus. »Um es offiziell zu machen?«

Langsam strecke auch ich meine Hand aus und lasse sie in seinen festen Griff gleiten. Er zerrt meine Hand nicht mit einer schüttelnden Bewegung nach oben und unten, wie man es bei einem normalen Handschlag machen würde. Er hält sie einfach nur fest und drückt sie leicht, während er mir in die Augen sieht. Unter den Umständen ist es ein seltsam ergreifender Moment. Das Gleiche gilt für die Erkenntnis, die mich plötzlich trifft: Wenn Linus nicht mein biologischer Vater wäre, mit all den enttäuschten Hoffnungen, die dieser Umstand mit sich bringt ...

Glaube ich, dass ich ihn vermutlich mögen würde.

»Danke noch mal«, sage ich stockend und ziehe meine Hand zurück. Dann schiebe ich beide Hände unter meine Oberschenkel. »Dafür, dass du mich nicht ausgelacht hast. Dafür, dass du mir zugehört hast. Fürs ... *Verhandeln*.«

Er nickt so ernsthaft wie immer. »Tatsächlich bin ich ziemlich beeindruckt. Nur ein schlechter Verhandlungsführer würde ein Angebot blind annehmen, ohne die Bedingungen zu hinterfragen und dafür zu sorgen, dass seine eigenen Interessen gewahrt werden.«

Hat mir mein Vater gerade ... ein Kompliment gemacht?

Ich weiß nicht, was ich sagen soll, also nicke ich einfach.

»Gib beim nächsten Mal nicht so schnell nach«, fügt er in leichterem Tonfall hinzu. »Wenn du standhafter geblieben wärst, hättest du mir den Prinzessinnenunterricht vielleicht ausgeredet.«

Mein Mund klappt auf. »Aber … du hast gesagt, dass diese Bedingungen nicht verhandelbar wären!«

»Betrachte das als deine erste Lektion: Alles ist verhandelbar, Emilia. Der Buchstabe des Gesetzes, der Wille des Volkes … sogar das Wort eines Königs.«

»Das ist nicht fair«, brumme ich. »Ich will eine zweite Chance.«

»Das ist die zweite Lektion: In der Politik gibt es keine zweiten Chancen, wie du es nennst.«

Ich seufze. »Tja, das ist ätzend.«

»Und damit beginnt die Probezeit.« Er zieht die Mundwinkel hoch. »Wenn du morgen deine erste Unterrichtsstunde hast, werde ich dafür sorgen, dass dir deine Lehrerin die besten Methoden beibringt, um zu flirten und zu winken wie eine … Wie hast du das noch mal ausgedrückt?«

»Wie eine Idiotin mit Diadem auf dem Kopf«, murmle ich.

Er lacht. Es ist das erste Mal überhaupt, dass ich ihn lachen höre. Es klingt eingerostet, so als würde er es nicht oft machen. »Bei Gott, du bist deiner Mutter so unfassbar ähnlich.«

Ich schaue ruckartig auf. »Findest du?«

»Allerdings.« Die Heiterkeit weicht aus seinem Tonfall und wird von einer herzzerreißenden Traurigkeit ersetzt. »Sie war eigensinnig. Wunderschön. Eine wahre Naturgewalt, vor der man sich in Acht nehmen musste.«

»Das war sie.« Meine Augen prickeln gefährlich. Ich stehe auf und drehe mich zur Tür. »Ich sollte jetzt wirklich gehen.«

»Emilia.« Seine Stimme lässt mich auf halbem Weg zur Tür innehalten.

Ich schaue zurück.

»Dass du sie verloren hast, tut mir wirklich furchtbar leid. Das hätte ich schon längst sagen sollen.« Er kneift die Augen zu. »Ich bin mir sicher, dass du sie schrecklich vermisst.«

Warum klingt er so, als würde er aus Erfahrung sprechen?

Bevor ich etwas Dummes machen kann, wie die Frage laut auszusprechen, schlüpfe ich aus seinem Arbeitszimmer und schließe die Tür fest hinter mir.

10. KAPITEL

Ich zerre einen Schrank auf, verziehe das Gesicht und schlage die Tür wieder zu.

»Miss Emilia«, flüstert die scheue Haushälterin namens Patricia nun schon zum dritten Mal in ebenso vielen Minuten. »Wenn Sie mir einfach sagen würden, was Sie brauchen, werde ich es liebend gern für Sie zubereiten …«

»Ich habe es Ihnen doch schon erklärt«, murmle ich und ziehe eine weitere Schranktür auf. Töpfe und Pfannen. Ich schließe den Schrank sofort wieder und gehe weiter. »Das Einzige, was ich *brauche*, ist eine Beschäftigung. Ich werde in diesem großen Haus noch verrückt, wenn ich den ganzen Tag lang nur herumsitze und nichts tue.«

»Ja, Miss.«

Ich widme mich einem weiteren Schrank. Dieser ist voller Putzmittel.

Der nächste ist mit auf Hochglanz polierten Kerzenhaltern gefüllt.

Weiter geht's.

Genau wie der Rest des Herrenhauses ist auch die Küche riesig. Ich bin fast dreißig Minuten lang durch die leeren Korridore gewandert, um sie zu finden. Sie befindet sich gut versteckt im Keller und ist nur über eine schmale Bedienstetentreppe erreichbar. Als ich die Treppe hinunterging, erwartete ich einen dunklen, feuchtkalten, fensterlosen Raum ohne Luft-zirkulation. Stattdessen fand ich einen bezaubernden Ort mit schmalen Oberlichtern an der Decke, die dafür sorgen, dass butterfarbenes Spätnachmittagslicht in sanften Strahlen auf jede einzelne Oberfläche fällt. Sehr zu Verwirrung der Haus-angestellten – die mir versicherten, dass sie mir alles zubereiten könnten, wonach mir der Sinn stehe, wenn ich es nur zulas-sen würde – verbrachte ich die ersten zwanzig Minuten damit, einfach nur staunend umherzuwandern, mit den Fingern über die schimmernden Kupfertöpfe zu streichen, die von einer Vor-richtung an der Decke hängen, den Ziegelofen zu inspizieren, in dem Brote gebacken werden, und die Speiseaufzüge in den Wänden zu bewundern, die man benutzt, um während Abend-gesellschaften die Gerichte auf schnellstem Weg von unten nach oben zu befördern.

Zwischen den Arbeitsflächen aus Edelstahl stehen drei mo-derne Kühlschränke mit Glasfronten und mehr Kochutensilien, als ich je zuvor an einem einzigen Ort gesehen habe. Diese Kü-che ist ganz anders als die, mit der ich aufgewachsen bin – eine schmale Einbauküche, in der kaum genug Platz war, um sich umzudrehen, und die über einen so alten Gasherd verfügte, dass man die Brenner ohne Streichholz gar nicht anbekam.

Aber ich wette, dass hier drinnen noch nie jemand so viel Spaß gehabt hat, wie Mom und ich ihn beim Zwiebelschneiden auf diesen rissigen Linoleumarbeitsflächen hatten. Wir lachten dann immer, bis uns die Tränen kamen.

Nach meinem Treffen mit Linus kehrte ich direkt in mein Schlafzimmer zurück, starrte etwa eine Stunde lang die Wand an und fragte mich, ob ich einen gewaltigen Fehler began-gen hatte. Ich quälte mich, indem ich alle Gegenargumente durchging, die ich hätte vorbringen sollen, und all die Punkte analysierte, von denen ich vergessen hatte, sie während unserer Verhandlung anzusprechen, bis ich das Gefühl hatte, dass mir vor lauter Anspannung jeden Moment der Schädel platzen würde.

Ich brauchte eine Ablenkung. Etwas, das mich davon abhielt, über die Zukunft nachzugrübeln. Vorzugsweise etwas, das zartbittere Schokoladenstückchen und einen angenehmen Zuckerschub beinhaltete. Ich brauchte ...

Kekse.

Also schob ich meine Sorge, Carter oder Chloe oder – *Gott bewahre* – ihrer Schreckschraube von Mutter über den Weg zu laufen, beiseite und machte mich auf die Suche nach der Küche. Wenn ich jetzt nur noch das Mehl finden würde, wäre ich meinem Ziel einen großen Schritt näher ...

»Verdammt«, murmle ich und öffne einen weiteren Schrank. In diesem befindet sich etwas, das wie ein antikes Porzellanservice aussieht.

»Miss, sind Sie sicher, dass ich Ihnen nicht helfen ...«

»Ich bin mir sicher!«, falle ich ihr ins Wort und schüttle verzweifelt den Kopf, während ich vor mich hin murmle. »Ernsthaft, wie können reiche Leute so leben? Was *machen* sie mit dieser ganzen Freizeit?« Ich ziehe einen weiteren Schrank auf. *Gewürze.* Allmählich komme ich der Sache näher. »Sie müssen keine Hausarbeit verrichten. Sie müssen keine Mahlzeiten kochen. Das Essen erscheint einfach auf magische Weise auf dem Tisch, und die schmutzigen Klamotten erledigen sich, ohne dass man einen Finger rühren muss ... Es kommt mir so vor, als würde ich mit verflixten Hauselfen zusammenleben.«

»Ich bitte vielmals um Entschuldigung, Miss«, sagt Patricia und klingt, als wäre sie den Tränen nah.

»Oh, nehmen Sie das bitte nicht persönlich!« Ich wirbele zu ihr herum und habe sofort ein schlechtes Gewissen. »Sie machen nur Ihre Arbeit. Es liegt an *mir.* Ich bin es nicht gewohnt, den ganzen Tag lang herumzusitzen, ohne einen Finger zu rühren. Mir fällt schnell die Decke auf den Kopf, wenn ich keine Beschäftigung habe. Können Sie das verstehen?«

»Natürlich, Miss.«

Ich schenke ihr ein Lächeln, doch sie erwidert es nicht – sie ist zu sehr damit beschäftigt, auf ihrer Unterlippe herumzukauen. Sie ist es eindeutig nicht gewohnt, dass sich herrschaftliche Gäste in ihrem Reich breitmachen.

Mit einem Seufzen setze ich meine Suche nach Zutaten fort. Ich habe die Hoffnung schon fast aufgegeben, als ich die letzten verbliebenen weißen Schranktüren aufziehe und eine schmale eingebaute Vorratskammer finde, die bis unter die Decke mit Backzutaten gefüllt ist.

»Natürlich ist es der letzte Schrank, den ich öffne …«

Ich lache, während ich die Behälter auf denen MEHL und ZUCKER steht, aus dem Regal hole, sie an meine Brust drücke und zu einem Arbeitstisch in der Nähe trage. Der schwere Standmixer des Lockwood-Anwesens ist von sehr viel besserer Qualität als der, den ich zu Hause habe, aber von der Funktionsweise her scheint er nahezu identisch zu sein. Ich bin mir sicher, dass ich problemlos herausfinden werde, wie er funktioniert.

Patricia ringt in stummer Verzweiflung die Hände. Während sie zuschaut, wie ich zwischen der Vorratskammer und dem Tisch hin und her laufe und meine Zutaten in einer ordentlichen Reihe aufstelle – Backpulver, Salz, Vanillezucker, Schokoladenstückchen. Als sie sieht, dass ich auf ihren tadellos sortierten Kühlschrank zugehe, kann sie sich einen gequälten Laut nicht ganz verkneifen.

»Miss, sind Sie *ganz* sicher, dass ich das nicht lieber für Sie erledigen soll? Wenn Sie mir einfach das Rezept sagen würden …«

»Tut mir leid«, sage ich mit einem schiefen Lächeln und nehme zwei Eier aus einem Karton. »Ich bin einfach eine von diesen Verrückten, die tatsächlich Freude daran haben, ihr Essen selbst zuzubereiten.«

»Eine Verrückte?« Eine warme, vertraute Stimme hallt durch die Küche. »*Das* kann ich bestätigen.«

Ich erschrecke mich so sehr, dass ich beide Eier auf den Boden fallen lasse. Ich höre das unverkennbare Knirschen der Schalen, die auf den gefliesten Boden treffen. Begleitet wird das Ganze von einem schrillen Aufschrei der Haushälterin, als sie sieht, wie sich das Eigelb auf dem Boden ausbreitet, aber das ist mir egal. Ich habe mich bereits in Bewegung gesetzt und fliege förmlich quer durch die Küche in Owens geöffnete Arme.

»Du bist hier!«, rufe ich, als er mich an seine Brust drückt. Ich atme seinen Duft ein. Er riecht so gut. Vertraut, nach Sicherheit und Zuverlässigkeit.

Nach zu Hause.

»Natürlich bin ich hier. Denkst du, ich würde einfach so zulassen, dass sie dich einsperren und den Schlüssel wegwerfen? Nie und nimmer, Ems.«

»Mein Held«, necke ich ihn mit schwärmerischer Stimme.

Er lacht. »Tja, es war nicht gerade leicht. Ich habe vermutlich hundertmal angerufen und ins Telefon gebrüllt, während mir ein gleichgültiger Telefonist immer wieder den gleichen Schwachsinn über ›vertrauliche königliche Sicherheitsmaßnahmen‹ erzählte. Ich war fast wahnsinnig vor Angst, dass dir etwas passiert sein könnte. Ich hätte das keine Sekunde länger ausgehalten, ohne die Presse einzuschalten und mich mit dem Fall an die Öffentlichkeit zu wenden.«

»Gott.« Ich drücke ihn fester. »Das tut mir wirklich leid.«

»Es ist nicht deine Schuld. Sondern allein die dieser Mistkerle, die dich hierher verschleppt haben«, murmelt Owen düster.

»Owen, es ist so …«

»Weißt du, ich bin mir nicht ganz sicher, warum sie ihre Meinung geändert haben. Ich vermute jedoch, dass ich ihnen ordentlich zugesetzt haben muss, denn vor etwa einer Stunde hielt diese schicke schwarze Limousine vor meiner Wohnung und der Fahrer wies mich an einzusteigen. *Auf Befehl des Königs.* Wie verrückt ist das denn, bitte schön? Ich kam mir vor wie in einem Actionfilm.« Er schnaubt. »Aber keinem guten.«

Sofort überkommen mich Schuldgefühle. Ich weiß *genau*, warum er plötzlich hier bei mir ist. Es hat nicht das Geringste mit seinen ständigen Telefonanrufen zu tun, sondern allein damit, dass ich vor zwei Stunden eine Abmachung mit Linus getroffen habe. Aber ich bringe es nichts übers Herz, ihm die Illusion zu rauben.

»Danke, dass du gekommen bist«, flüstere ich und blinzele ein paar Tränen fort. »Ich kann es gar nicht fassen, dass du hier bist.«

»Ich? Was ist mit *dir*?«, kontert er und tritt einen Schritt zurück, um mich anzusehen. Er hat die Stirn gerunzelt und die braunen Augen besorgt zusammengezogen. »Ernsthaft, Ems … Was zum Teufel machst du noch hier?« Er schaut sich in der Küche um, und sein Blick fällt auf die Zutaten hinter mir. »Außer offensichtlich Kekse für den gottverdammten Feind zu backen.«

Ich zucke zusammen und lasse die Arme sinken.

»Ich meine es ernst, Ems. Was zum Teufel geht hier vor? Ich komme hier hereingestürmt und rechne damit, dich in irgendeinem Schlafzimmer vorzufinden, in dem man dich aus welchem Grund auch immer gefangen hält. Und natürlich war ich bereit, mit Zähnen und Klauen für deine Freiheit zu kämpfen … Da kannst du dir wohl vorstellen, wie überrascht ich bin, dass du absolut kein Problem damit zu haben scheinst, Opfer einer Entführung geworden zu sein.«

»Das ist nicht wahr!«

»Ach nein?«

»Owen, *hör auf.* Du weißt nicht, wovon du redest!«

»Dann erklär es mir.«

Ich fahre mit beiden Händen durch mein Haar. »Es ist kompliziert.«

»Was ist denn so kompliziert daran?«, fragt er. »Schnapp dir deine Sachen und lass uns verdammt noch mal von hier verschwinden. Wir müssen weg von diesen Leuten. Zurück in unser Leben.«

Ich reiße die Augen ein wenig weiter auf. »Ich ... Owen, ich kann nicht.«

»Was zum Teufel soll das heißen?«

Ich werfe einen Blick zu Patricia, die auf dem Boden hockt und das Eigelb von den Fliesen wischt. Sie kann jedes Wort hören, das wir sagen. Wenn ich der Ansicht wäre, dass auch nur die geringste Chance bestünde, dass sie mir gestatten würde, ihr zu helfen, würde ich es tun. Aber ich bin klug genug, es gar nicht erst zu versuchen.

»Komm mit, okay?«, flehe ich meinen besten Freund an. Ich greife nach seiner schlaffen Hand und verschränke meine Finger mit seinen. »Ich werde es dir erklären. Aber ... nicht hier.«

Er starrt mich einen Augenblick lang stoisch an. Dann drückt er meine Hand. Ich rufe Patricia eine hastige Entschuldigung zu und führe ihn aus der Küche die Treppe hinauf nach oben. Eine ungute Vorahnung macht sich in meinem Magen breit und lastet mit jedem weiteren Schritt, den wir nach oben machen, ein wenig schwerer auf mir.

Warum habe ich das Gefühl, dass ich gleich noch ein sehr viel grö-

ßeres Durcheinander anrichten werde als das, das ich auf dem ma-
kellosen Küchenfußboden hinterlassen habe?

Es ist ein wunderschöner Herbsttag.

Die schneebedeckten Berge hinter dem Herrenhaus bilden einen malerischen Hintergrund für unseren Spaziergang durch den Garten. Zwei Wachen folgen uns in respektvollem Abstand – stumme Schatten, die uns wachsam im Auge behalten, während wir an den Formschnitthecken und sprudelnden Springbrunnen vorbeigehen. Das Labyrinth aus sorgfältig gehegten Beeten ist auch ohne Sommerblumen wunderschön. An jedem anderen Tag würden wir die Aussicht genießen, lachen und über triviale Dinge scherzen, uns gegenseitig Geschichten erzählen und Pläne für die Zukunft schmieden.

Heute besteht zwischen uns eine Kluft aus abgrundtiefem Schweigen.

Er hat kein Wort mehr gesagt, seit ich ihm von der Abmachung erzählt habe, die ich mit Linus getroffen habe. Ich kann ihm keinen Vorwurf machen. Er war schließlich mit der Absicht hierhergekommen, mich zu retten. Mein nobler Ritter. Stattdessen sollte er erfahren, dass die Prinzessin nicht gerettet werden musste. Tatsächlich hatte sie bereits eine Abmachung mit dem bösen König getroffen.

Ich zittere, als der Wind zunimmt. Meine leichte Baumwollbluse und die dünne marineblaue Hose mögen in den Augen der persönlichen Palasteinkäufer modisch sein, aber sie sind nicht unbedingt geeignet, um Zeit draußen zu verbringen, wenn man dem frischen caerleonischen Klima ausgesetzt ist. Ich werde einfach den Gedanken nicht los, dass sie meiner neuen Garderobe absichtlich keinen Mantel hinzugefügt haben, damit ich mich nicht zu weit vom Haus entferne.

Netter Versuch, ihr Idioten.

Ich bin bereits dazu übergegangen, meine Hände gegeneinanderzureiben, um ein wenig Wärme zu erzeugen, als Owen stehen bleibt, seine olivgrüne Jacke auszieht und sie mir reicht.

»Hier. Zieh die an.«

Meine Kehle schnürt sich zu. Er kümmert sich immer um mich – selbst wenn er sauer auf mich ist.

»Danke«, murmle ich und schiebe die Arme in die Ärmel. Die Jacke, die aus schwerem, leinenartigem Stoff besteht, ist an meinem zierlichen Körper praktisch so lang wie ein Kleid. Die Ärmel ragen weit über meine Hände hinaus. Er kann das Zucken seiner Lippen nicht ganz verbergen, als ihm bewusst wird, wie lächerlich ich darin aussehe.

»Owen …«

Er presst die Lippen wieder fest zusammen. »Nicht.«

»Du weißt doch noch gar nicht, was ich sagen will.«

»Natürlich weiß ich das. Ich kenne dich schließlich dein ganzes verdammtes Leben lang.« Er seufzt tief. »Du wirst versuchen zu rechtfertigen, warum das langfristig die richtige Entscheidung für dich ist. Weil du zweifellos bereits eine Liste mit Vor- und Nachteilen angefertigt und all deine Argumente vor dem Badezimmerspiegel geprobt hast …«

Meine Wangen werden heiß. Er kennt mich *tatsächlich*.

»Aber dieser ganze Schwachsinn interessiert mich nicht, Emilia. Ich bin dein bester Freund. Ich will die Wahrheit hören.«

»Ich habe dir die Wahrheit erzählt! Ich würde dich niemals anlügen, das weißt du.«

»Dann versuch nicht, mir diese ›Prinzessinnenprobezeit‹ als ausgeklügelten Plan zu verkaufen, der es dir ermöglichen soll, abzudanken und auf den Thron zu verzichten.« Er schüttelt den Kopf. »Wenn das deine Absicht wäre, würdest du jetzt sofort mit mir durch die Eingangspforte nach draußen marschieren und nie wieder zurückschauen.«

»Owen, so einfach ist das nicht …«

»Doch, es *ist* so einfach.« In seinen Augen liegt echte Traurigkeit. »Aber wir beide wissen, dass du das nicht tun wirst. Weil ein Teil von dir hier sein *will*. Ein Teil von dir muss wissen, wie es wäre, seine Tochter zu sein. Diese Krone zu tragen. Das Leben zu führen, das du immer hättest haben sollen.«

Ich spanne den Kiefer an, widerspreche ihm aber nicht. Ich kann es nicht.

Wir lügen einander nicht an.

»Du kannst dir einreden, dass du das nur machst, damit er deine Hypothek bezahlt und du das Haus behalten kannst, in dem du aufgewachsen bist, während du gleichzeitig deine Anonymität wahrst … Aber ich weiß, dass ein Teil von dir neugierig darauf ist zu erfahren, wie es wäre, stattdessen an Orten wie diesem hier zu leben.« Er deutet mit dem Daumen in Richtung des Lockwood-Anwesens. »Bedienstete, die dir jeden Wunsch von den Augen ablesen. Eine waschechte Prinzessin wie im Märchen.«

»Und was, wenn ich tatsächlich neugierig bin?«, schnauze ich zu meiner Verteidigung, da mir sein vorwurfsvoller Tonfall langsam auf die Nerven geht. »Ist das etwa ein Verbrechen?«

»Das ist es, wenn es bedeutet, dass du deine Seele an diese Leute verkaufst!«

»*Diese Leute?* Du meinst meinen *biologischen Vater?*«

»Ja, ich meine den Mann, der noch bis gestern nicht das Geringste mit dir zu tun haben wollte. Ich erinnere mich ziemlich gut an ihn«, murmelt er. »Es ist wirklich armselig zu sehen, dass du sofort einknickst, sobald er dir auch nur ein winziges bisschen Aufmerksamkeit widmet.«

Tränen schießen mir in die Augen. »Nicht alle von uns sind in einer Familie wie deiner aufgewachsen, Owen. Perfekte Eltern, ein perfektes Haus, perfekte Schwestern. Ein paar von uns haben ungeklärte Probleme, und, tja, ich weiß auch nicht, vielleicht wäre es ganz nett, sich denen stellen und sie verarbeiten zu können, wenn man endlich die Gelegenheit dazu erhält. Ich dachte, dass ausgerechnet du das verstehen würdest. Vielleicht habe ich mich geirrt.«

»Willst du etwa sagen, ich wüsste nicht, dass du eine emotionale Last mit dir herumschleppst? Ich bin schließlich derjenige, der dir *zwanzig Jahre lang* geholfen hat, sie zu tragen!«

Er brüllt die Worte so laut, dass ein Vogelschwarm aus einem nahen Baum aufflattert, weil der Lärm die ruhenden Tiere aufgeschreckt hat. Sein Gebrüll ist so laut, dass ich ehrlich überrascht bin, dass die Wachen nicht mit gezückten Waffen angelaufen kommen.

»Owen …« Meine Stimme bricht, während eine Träne über meine Wange läuft. Ich kann wirklich nicht glauben, dass er das gerade zu mir gesagt hat. Oder genauer ausgedrückt: dass er es mir *ins Gesicht gebrüllt* hat. Während all der Jahre, die wir nun schon befreundet sind, hat er sich noch nie so verhalten. Ich frage mich unweigerlich, ob hinter dieser Reaktion mehr steckt als die bloße Tatsache, dass ich meinen Vater kennenlernen werde.

Die wütende Maske seines Gesichts bekommt ein paar Risse, als er meine Tränen sieht.

»Tut mir leid«, presst er nach einem Moment hervor und unterdrückt seine Wut, so gut es geht. »Ich wollte dich nicht anbrüllen, Ems.«

Ich nicke steif.

»Es ist nur …« Er macht einen Schritt auf mich zu. »Ich kann nicht einfach dastehen und zusehen, wie man dich manipuliert, damit du ein Leben führst, das du nie haben wolltest.«

Ich schweige.

»Ich will nicht, dass dich diese Leute verschlingen.«

»Das wird nicht passieren. Hab ein wenig mehr Vertrauen in mich, Owen.«

»Ems ...«

»Es ist ja nicht so, als wäre es für immer. Es geht um einen Monat. *Einen einzigen.* Wie viel könnte sich in dieser Zeit schon verändern?«, frage ich und ignoriere die böse Vorahnung, die sich schlagartig in mir breitmacht, sobald ich die Worte ausgesprochen habe. Ich habe das Gefühl, als hätte ich gerade das Universum herausgefordert, als hätte ich mich mit einem achtlosen Satz selbst verflucht.

Was für ein lächerlicher Gedanke.

Owen macht einen weiteren Schritt auf mich zu, bis unsere Gesichter nur noch wenige Zentimeter voneinander entfernt sind. Dann beugt er sich vor, um mein Gesicht mit beiden Händen zu umfassen. Mit dem Daumen wischt er eine Träne weg. »Dinge verändern sich ständig. In einem Monat. In einer Nacht. In einem Augenblick.«

»Das gilt nicht für mich.« Meine Stimme ist unnachgiebig. »Nicht für *uns.*«

»Ich habe Angst davor, dich zu verlieren.«

»Du könntest mich niemals verlieren, Owen.« Ich hebe meine Hand und lege sie auf seine. »Selbst wenn ich hierbleibe, selbst wenn ich nicht abdanke ... wird sich nichts verändern. Nicht wenn es um dich und mich geht. Wir werden *immer* beste Freunde sein.«

In seinen Augen blitzt etwas auf. Er öffnet den Mund, um etwas zu sagen, bekommt jedoch nicht die Gelegenheit dazu, denn plötzlich sind wir nicht mehr allein. Zwei Leute in Sportkleidung joggen um eine Biegung des Pfads herum und stoßen praktisch direkt mit uns zusammen. Wir weichen sofort voneinander zurück.

»Na, ist *das* nicht herzallerliebst?«, kommentiert Chloe gedehnt und mustert uns mit messerscharfem Interesse. Ihr rotbrauner Pferdeschwanz schwingt fröhlich hin und her, während sich ein Grinsen auf ihrem Gesicht breitmacht.

Ich weiß, wie das hier für sie aussehen muss. Ich trage Owens Jacke und schaue zu ihm auf, während er mein Gesicht umfasst hält. Wir wirken nicht wie zwei Freunde, die gerade eine große Veränderung verarbeiten, sondern wie ein Paar, das einen gestohlenen Augenblick in einem geheimen Garten teilt.

Warum kümmert es dich, was sie denken?, frage ich mich, noch während ich direkt zu Carter schaue. Mein Herz fängt an zu hämmern. Ich habe ihn seit gestern Abend nicht mehr gesehen – seit wir uns im Flur gegenseitig angeschrien haben, habe ich nicht mehr mit ihm gesprochen. Die Tatsache, dass die letzten Worte, die ich in seine Richtung gezischt habe, eine hartnäckige Behauptung waren, dass ich keinen festen Freund habe, entbehrt nicht einer gewissen Ironie. Seine kalten himmelblauen Augen treffen auf meine. In ihnen liegt keinerlei Emotion, und irgendwie weiß ich, dass er genau das Gleiche denkt.

Ich schlucke schwer.

»Wer ist denn dieser heiße Typ?«, fragt Chloe und stemmt die Hände in die Hüften. »Und wo bekomme ich so einen für mich her?«

»Das ist Owen«, antworte ich und gebe ihr nicht mehr Einzelheiten als unbedingt nötig. »Owen, das sind Linus' Stiefkinder. Chloe und ...« *Warum fällt es mir so schwer, seinen Namen auszusprechen, wenn er mich so anschaut?* »Und Carter.«

Carter bricht den Blickkontakt mit mir ab und schaut zu Owen. Sein intensiver Blick wird noch durchdringender. Ich spüre, wie sich Owen neben mir versteift und sich zu seiner vollen Größe aufrichtet, während er den Blick erwidert. Keiner der beiden Männer sagt etwas – zumindest nicht laut. Aber zwischen ihnen scheint sich eine nonverbale Kommunikation abzuspielen, und dem unterkühlten Schweigen nach zu urteilen, das sich über unsere kleine Gruppe legt, verläuft sie nicht gut.

»Freut mich, dich kennenzulernen«, mischt sich Chloe mit aufgesetzter Fröhlichkeit ein, während sie ihren scharfen Blick zwischen ihrem Bruder und meinem besten Freund hin und her wandern lässt. »Wenn Emilias Freunde alle so heiß sind, könnte diese Sache mit der ungewollten kleinen Schwester gar nicht so schlecht sein.«

Ich bringe ein schwaches Lachen hervor.

Owen schaut sie kühl an. »Emilia ist nicht deine Schwester.«

»*Owen*«, murmle ich. »Sie hat doch nur einen Scherz gemacht. Sei nicht so gemein.«

Er ist jedoch eindeutig nicht zum Scherzen aufgelegt, wie mir sofort klar wird, als er den Blick wieder auf mich richtet. »Mir ist vollkommen egal, ob sie einen Scherz gemacht hat oder nicht. Weißt du überhaupt irgendetwas über diese neuen *Geschwister*, mit denen du zusammenwohnen willst? Vermutlich nicht, da du ja Tratsch über die Königsfamilie meidest wie die Pest.«

»Aus gutem Grund«, beharre ich.

»Nicht wenn du von mir erwartest, dass ich dich hier mit ihnen allein lasse!«

»Emilia ist ein großes Mädchen«, sagt Chloe amüsiert. »Sie kann sich ihre eigene Meinung über uns bilden.«

»Ich glaube, genau davor hat er Angst«, fügt Carter leise hinzu.

Owen versteift sich. »Redet nicht mit mir über Emilia. *Niemals.*«

»Warum nicht?« Carter schmunzelt. »Hast du Angst, dass du etwas zu hören bekommst, das dir nicht gefällt?«

»Ganz ruhig, Jungs«, murmelt Chloe. »Seid nett zueinander sonst werden wir euch aus dem Sandkasten werfen.«

Owen ignoriert sie und wendet sich wieder an mich. Seine Augen sind von so großer Verzweiflung erfüllt, dass mir angst und bange wird. »Verstehst du denn nicht? Diese Leute stehen für *alles*, was mit dieser Monarchie nicht stimmt. Sie genießen sämtliche Vorteile, den ihr Adelsstatus mit sich bringt, ohne die dazugehörige Verantwortung zu übernehmen. Sie sind einfach nur … *Egel*, die den Steuerzahlern das Blut aussaugen.«

Chloe schnaubt.

Er schaut zu ihr. »Was, siehst du das etwa anders? Du bist schon so oft in der Entzugsklinik gewesen, dass ich mir sicher bin, dass deine nächste Überdosis gratis ist.« Er richtet den Blick auf Carter. »Und dein Bruder hat mit der Hälfte der weiblichen Bevölkerung dieses verdammten Landes Bekanntschaft gemacht!«

Das warnende Knurren, das in Carters Kehle grollt, ist beängstigend genug, um mir einen Schauer über den Rücken zu jagen.

»Das *reicht*, Owen!«, zische ich entsetzt. »Ich erkenne dich gar nicht wieder!«

»Das geht mir mit dir ähnlich«, schnauzt er. »Gott, Ems, ich weiß, dass du nach einer Familie suchst, aber ich denke, dass du etwas Besseres verdient hast als eine Kokserin und eine wandelnde sexuell übertragbare Krankheit.«

Carter macht einen drohenden Schritt auf ihn zu und ballt die Hände an den Seiten zu Fäusten. »Möchtest du das noch mal wiederholen, du Schönling?«

Owen dreht sich zu ihm hin, und die finstere Miene in seinem Gesicht habe ich so noch nie bei ihm gesehen. »Du machst mir keine Angst, kleiner Lord.«

»Dann bist du entweder bemerkenswert mutig oder bemerkenswert dumm.« Seine himmelblauen Augen funkeln. »Ich schätze, ich weiß, was von beidem es ist.«

»Wenn man bedenkt, dass ich nicht der Ehemann einer verzweifelten Hausfrau bin, die ganz wild auf eine Affäre mit einem pseudo-königlichen Idioten ist … denke ich, dass ich von dir nichts zu befürchten habe.« Owen lehnt sich vor und senkt die Stimme. »Ist das nicht dein üblicher Modus Operandi? Du treibst es mit der Ehefrau, demütigst den Ehemann und zerstörst die Ehe? Wie du siehst, lese ich im Gegensatz zu Emilia die Zeitung.«

Chloe atmet scharf ein.

Carters Gesicht verfinstert sich vollends. Owen hat eindeutig einen Nerv getroffen. Als er auf uns zutritt, spüre ich, wie mein Puls ins Stocken gerät.

»Du scheinst dich ja ziemlich intensiv mit meinen sexuellen Eroberungen zu beschäftigen.« Carter lächelt absolut humorlos. »Keine Sorge. Hier sind keine Frauen in meinem Schlafzimmer – das sich zufälligerweise genau gegenüber von Emilias befindet.« Er macht eine vielsagende Pause. »Ich werde sie für dich *ganz genau* im Auge behalten, Kumpel.«

Owen zuckt tatsächlich zusammen. »Wenn du ihr auch nur ein Haar krümmst …«

»Oh, das werde ich keineswegs«, stichelt Carter. »Es sei denn natürlich, sie bittet mich darum.«

»Bitte hört auf«, flehe ich, und meine Stimme bricht vor innerer Anspannung. »Alle beide! Das ist absurd.«

Ich ergreife Owens Arm und versuche, ihm ein wenig Vernunft einzutrichtern, indem ich ihn schüttle, doch er ist längst außerhalb meiner Reichweite – verloren in einer dunklen, alles verzehrenden Wut. Ich starre ihm ins Gesicht, in die tiefbraunen Augen unter dem lockigen blonden Haar, das ich immer so sehr geliebt habe … und ich habe zum ersten Mal in meinem Leben das Gefühl, einen Fremden anzusehen.

Als Carter einen weiteren Schritt näher kommt, streckt Chloe einen Arm aus, um ihn aufzuhalten. Ich mache das Gleiche bei Owen und halte ihn mit der ganzen Kraft, die ich aufbringen kann, zurück. Selbst durch den dicken Ärmel seiner Jacke kann ich spüren, wie sich seine Brust schnell hebt und senkt. Beide Männer sehen aus, als wären sie nur Sekunden davon entfernt, auf diesem idyllischen Gartenpfad wie wild aufeinander einzuprügeln. Hier liegt so viel Testosteron in der Luft, dass ich überrascht bin, dass ich keinen Bartschatten bekomme vom bloßen Einatmen.

Chloes panischer Blick trifft auf meinen. »Vielleicht solltet ihr beide gehen.«

Ich könnte ihr nicht mehr zustimmen.

Mit einer Grimasse baue ich mich vor Owen auf und mache mich daran, ihn nach hinten zu schieben. Auf diese Weise versuche ich, ihn aus der Schusslinie zu befördern. Er wehrt sich und stemmt die Füße fest in den Boden.

»Lass uns gehen, Harding«, schnauze ich ihn an und drücke gegen seine Brust. »Bring mich nicht dazu, deine Mutter anzurufen. Du weißt, dass ich das tun werde. Und wir beide wissen, dass Belinda *stinksauer* sein wird.«

Er schaut mich kurz an, und unter dem ganzen großspurigen nicht wiedererkennbaren Alphamännchengehabe entdecke ich eine Spur des Jungen, den ich mal kannte.

»Bitte«, flüstere ich.

Mit einem Seufzen spannt er den Kiefer an, dreht sich herum und stapft über den Pfad davon, den Kopf gebeugt, die

Hände zu Fäusten geballt, die Schultern angespannt. Ich schaue noch einmal kurz zu Chloe und Carter, bevor ich ihm folge. Es hat mir vollkommen die Sprache verschlagen. Owens Verhalten hat mich regelrecht gelähmt. Alles, was er über sie gesagt hat, hat mich über die Maßen beschämt.

»Oh, komm ja nicht auf die Idee, dich zu entschuldigen«, kommt mir Chloe zuvor, bevor ich das Wort ergreifen kann. Sie verzieht die Lippen zu einem kleinen Lächeln. »Dank dir wird es hier endlich mal interessant.«

Mit einem dankbaren Nicken in ihre Richtung drehe ich mich um und eile hinter Owen her. Carter würdige ich keines Blickes. Aber den ganzen Weg über spüre ich das Gewicht dieser zu blauen Augen, deren Blick sich in meinen Rücken brennt wie ein Feuer, das ich nicht löschen kann, egal wie sehr ich es versuche.

II. KAPITEL

Nach dem Zwischenfall mit Owen dachte ich, dass das Leben auf dem Lockwood-Anwesen auf keinen Fall noch schlimmer werden könnte.

Ich lag total falsch.

»Denken Sie dran: Kinn nach oben, Schultern nach hinten, ein *graziler* Griff.« Lady Morrell blickt mich über ihre lange Hakennase hinweg missbilligend an. »Es ist ein Löffel, keine Handgranate. Ihr Zeigefinger sollte so leicht auf dem Silber schweben wie ein Kolibri, der Nektar aus einer Blüte saugt.«

Sie hat eine Menge dieser blumigen, übertriebenen Analogien auf Lager. Allein heute habe ich schon Anweisungen erhalten, dass ich über die Tanzfläche gleiten soll »wie ein Falke, der über einen rosigen Morgenhimmel zieht«, und Knickse machen muss, die so tief sind »wie eine untergehende Sonne, die langsam hinter dem unverrückbaren Horizont versinkt«.

Wann immer ich anfange, mich zu fragen, warum ich mich dieser Tortur unterziehe, konzentriere ich mich auf das Licht in Form von einhunderttausend Dollar am Ende des Tunnels. Normalerweise genügt das, um mich davon abzuhalten, mich aus dem Staub zu machen.

»Wie Sie wünschen, Lady Morrell.« Ich passe meinen Griff zum zehnten Mal an. »Wie ist das?«

»Falsch. Vollkommen falsch! Erlauben Sie mir, es Ihnen noch einmal zu demonstrieren …«

Ich schlucke einen Schrei hinunter. Ich bin mir nicht sicher, wie viel hiervon ich noch ertragen kann, bevor ich aufgebe und in mein Zimmer flüchte …

Wie ein Gepard, der durch die Savanne prescht!

Ich schnaube undamenhaft, was mir einen strengen Blick von meiner Lehrerin einbringt.

Wie vorherzusehen war, hat sich der Prinzessinnenunterricht als absolut unerträglich herausgestellt. Sechs Stunden pro Tag – drei am Morgen, drei weitere am Nachmittag – bringt mir Lady Morrell den Wert von schicklichem Benehmen, Tischmanieren, königlichen Anspracheregeln und caerleonischen Bräuchen bei. Ich habe einen Sättigungspunkt erreicht.

Benutzen Sie »Eure Majestät«, um einen König oder eine Königin anzusprechen. »Eure Hoheit« für einen Prinzen oder eine Prinzessin. »Euer Gnaden« für einen Herzog oder eine Herzogin. »Mylord« für Barone, Grafen und Ritter.

Machen Sie niemals einen Knicks vor jemandem, der einen niedrigeren Rang bekleidet.

Verschränken Sie nie die Beine, sondern immer nur die Knöchel.

Bei allen offiziellen Staatsfeierlichkeiten müssen ellbogenlange Handschuhe getragen werden.

Nagellack ist ausschließlich in Nude- oder Pastelltönen erlaubt.

Keine Autogramme oder Unterschriften irgendwelcher Art.

Keine unerlaubten Fotos.

Keine öffentliche Zurschaustellung von Zuneigung.

Keine Nutzung von Social-Media-Plattformen.

Nein.

Nein.

Nein.

Ich habe so viele Verbote gehört, dass ich mich langsam frage, ob es überhaupt irgendetwas gibt, was eine Prinzessin tatsächlich *tun darf* – abgesehen von Lächeln und Winken während geplanter Auftritte bei langweiligen gesellschaftlichen Veranstaltungen.

Lady Morrell beharrt darauf, dass sie lediglich versuche, mich auf das vorzubereiten, was sie als meine »erste königliche Prüfung« bezeichnet – die sich, wie sie mir immer wieder ins Gedächtnis ruft, mit Lichtgeschwindigkeit nähert. Ich kann nicht behaupten, dass ich von der Vorstellung, am Sonntag mit den Lancasters an der Beerdigung teilzunehmen, begeistert bin, selbst wenn ich nur inkognito als Beraterin in ihrem Gefolge auftreten werde. Der bloße Gedanke daran sorgt dafür, dass in meiner Magengrube ein ganzer Schwarm Schmetterlinge umherflattert.

So vieles könnte schiefgehen.

Ich bin nicht mal ansatzweise darauf vorbereitet, vor irgendjemandem als ein Mitglied der *Königsfamilie* aufzutreten. Das hat mir Morrells stets verzweifelte Miene, die sie immer dann aufsetzt, wenn sie in meine Richtung schaut, mehr als deutlich gemacht, ob ich nun durch die Tanzstunden stolpere, die Adelstitel mehr schlecht als recht stottere oder während der Unterrichtsstunden für das richtige Verhalten beim Abendessen das falsche Besteck benutze.

Ich versuche, einen Blick zu der riesigen Standuhr zu vermeiden, die auf der anderen Seite des Esszimmers aufragt, weil ich weiß, dass ich dann nur enttäuscht sein werde, aber ich kann mich einfach nicht davon abhalten. *Sechzehn Uhr.* Immer noch eine ganze Stunde, bis ich frei bin. Ich passe den Griff an meinem Löffel an und versuche, etwas von meiner Suppe zu essen, ohne, und ich zitiere, »zu schlürfen wie ein Teenager, der im Kino eine Cola trinkt«.

Ich schätze, dass der einzige Vorteil von Morrells nervtötenden Unterrichtsstunden darin besteht, dass sie mich so sehr beschäftigen, dass ich kaum Zeit habe, über Owen nachzudenken … oder Chloe und Carter in den Fluren unserer gemeinsam bewohnten Strafanstalt über den Weg zu laufen. Nachdem wir nun bereits fünf Tage lang an diesem Ort eingesperrt sind, bin ich mir sicher, dass sie ebenso dringend entkommen wollen wie ich. Aber die Königsgarde hat die Sicherheitssperre immer noch nicht aufgehoben. Wahrscheinlich wird das vor der Beerdigung auch nicht mehr der Fall sein, denn die Ermittler haben den Ausbruch des Feuers mittlerweile offiziell als Brandstiftung und damit als ein Verbrechen deklariert.

Ich habe die letzte Nacht eingeschlossen in meinem Schlafzimmer verbracht und auf meinem ramponierten alten Laptop – den ich endlich zusammen mit meinen Unibüchern, meinem Handy und einer Reisetasche voller Klamotten aus meinem Schrank in meinem Zuhause zurückbekommen habe – die aktuellsten Neuigkeiten gelesen. Ich versuche, nicht zu sehr darüber nachzudenken, wie einer der ernsten anzugtragenden Wachmänner in meiner Unterwäscheschublade herumgewühlt und alle meine Sachen angefasst hat.

Denn …

Das ist eklig.

Ich ging einen Artikel nach dem anderen durch und las die Überschriften und Theorien von Journalisten auf der ganzen Welt über potenzielle Motive, mögliche Verdächtige und politische Verwicklungen. Die Welle der Trauer war unermesslich und hat das öffentliche Leben lahmgelegt. Die Neuigkeit, dass es kein tragischer Unfall, sondern Mord war, fühlte sich an wie ein Tritt in die Magengrube, während wir alle bereits auf dem Boden lagen.

Jemand ist dafür verantwortlich. Jemand hat König Leopold

und Königin Abigail sowie fünf Mitglieder ihres Personals auf dem
Gewissen und den Kronprinzen in ein Koma versetzt, aus dem er
vielleicht nie wieder erwachen wird. Und dieser Jemand ist immer
noch auf freiem Fuß.

Man kann nur schwer begreifen, wie so etwas passieren konnte. Noch schwerer ist es allerdings, sich vorzustellen, dass es weder Zeugen noch Hinweise gibt ...

Nichts.

Die Ermittlungen haben noch nichts Konkretes ergeben – zumindest nicht Simms zufolge, dem ich gestern begegnete, als ich nach meinem Unterricht auf dem Weg zurück in mein Zimmer war. Was alle anderen angeht, scheint jeder damit zufrieden zu sein, allen anderen aus dem Weg zu gehen. Ich habe Octavia seit meiner Ankunft nicht mehr gesehen, und auch Linus bin ich seit unserem Treffen vor ein paar Tagen nicht mehr begegnet.

Hin und wieder höre ich Carter oder Chloe durch die Flure des Flügels gehen, in dem sich all unsere Zimmer befinden. Aber ich habe keine Ahnung, wie sie den Großteil ihrer Tage verbringen. Nach dem Zwischenfall im Garten hat keiner von ihnen versucht, das Wort an mich zu richten. Ehrlich gesagt kann ich ihnen deswegen keinen Vorwurf machen.

Ich würde auch nicht mit mir reden wollen.

Ich schließe entsetzt die Augen, als ich an den Vorfall zurückdenke ... und an den gewaltigen Streit mit Owen, den ich danach hatte.

Ein Streit. Mit Owen.

Ich streite mit Owen.

Egal wie oft ich es in Gedanken wiederhole, es ist und bleibt schwierig, diese Tatsache zu begreifen. Noch nie zuvor hat es einen Punkt in meinem Leben gegeben, an dem wir nicht mehr miteinander gesprochen haben. Sicher, wir hatten im Laufe der

Jahre immer mal wieder kleine Meinungsverschiedenheiten … aber nichts von diesem Ausmaß. Ich glaube nicht, dass ich je den Ausdruck auf seinem Gesicht vergessen werde, als ich ihn zu den Eingangstoren begleitete und ihn bat zu gehen.

Ich brauche einfach nur ein wenig Zeit, erklärte ich ihm und wich seinem Blick aus. *Ich werde dich anrufen, wenn ich bereit bin zu reden.*

Die Wahrheit ist jedoch, dass ich sehr viel mehr als nur Zeit brauchen werde. Ich muss herausfinden, ob ich je wieder in der Lage sein werde, ihm in die Augen zu schauen, ohne mich an seine verletzenden Worte zu erinnern. Nicht nur die scheußlichen Worte, die er an Chloe und Carter richtete … sondern auch an die, die er zu mir sagte.

Armselig.

Naiv.

Gebrochen.

Ich habe immer gedacht, dass es zwischen uns keine Grenzen mehr gäbe, keine Barrieren, die es zu überwinden gilt. Nun erkenne ich, wie naiv das war. Die Menschen, die uns am meisten lieben, sind am besten in der Lage, uns zu zerstören. Schließlich haben wir Jahre damit verbracht, ihnen Stück für Stück Munition zu liefern und ihnen alles zu geben, was sie je brauchen werden, um den größtmöglichen Schaden anzurichten.

Das Abstruse daran ist, dass ich zwar stinkwütend bin, ihn aber trotzdem ständig anrufen will, nur um seine beruhigende heisere Stimme zu hören. Heute habe ich mich schon zweimal dabei erwischt, wie ich nach meinem Handy gegriffen habe – von dem übrigens jemand auf geheimnisvolle Weise alle Social-Media-Apps entfernt hatte, bevor man es mir aushändigte. Ich konnte mich immer noch gerade so davon abhalten, bevor die Verbindung aufgebaut wurde, aber ich weiß, dass es nur eine Frage der Zeit ist, bis ich dem Drang nachgebe.

Owen ist schon immer die Person gewesen, an die ich mich wende, wenn ich mich verletzt fühle. Ich bin mir nicht sicher, wie ich zurechtkommen soll, nun, da er derjenige ist, der mich verletzt hat.

Lady Morrell räuspert sich und holt mich zurück in die Gegenwart.

»Ich denke, Sie haben den Suppengang endlich gemeistert«, lässt sie mich wissen und nickt anerkennend. »Vielleicht sind Sie nun bereit, sich einem komplexeren Thema zu widmen.«

»Außenpolitik?«, frage ich hoffnungsvoll.

»Nicht ganz.« Ihre Lippen zucken, während sie meine Suppenschale gegen einen kleinen Teller austauscht. »*Salate.*«

»Freude über Freude«, murmle ich und widerstehe dem Drang, meinen Kopf auf die Tischplatte zu knallen, bis ich bewusstlos werde.

Noch eine weitere Stunde.

Einhunderttausend Dollar.

Ich greife nach der verdammten Salatgabel.

Später and diesem Abend liege ich im Bett und versuche, mich durch eins dieser blöden Bücher zu kämpfen, die Linus mir hat bringen lassen – ein schwerer ledergebundener Schinken mit dem Titel *Caerleon: Ehre im Lauf der Geschichte* –, als jemand an meine Tür klopft.

»Herein«, rufe ich träge und rechne damit, dass es eine der Haushälterinnen ist, die gekommen ist, um das Feuer zu schüren oder meine Kissen aufzuschütteln oder mir warme Kekse mit Schokostückchen zu bringen, wie sie es seit meinem fehlgeschlagenen Backversuch jeden Abend getan haben. Zuerst hielt ich es für eine nette Geste, aber mittlerweile bin ich mir sicher, dass Patricia dahintersteckt, die mit aller Macht dafür sorgen will, dass ich mich von ihrer Küche fernhalte.

Die Tür schwingt lautlos nach innen auf. Ich schaue von meiner Lektüre auf und bekomme fast einen Herzinfarkt, als ich die Frau sehe, die dort steht. Ihr perfekt frisiertes Haar wird von tropfenförmigen Ohrringen harmonisch ergänzt. Dazu trägt sie ein elegantes Kleid und Schuhe mit maßvollen Absätzen.

»Octavia!« Ich setze mich so abrupt auf, dass mir das Buch aus der Hand fällt. Es landet mit einem dumpfen Aufprall auf dem Boden. »W… was führt dich hierher?«

Sie zieht die Augenbrauen zusammen und mustert mich. Mein lavendelfarbenes Haar ist auf meinem Kopf zu einem unordentlichen Knoten zusammengebunden, mein Make-up unter meinen Augen verschmiert, und ich trage ein locker sitzendes T-Shirt und eine bequeme Freizeithose. Ich rappele mich hastig vom Bett auf und schiebe mir nervös eine Haarsträhne hinters Ohr. Es bedarf meiner ganzen Willenskraft, um nicht verschreckt zusammenzuzucken, als sie näher kommt. Ihre Absätze klackern unheilvoll auf dem glänzenden Parkettboden.

»Wie ich sehe, hast du dich …« Sie schnieft grazil. »Eingelebt.«

»Ja, Octavia. Ich meine, Ma'am. *Madame.* Äh … *Hoheit?*« Ich stammele erbärmlich. Lady Morrell wäre entsetzt, wenn sie erfahren würde, dass all ihre sorgsamen Lektionen umsonst gewesen sind.

»Ich habe noch keinen Adelstitel erhalten.« In Octavias Miene liegt keinerlei Wärme. »Sobald ich nach Linus' Krönung nächsten Monat offiziell zur Königsgemahlin ernannt werde, kannst du mich mit Eure Majestät ansprechen. Bis dahin …« Sie zieht die Augen noch enger zusammen. »Ehrlich gesagt bin ich nicht sicher, dass du mich überhaupt ansprechen musst. Aber wenn es sich während eines offiziellen Anlasses nicht vermeiden lässt, solltest du mich Lady Lancaster oder Herzogin von Hightower nennen.«

Gott, sie ist so kalt. Ich weiß nicht, was ich getan habe, um mich so schnell bei ihr unbeliebt zu machen – abgesehen davon, dass ich *existiere* –, aber plötzlich läuft mir trotz des prasselnden Kaminfeuers ein Schauer über den Rücken.

Sie betrachtet meine Sachen, die überall herumliegen. Den halb leer gegessenen Teller mit Keksen, den Pullover, den ich vorhin getragen habe und der nun zerknüllt auf dem Lehnstuhl liegt, einen schweren Stapel mit Linus' Büchern auf meinem Beistelltisch. Sie fährt mit dem Finger über den geprägten Buchdeckel des Bands, der ganz oben auf dem Stapel liegt. Als sie den Titel liest, huscht ein Anflug von Abscheu über ihr Gesicht.

Könige und Königinnen: Das Erbe der Lancasters

»Ich gehe davon aus, dass es einen Grund für diesen unerwarteten Besuch gibt«, sage ich mit falscher Freundlichkeit in der Stimme.

»Gewiss.« Sie wendet sich wieder mir zu und verschränkt die Arme vor der Brust. »Linus hat mich darüber informiert, dass du zusammen mit unserer Familie an der Beerdigung teilnehmen wirst.«

Ich habe den Eindruck, dass sie angesichts einer bevorstehenden Darmspiegelung erfreuter klingen würde.

»Die Schneiderinnen werden morgen Mittag mit einer Auswahl an Kleidungsstücken für Chloe und mich herkommen. Mir wurde … *geraten* … dass ich dich dazu einladen soll.« Sie mustert mich von Kopf bis Fuß. »Da man sich offensichtlich nicht darauf verlassen kann, dass du dich selbst einkleiden kannst, werden wir etwas Angemessenes auswählen lassen.«

Ich zucke zusammen, schaffe es aber, mir ein Lächeln abzuringen. »Wie freundlich. Ich versichere dir, dass ich mir etwas aussuchen werde, das ...« Ich halte bedeutungsvoll inne, nur um sie zu verärgern. »*Einer Königin würdig ist.*«

Sie spannt die Schultern an und kann ihre Empörung kaum verbergen. »Wunderbar.«

»Tja, wenn das alles ist ...« Ich werfe einen unmissverständlichen Blick in Richtung der Tür. Meine Botschaft könnte nicht deutlicher sein. *Verschwinden Sie verdammt noch mal aus meinem Zimmer.*

»Noch nicht ganz.« Sie verzieht die Lippen zu einem schmalen Lächeln, das mir sehr viel mehr Angst einjagt als ihre bösen Blicke. »Es gibt noch eine Angelegenheit, die ich mit dir besprechen muss.«

Ich ziehe die Augenbrauen hoch und warte.

»Du hattest auf diesem Anwesen vor ein paar Tagen Besuch von einem Freund. Owen Harding. Ist das korrekt?«

Ich erstarre. »Ja.«

»Mr Harding hat die ursprünglichen Sicherheitsüberprüfungen bestanden, was ihm Zugang zu diesem Anwesen ermöglichte. Zum Glück habe ich *persönlich* darauf bestanden, dass die königliche Garde in Bezug auf seine Vergangenheit ein wenig gründlicher nachforscht.« Sie macht einen Schritt auf mich zu und behält den Blick die ganze Zeit über fest auf mich gerichtet. »Wir können nicht vorsichtig genug sein, wenn es um deine Sicherheit geht, nicht wahr?«

Mein Herz pocht mit doppelter Geschwindigkeit in meiner Brust. »Ich weiß diese Sorge um mich wirklich zu schätzen, Octavia. Aber ich versichere dir, dass sie *unnötig* ist.«

Ihr Lächeln wird breiter. »Leider muss ich dir da widersprechen. Die zweite Überprüfung ergab ein paar ... nun ja, sagen wir ... *problematische* Verbindungen in Mr Hardings Vergangenheit.« Sie schüttelt den Kopf und täuscht Bestürzung vor. »Wie es scheint, hat er Kontakt zu zahlreichen Monarchiegegnern. Vielleicht sogar zu einer radikalen Zelle von Anarchisten, die fest entschlossen sind, das Königshaus um jeden Preis zu stürzen.«

Mein Mund klappt auf. »*Wie bitte?*«

»Es ist zweifellos von Vorteil, dass wir bereits jetzt davon erfahren haben, bevor die Situation ...« Sie hält inne. »Eskalieren konnte.«

Ich bin mir nicht sicher, ob ich angesichts der vollkommenen Absurdität der Worte, die aus ihrem Mund kommen, lachen oder weinen soll. »Das soll wohl ein Scherz sein.«

»Sicherheit ist eine ernste Angelegenheit, die wir nicht auf die leichte Schulter nehmen. Vor allem nicht unter den aktuellen Umständen.« Sie seufzt, als wäre sie furchtbar besorgt. »Keine Angst – wir brauchen nur noch ein paar weitere Beweise, dann sollten wir genug in der Hand haben, um ihn aus dem Verkehr ziehen zu lassen. Für immer.«

Ich erstarre. »*Nein.*«

»Oh doch. Es hängt lediglich davon ab, ob wir uns *entschließen*, weiter nachzuforschen. Verstehst du, was ich meine, Emilia?«

Oh, ich verstehe dich nur zu gut, du herzlose Hexe.

»Octavia, bitte ...« Meine Stimme bricht. Mein Herz hämmert wie wild gegen meinen Brustkorb. »Owen gehört nicht zu irgendeiner Terrorzelle! Er ist kein Monarchiegegner. Ja, vielleicht hat er an ein paar friedlichen Protesten und ein oder zwei politischen Kundgebungen auf dem Universitätscampus teilgenommen ... Aber er hat nie etwas getan, das auch nur ansatzweise illegal war, ganz zu schweigen von *radikal*.«

»Dennoch«, murmelt sie selbstgefällig und siegessicher, »darfst du ihn nie wieder kontaktieren, weder persönlich noch sonst wie. Ich habe bereits dafür gesorgt, dass er auf der schwarzen Liste aller königlichen Anwesen und Veranstaltungen steht. Und keine Sorge, meine Liebe – falls er versuchen sollte, unerlaubt *irgendwelchen* Boden zu betreten, der sich im Besitz der Lancasters befindet – das Lockwood-Anwesen eingeschlossen –, werde ich persönlich dafür sorgen, dass er wegen Verschwörung gegen die Krone ins Gefängnis kommt.« Sie beugt sich vor und ihre Stimme klingt entschlossen. »Du musst wissen … dass ich *alles* tun werde, was nötig ist, um die Mitglieder meiner Familie zu beschützen. Ich hoffe, dass diese Maßnahmen Beweis genug sind.«

»Das kannst du nicht tun«, flüstere ich und funkele sie hasserfüllt an. »Das *kannst* du nicht!«

»Es ist bereits geschehen.«

»Ich werde mit Linus reden!«, schnauze ich und trete vor. »Ich werde ihn dazu bringen, den Befehl rückgängig zu machen.«

Sie lacht – sie wirft tatsächlich den Kopf in den Nacken und lacht mich aus, als wäre ich eine Marionette, deren Fäden sie in der Hand hält, während sie mich nach ihrer Pfeife tanzen lässt. »Dummes kleines Gör. Hast du wirklich gedacht, dass du ihm etwas bedeutest, nur weil er dir einen Nachmittag lang Gehör geschenkt hat? Dass er plötzlich eine Vaterfigur sein wird, nur weil er dir ein paar Bücher aufs Zimmer schickt und einen Erben braucht? Da liegst du *falsch*. Die einzige Person, die Linus Lancaster am Herzen liegt, ist Linus Lancaster. Du wirst schon noch selbst herausfinden, wie wenig du ihm bedeutest, sobald eure Interessen nicht mehr übereinstimmen.«

»*Du* liegst falsch«, ätze ich leise.

»Tatsächlich?« Sie tritt noch näher an mich heran. »Die Wachen mögen sich Königsgarde nennen, aber jeder in diesem Haushalt gehorcht nur einer einzigen Person – *mir*. Nicht Linus, der sich mit seinen Manuskripten und seinen Notizen und seinen drolligen kleinen Teetreffen in sein Arbeitszimmer zurückzieht. Und ganz sicher nicht *dir*.« Sie maßregelt mich mit einem verächtlichen Schnalzen. »Nur zu. Fordere mich heraus, Kleines. Ich werde dafür sorgen, dass Owen Harding so schnell in einer königlichen Gefängniszelle landet, dass dir der Kopf schwirrt. Er wird nie wieder das Tageslicht sehen, es sei denn, *ich* erlaube es.«

»So viel Macht hast du nicht.«

»Lass es ruhig drauf ankommen«, droht sie. »Wenn du mit dieser Einschätzung falschliegst, kannst du nur dir selbst die Schuld geben.« Sie verzieht den Mund. »Oder aber … du triffst die klügere Entscheidung, indem du dich meinen Befugnissen nicht widersetzt. Du kannst dich von dieser lächerlichen Idee verabschieden, dass du aufgrund des Blutes, das durch deine Adern fließt, Anspruch auf irgendetwas anderes hast als das Leben, das du bereits kennst – in einem kleinen Haus und mit so gut wie keinen Zukunftsaussichten.«

Plötzlich fällt es mir wie Schuppen von den Augen. Hier geht es gar nicht um Owen. Verdammt, hier geht es nicht mal um mich.

Es geht um den Thron.

Es geht um *Macht*.

Es geht um diese Schreckschraube von Frau und all die Anstrengungen, die sie unternehmen wird, um Kontrolle über den Thron zu erhalten.

Sie will Caerleon für sich haben, wird mir klar, und ich starre sie an. *Es reicht ihr nicht, mich, ihre Kinder, ihre Angestellten oder ihren Ehemann zu manipulieren … Dieses elende Miststück will das ganze verdammte Land in Beschlag nehmen. Aber das darf nicht passieren! Sie darf nicht die Macht bekommen, das Leben von noch mehr Menschen zu kontrollieren und zu ruinieren.*

Eiserne Entschlossenheit erfüllt mich, verleiht mir Kraft und gibt mir ein neues Ziel. Auch wenn ich noch nicht genau weiß, wie ich es anstellen soll, so weiß ich doch eins mit Sicherheit: Ich werde sie aufhalten, bevor sie noch jemandem Schaden zufügen kann.

Koste es, was es wolle.

»Octavia«, sage ich mit einer Stimme, die ich kaum wiedererkenne. »Ich schlage vor, dass du gehst. Und zwar sofort.«

Sie rührt sich nicht vom Fleck. Dafür genießt sie das hier viel zu sehr.

»Verschwinde aus meinem Zimmer!«, schreie ich und spüre, wie mir meine Kontrolle entgleitet. »Du soziopathisches, narzisstisches Monster!«

»Liebend gern.« Sie lächelt, als hätten wir gerade eine belanglose Unterhaltung geführt, dreht sich um und geht in Richtung Tür. »Die Kleideranprobe findet morgen statt. Um Punkt zwölf Uhr im großen Salon. Sei pünktlich.« An der Schwelle dreht sie sich noch einmal um. »Oder *vielleicht nicht*, wenn du gerne erleben möchtest, was passiert, wenn du dich meinen Anweisungen widersetzt.« Sie neigt nachdenklich den Kopf. »Owen hat zwei kleine Schwestern, nicht wahr? Bezaubernde Mädchen. Erst heute Nachmittag habe ich ein Foto von ihnen gesehen …«

Ich atme so scharf ein, dass es sich anfühlt, als würde ein Rasiermesser von innen in meine Kehle schneiden.

»Es wäre ein Jammer, wenn ihnen etwas zustoßen würde.«

Der Hass, der in meinen Venen brodelt, fühlt sich heftiger an als alles, was ich je zuvor verspürt habe. Bevor ich weiß, wie mir geschieht, habe ich mich in Bewegung gesetzt – mit Tränen in den Augen und Zorn im Herzen stürme ich auf sie zu.

»RAUS HIER!«, schreie ich so laut ich kann. Ich will ihr die Augen auskratzen. »SCHER DICH VERDAMMT NOCH MAL HIER RAUS!«

»Gute Nacht«, erwidert sie nonchalant. Das Klappern ihrer Absätze hallt durch den Flur wie Pistolenschüsse. »Träum was Schönes.«

Ich warte, bis sie außer Sichtweite ist. Dann drehe ich mich mit einem wütenden Brüllen um und schlage mit der ganzen Kraft, die ich besitze, gegen meine Tür. Ich lege all meine Wut in diesen Schlag – und breche mir dabei beinahe die Hand.

»Verdammt!«, jaule ich, sacke auf den Fußboden und presse meine schmerzenden Finger an meine Brust. Ich lehne mich gegen die Tür zu meinem Zimmer, während Tränen über mein Gesicht strömen. Vor lauter Schmerz und Frustration bekomme ich kaum noch Luft. Octavias Drohungen hallen immer noch in meinem Kopf wider, als ich höre, wie die Tür direkt gegenüber meiner aufschwingt.

Carter steht im Durchgang. Sein dunkles Haar ist vom Schlaf zerzaust, und er schaut mit besorgter Miene auf mich herunter. Er muss meine Schreie gehört haben und ist aus seinem Zimmer gekommen, um nachzusehen, was los ist. Ich hole tief Luft, doch es hat nichts mit meinen schmerzenden Fingerknöcheln zu tun, denn ich stelle fest, dass er barfuß ist und kein Hemd, sondern lediglich eine graue Jogginghose trägt, die tief auf seinen Hüften sitzt. Mein Mund wird ganz trocken, als ich seine Bauchmuskeln betrachte – ein perfekt gemeißelter Waschbrettbauch mit einem Streifen aus Haaren, der von seinem Bauchnabel immer tiefer nach unten führt ...

Gütiger Gott.

Er kommt auf mich zu und macht nach zwei Schritten halt. Seine Miene verändert sich so schnell, dass ich all die Emotionen, die über sein Gesicht huschen, kaum ausmachen kann – *Mitleid, Sorge, Begehren, Wut, Angst, Abscheu.* Schließlich setzt er eine undurchschaubare Maske auf. Er macht einen Schritt zurück, woraufhin er mit dem Rücken gegen den Rahmen seiner Tür prallt. Für einen Augenblick denke ich, dass er wieder in seinem Schlafzimmer verschwinden wird, ohne ein Wort zu sagen. Und so bin ich vollkommen verblüfft, als er sich stattdessen auf den Boden sinken lässt, sodass er mir gegenübersitzt, seine langen Beine vor sich auf dem harten Boden des Flurs ausgestreckt.

Er sagt kein Wort.

Ich auch nicht.

Wir sitzen einfach da – ich umklammere meine schmerzende Hand, er starrt mich an, als könnte er sich nicht entscheiden, ob er mich an seine Brust drücken oder mir die Tür vor der Nase zuschlagen will. Ich wische mir die Tränen von den Wangen. Doch es hat keinen Zweck, denn sobald ich meine verletzte Hand bewege, füllen sich meine Augen erneut mit Tränen.

Verdammt, das tut weh.

Carter räuspert sich. »Du solltest das besser kühlen.«

Ich schaue zu ihm hoch und stelle fest, dass er im schummrigen Licht des Flurs eingehend meine Gesichtszüge betrachtet.

»Es geht mir gut.«

Er zuckt gleichgültig mit den Schultern.

»Es war dumm«, murmle ich nach einer Weile. »Eigentlich weiß ich, dass es nichts bringt, seine Wut an Gegenständen auszulassen.«

»Tja, Octavia hat diese Wirkung auf andere Menschen.« Er holt tief Luft, was dafür sorgt, dass sich seine Brustmuskeln zusammenziehen. Dann fährt er mit einer Hand durch sein Haar. »Als Teenager schlug ich in Hightower so viele Löcher in die Wände, dass man meine Gemächer als Gipssuite bezeichnete.« Er hält inne. »Weil die Handwerker …«

»Ständig den Putz an deinen Wänden ausflickten«, murmle ich und spüre, wie ein Lächeln an einem meiner Mundwinkel zupft. »Volltreffer.«

Er zieht die Augen zusammen und schaut mir direkt ins Gesicht. »Worum ging es bei dem Streit?«

Ich starre auf seine nackten Füße. Aus irgendeinem Grund hat ihr Anblick auf mich eine noch hypnotischere Wirkung als der seiner Bauchmuskeln. Der adonishafte Lord Carter Thorne, ganz ohne seine perfekte maßgeschneiderte Anzughose und seine auf Hochglanz polierten Schuhe. Am Ende ist er doch nur ein einfacher Sterblicher.

»Emilia?«

Ich richte den Blick wieder auf sein Gesicht und kämpfe gegen die Röte an, die mir in die Wangen steigt. »Oh, das war nur eine ganz gewöhnliche Unterhaltung zwischen einer Frau und ihrer neuen Stiefmutter voll kaum verhüllter Drohungen, politischer Manöver und unverblümter Doppelzüngigkeit. Du weißt schon, das Übliche.«

Er schnaubt leise. »Kommt mir bekannt vor.«

Wir verfallen wieder in Schweigen und betrachten einander einfach nur. Im Flur ist es so still, dass ich jeden seiner gleichmäßigen Atemzüge hören kann. Ich strecke die Beine aus und versuche, eine bequemere Position einzunehmen.

»Owen«, sage ich schließlich.

Er versteift sich.

»Sie hat gedroht, Owen in Schwierigkeiten zu bringen.« Ich schlucke schwer. »Ich weiß, dass dich das nicht besonders interessieren wird, weil ihr beide euch letztens nicht gerade … gut verstanden habt.«

Er brummt zustimmend.

»Aber er ist mein bester Freund. Und jetzt …« Ich blinzle Tränen weg. »Sie hat Fotos von ihm auf einer Kundgebung gegen die Monarchie, die letzten Herbst auf dem Campus stattfand. Sie hat durchblicken lassen, dass … Nun ja, dass sie das Ganze sehr viel mehr aufbauschen kann. So als wäre er Mitglied einer radikalen Splittergruppe, die die Monarchie im Visier hat.«

»Ich kann nicht behaupten, dass es mich überraschen würde, wenn das tatsächlich so wäre, wenn man bedenkt, wie er über mich und Chloe gesprochen hat.«

»Aber es ist nicht wahr!«, rufe ich, während mich erneut Wut überkommt. »Es ist nur …«

»Octavia, die versucht, dich zu kontrollieren.«

»Ja. Was ich absolut nicht verstehe. Selbst wenn ich meine Rolle je annehmen würde – was längst noch nicht entschieden ist –, wird sie die Königin sein. Sie steht in der Rangordnung über mir.«

»Im Augenblick.«

Ich ziehe die Augenbrauen hoch.

Er fährt sich erneut mit einer Hand durch sein Haar. »Du hast königliches Blut. Sie hat ihren Status nur durch Heirat erhalten. Wenn sie Königin wird, wird es in erster Linie ein symbolischer Titel sein. Eine Königsgemahlin ist nicht das Gleiche wie eine amtierende Königin.«

»Das ist mir klar.«

»Glaub mir, ihr ist das auch klar. Sie weiß, dass sie hier nichts mehr zu melden hat, sobald Linus tot ist.« Der Blick seiner blauen Augen ist eindringlich. »Und Linus ist nicht mehr jung. Was bedeutet, dass nach seinem Tod nur eine Person übrig bleibt, die Anspruch auf den Thron hat.«

»Ich«, murmle ich leise.

»Du«, bestätigt er.

Während wir einander anschauen, baut sich in der Luft zwischen uns wieder diese Anspannung auf, diese unausweichliche Elektrizität, die zwischen ihm und mir hin und her zuckt. Er ist ein paar Schritte von mir entfernt, aber ich schwöre, dass ich förmlich spüren kann, wie seine Wärme meine Haut berührt.

»Wir sollten vermutlich ins Bett gehen«, flüstere ich.

Vielleicht bilde ich es mir nur ein, aber ich könnte schwö-
ren, dass in seinen Augen Hitze aufflammt, als er dabei zusieht,
wie mein Mund die Worte formt. Er verbirgt seine Reaktion
jedoch schnell hinter einer Maske aus kühler Gleichgültigkeit. Er steht auf und verharrt mit dem Rücken zu mir auf der
Schwelle, wo er für einen winzigen Augenblick innehält.

»Du solltest wirklich deine verdammte Hand kühlen.«

Eine Sekunde später ist er verschwunden und schlägt die
Tür mit unverkennbarer Endgültigkeit hinter sich zu. Ich höre,
wie er sie abschließt, und stoße rasselnd einen Atemzug aus,
den ich lange angehalten habe.

»Gute Nacht«, flüstere ich in den leeren Flur hinein.

Der lange Weg nach unten in die Küche hilft nicht dabei,
meinen hämmernden Puls zu beruhigen. Und als ich später ins
Bett klettere und meine geschwollene Hand behutsam an meine Brust drücke ... träume ich von strahlend blauen Augen, die
irgendwie immer direkt durch mich hindurch und unmittelbar
auf die schmutzige, zerstörte Seele schauen, die sich in meinem
Inneren befindet.

12. KAPITEL

Es ist fünf vor zwölf, und ich tigere vor den geschlossenen Türen des Salons auf und ab. Ich weigere mich, diesen Raum zu betreten, bis es sich absolut nicht mehr vermeiden lässt.

»Sie hat dich auch ausgetrickst, damit du hier teilnimmst, was?«

Ich schaue auf, als ich Chloes Stimme höre, und sehe, dass sie an der Wand lehnt und beobachtet, wie ich hin und her laufe. Dem warmen Ausdruck auf ihrem Gesicht nach zu urteilen, hegt sie wegen des Zwischenfalls mit Owen keinen Groll gegen mich.

Ich erwidere ihr Lächeln. »Ausgetrickst‹ ist ein zu nettes Wort für das, was sie getan hat.«

»Du wirst dich schon noch daran gewöhnen.«

»Soll ich mich deswegen besser oder schlechter fühlen?«

Sie lacht – ein heller, klarer Laut, wie Wasser in einem Winterfluss. »Weder noch. Es ist einfach die Realität. Nach einer Weile wirst du eine Art sechsten Sinn für Octavias Intrigen entwickeln. Und sobald du die Züge deines Gegners vorausahnen kannst … ist es bedeutend leichter, ihnen auszuweichen.«

Ich schüttle müde den Kopf. »Ich bin mir nicht sicher, ob ich für dieses Leben geschaffen bin.«

»Niemand ist jemals für irgendetwas geschaffen. Du beißt

einfach die Zähne zusammen und ziehst es durch und hoffst, dass sich irgendwann alles fügt. Jeder, der dir etwas anderes erzählt, lügt.«

»Das ist deine Devise? Die Zähne zusammenbeißen?«

»Hmm ...« Sie denkt einen Moment lang darüber nach. »Ja.«

»Chloe, hast du je über eine Karriere als Grußkartenschreiberin nachgedacht? Da du so ein Quell an überbordender herzerwärmender Weisheit bist?«

»Man kann nie wissen. Es könnte meine wahre Bestimmung sein. Nehmt euch in Acht, all ihr Grußkartenverkäufer, jetzt komme ich!« Sie legt den Kopf schief. »Und das Ganze hätte noch einen zusätzlichen Vorteil. Kannst du dir den Ausdruck auf Octavias Gesicht vorstellen, wenn ich ihr mitteilen würde, dass ich mir einen Job suche? Einen richtigen *Job*?«

Ich schnappe nach Luft. »Wie ein einfacher Bauer?«

»Ein schuftender Trottel!« Sie presst eine Hand auf ihr Herz. »Was für ein Skandal!«

»Einfach entsetzlich!«

»Wo soll das nur hinführen?«

Wir beide brechen in Gekicher aus.

»Willst du einen Rat hören? Wenn wir da drinnen sind, versuch, dich von Octavia nicht aus dem Konzept bringen zu lassen«, sagt sie, als wir wieder zu Atem gekommen sind.

»Je mehr du dir deine Wut anmerken lässt, desto zufriedener wird sie sein. Sie ist wie eine dieser Höllenkreaturen, die sich von Elend ernähren.«

»Sie zu ignorieren wäre leichter, wenn sie nicht die Menschen bedrohen würde, die mir wichtig sind.« Die Uhr an der Wand schlägt zwölf. Ich starre sie böse an, als könnte ich auf diese Weise die Zeit anhalten. »Ich schätze, das ist unser Stichwort.«

»Keine Sorge«, flüstert Chloe verschwörerisch und tritt an meine Seite. »Ich habe etwas, das diese Erfahrung sehr viel angenehmer machen wird.«

»Zyanid?«, frage ich nur halb scherzhaft.

»Besser.« Sie holt einen kleinen Plastikbeutel hervor, hält nach Simms oder einem der anderen stets wachsamen Hausangestellten Ausschau und schüttet den Inhalt dann auf ihre Handfläche. »Nimm eins. Dank mir später.«

Ich blinzle und schaue auf die zwei harmlos aussehenden Gummibärchen hinunter. »Was ist das?«

»Nur eine Kleinigkeit, die dir dabei helfen wird, dich ein wenig zu entspannen. Ich nenne sie ›Octavia-Dämpfer‹. Damit wird ihre Gesellschaft zumindest einigermaßen erträglich – *vor allem* wenn es um eine so abscheuliche Aktion geht.«

»Wird es wirklich so schlimm werden? Ein Kleid auszusuchen, kann doch unmöglich so lange dauern, oder? Ich hatte mich auf zwanzig oder dreißig Minuten eingestellt, und das hielt ich schon für hoch gegriffen.«

Chloe schnaubt. »Oh, du hast ja keine Ahnung. Es wäre echt niedlich, wenn es nicht so tragisch wäre.«

»Fünfundvierzig Minuten?« Ich verziehe das Gesicht, als sie den Kopf schüttelt. »Eine *Stunde*?«

»Eher zwei Stunden für die Auswahl der Kleider und dann weitere zwei Stunden, in denen sie angepasst werden. Nur für den Fall, dass du nicht weißt, was auf dich zukommt: Das bedeutet normalerweise, dass du wie angewurzelt vor einem unschmeichelhaften Spiegel stehst, während eine sadistische Schneiderin Nadeln in dein Mieder steckt.« Sie streckt wieder die Hand aus und wackelt mit den Fingern. »Glaub mir. Das willst du nicht nüchtern durchstehen müssen.«

»Ich weiß nicht …«

Sie verdreht die Augen, schnappt sich meine Hand und

drückt ein Gummibärchen hinein. Dann wirft sie sich das andere umgehend in den Mund. »Wir sehen uns auf der anderen Seite, Kameradin.«

Bevor ich sie aufhalten kann, marschiert sie auf die Salontüren zu. Ich bin vor Unentschlossenheit wie erstarrt. Mein Blick flackert zwischen ihrer Hand, mit der sie nach der Türklinke greift, und meiner eigenen, in der sich immer noch das kleine Gummibärchen befindet, hin und her. Auf dem winzigen Gesicht des Bärchens prangt ein fröhliches Lächeln. Die Uhr schlägt ein letztes Mal.

»Tut mir leid, Kleiner«, murmle ich. »Dein Leben gegen meins.«

Zwei Sekunden bevor sich die Türen öffnen, werfe ich mir das Gummibärchen in den Mund.

Ich bin nicht das, was man im Allgemeinen drogenerfahren nennen würde.

Als ich das *erste* Mal high war, war ich fünfzehn. Owen und ich bastelten uns eine behelfsmäßige Pfeife aus einem Apfelkerngehäuse und rauchten einen Klumpen altes Gras, das er einem Schüler aus einem höheren Jahrgang abgekauft hatte, während wir in dem Baumhaus im Garten hinter seinem Haus saßen, in dem er als Kind gespielt hatte. Vermutlich war das nicht die beste Idee, die wir je hatten, denn als wir die Leiter hinunterkletterten, wurde mir so schwindelig, dass ich vier Meter tief fiel und mir an zwei Stellen den Arm brach, sodass ich für den Rest des Sommers einen Gips tragen musste.

Das war gleichzeitig auch das *letzte* Mal, dass ich je high war.

An die eigentliche Erfahrung erinnere ich mich so gut wie gar nicht mehr. Ich weiß nur noch, dass meine Haut juckte und mir jede Menge Ideen kamen, die mich ganz hibbelig machten.

Allerdings fehlte mir die Energie, die nötig gewesen wäre, um sie umzusetzen.

Wie ich schon sagte: Ich bin nicht das, was man als Junkie bezeichnet.

Ich weiß nicht, welche Geheimzutat sich in Chloes Gummibärchen befindet, aber sie ist auf jeden Fall von einem ganz anderen Kaliber. Ich fühle mich ganz und gar nicht high. Tatsächlich fühle ich mich so entspannt, dass ich durch den Boden sinken und verschwinden könnte.

Ruhig. Unerschütterlich. Locker.

Die vier Stunden, die wir mit der Auswahl und dem Anpassen der Kleider verbringen müssen, vergehen in einem verschwommenen Nebel aus Reißverschlüssen und Hüten und Säumen und spitzenbedeckten Knöpfen. Normalerweise würde ich mich unwohl dabei fühlen, fast nackt vor einem Spiegel zu stehen, während drei fremde Frauen jeden Quadratzentimeter meines Körpers ausmessen ... aber dank Teddybärs Hilfe fühle ich mich mit meinem etwas breiteren Hintern und meinen gut gefüllten C-Körbchen absolut selbstsicher – selbst während ich neben Chloe stehe, deren dünner straffer Körper selbst bei einem Supermodel genug Unsicherheit hervorrufen könnte, um das Mittagessen ausfallen zu lassen.

Während der Nachmittag voranschreitet, wird Octavia immer unleidlicher, weil ihre gehässigen Kommentare über meine »füllige Figur« keinerlei Reaktion hervorrufen. Sie ändert ihre Taktik und zieht über die »abscheulich grelle Farbe« meines Haars her, um mich zu provozieren. Der Ausdruck auf ihrem Gesicht, als ich mich unbekümmert bereit erkläre, es vor der Beerdigung zu einem diskreteren Braunton umzufärben, ist wirklich unbezahlbar.

Teddybär, heute bist du mein Held.
Dicht gefolgt von Chloe.

Als wir für diesen Tag endlich entlassen werden, ist es schon fast sechzehn Uhr. Die Auswirkungen des mit Zaubermittel gefüllten Gummibärchens lassen langsam nach. Chloe hakt sich bei mir unter, als wir aus dem Salon eilen, und grinst wissend.

»Wie lautet das Urteil?«

»Oh Käpt'n, mein Käpt'n! Ich werde nie wieder an dir zweifeln.«

»Es war mir eine Freude.« Sie lacht. »Können wir uns jetzt *bitte* etwas zu essen besorgen? Ich verhungere.«

»Ich glaube, ich habe eine Idee …«

Zehn Minuten später befinden wir uns im Heimkino des Lockwood-Anwesens, wo wir auf einem ledernen Fernsehsessel für zwei liegen und voller Ehrfurcht auf den Fernseher im Kinoformat starren. Er ist in den Galaxismodus geschaltet, was bedeutet, dass ein Meer aus Planeten und Sternbildern langsam und farbenfroh über den Bildschirm treibt. Wir haben das Licht gedimmt, wodurch es beinahe so aussieht, als würden wir im Weltraum zwischen den Sternen schweben.

»Oh mein Gott, diese Kekse sind *so gut*«, stöhnt Chloe und beißt in einen weiteren. »Wo hast du die noch mal her?«

»Von Patricia. Sie arbeitet in der Küche. Sie kann bestens mit einem Standmixer umgehen.«

»Wie ist es möglich, dass du seit gerade mal fünf Minuten in dieser Familie bist und dich das Personal bereits besser behandelt als mich? Ich lebe schon seit zwanzig Jahren als Stieftochter des Herzogs von Hightower und habe nicht *ein einziges Mal* selbst gebackene Kekse in meine Suite geliefert bekommen.«

»Als würdest *du* regelmäßig Kekse essen.« Die Vorstellung entlockt mir ein Schnauben. Soweit ich es beurteilen kann, besteht Chloes Ernährung zu gleichen Teilen aus Tabletten und Alkohol, und hin und wieder isst sie einen Salat, damit sie ihrem Körper wenigstens ein Minimum an Nährstoffen zuführt.

Sie grinst. »Touché.«

»Hey, kann ich dir mal eine ganz willkürliche Frage stellen?«

»Willkürliche Fragen sind zufälligerweise meine Lieblingsfragen.«

»Erinnerst du dich an dein Leben, bevor Octavia Linus geheiratet hat?«

»Nicht wirklich. Ich war damals erst vier Jahre alt.« Sie seufzt und denkt an die Zeit zurück. »Carter erinnert sich an mehr als ich – vermutlich zu seinem Nachteil. Er war bei ihrer Hochzeit etwa acht.«

»Warum zu seinem Nachteil?«

»Sagen wir einfach, dass es einen Grund dafür gibt, dass Carter nicht an die Ehe oder langfristige Beziehungen glaubt. In einem Haus mit zwei Eltern aufzuwachsen, die sich hassen, weckt in einem nicht gerade den Glauben an Monogamie als brauchbaren Lebensweg.«

»Wie war dein Dad so? Dein biologischer Dad?«

»Soll ich ehrlich sein? Nach dem, was ich mir zusammengereimt habe, war er ein ziemlicher Idiot. Er verspielte den Großteil seines Treuhandfonds, man entzog ihm seinen Titel, und irgendwann knallte er eines Nachts auf dem Heimweg vom Casino betrunken mit seinem Auto gegen einen Baum. Octavia blieb mit zwei kleinen Kindern zurück, die sie allein großziehen musste, und hatte keinerlei Möglichkeit, die Familie zu versorgen.«

»Und doch hat sie es irgendwie geschafft, sich einen Prinzen zu angeln.«

»Eins muss ich meiner Mutter lassen: Sie akzeptiert kein Nein als Antwort. Niemals. Bevor sie in die Thorne-Familie einheiratete, war sie ein Niemand. Die uneheliche Tochter einer Stripperin, die einen verheirateten Lord verführte, weil sie dachte, dass sie sich auf diese Weise sein Vermögen unter den Nagel reißen könnte. Stattdessen bekam sie Octavia – die, seien wir mal ehrlich, sogar als Baby eher eine Strafe als ein Segen gewesen sein muss.«

»Octavia war unehelich? Nie im Leben.«

»Doch, das ist die Wahrheit. Warum sonst sollte sie dich wohl so verabscheuen?« Chloe zieht eine Augenbraue hoch.

»Sie sieht sich selbst in dir.«

»Ähm, *autsch*. Bitte beleidige mich nicht so.«

»Nein, nein. Ich vergleiche nicht eure Persönlichkeiten. Ich meine nur … dass du alles darstellst, was sie hinter sich lassen wollte. Sie schaut dich an und sieht ein Leben, das sie lieber vergessen würde. Sie hat ihr ganzes Leben lang gekämpft, um sich von einer unehelichen Tochter von niederer Abstammung zur Ehefrau eines Lords, dann zur Witwe und schließlich zur Herzogin hochzuarbeiten … Und jetzt ist sie im Grunde genommen die mächtigste Frau des Landes. Die zukünftige Königsgemahlin.«

»Wow.«

Mir schwirrt der Kopf. Die Vorstellung, dass Octavia und ich etwas gemeinsam haben, ist seltsam. Noch seltsamer ist es, sie mir in meinem Alter vorzustellen – jung, verletzlich, verzweifelt. Irgendwie bin ich immer davon ausgegangen, dass sie schon mit diesem kalten, berechnenden Lächeln im Gesicht auf die Welt gekommen ist.

»War Linus ein guter Stiefvater?«, frage ich. Ich bin mir nicht mal sicher, wo die Frage herkommt, aber plötzlich … ist sie einfach da und hängt in der Luft.

Chloes Stimme wird nachdenklich. »Das war er tatsächlich – wenn auch ein wenig abwesend. Als wir klein waren, war er viel auf Reisen, vor allem nach der Krönung seines Bruders. König Leopold hielt große Stücke auf ihn als Ratgeber. Ich erinnere mich, dass wir immer sehr lange am Stück ohne ihn in Hightower lebten. Aber wenn er zurückkam, brachte er immer Geschenke und Geschichten von seinen Reisen ins Ausland mit.« Ihr wehmütiger Tonfall verebbt. »Natürlich verbrachten Carter und ich den Großteil unserer Teenagerzeit auf unterschiedlichen Internaten in der Schweiz, also sahen wir von Caerleon nicht viel außer an Weihnachten und ein paar Wochen im Sommer während der Ferien.«

»Das klingt …«

»Glamourös?«

»Ich wollte einsam sagen.«

Sie tunkt eine Seite ihres Kekses in ein Glas Milch. »Willkommen im Leben als Lancaster. Ich glaube, ›einsam‹ steht auf dem königlichen Wappen.«

»Eigentlich bin ich mir ziemlich sicher, dass da ein doppelköpfiger Löwe drauf ist …«

»Halt den Mund.«

Ich grinse in der Dunkelheit. Wir schweigen eine Weile und betrachten einfach die vorbeiziehenden Sterne.

»Weißt du«, murmle ich. »So ätzend diese Woche auch gewesen ist … Ich bin froh, dass wenigstens etwas Gutes dabei herumgekommen ist.«

»Du redest von dem riesigen Diadem, das sie dir bei deiner Krönungszeremonie aufsetzen werden, oder? Die untere Reihe Diamanten an dem Ding würde ausreichen, um ein Entwicklungsland ein ganzes Jahr lang über Wasser zu halten. Das sind ein paar ordentliche Klunker.«

Ich werfe ihr einen Blick zu. »Eigentlich habe ich von *dir* geredet. Ich habe nie viele Freundinnen gehabt. Das ist eine nette Abwechslung.«

»Igitt. Ich hoffe, dass du jetzt nicht klammerst, E. Ich habe Bindungsängste.«

»Finde dich damit ab, C. Und denk ja nicht, dass mir dein Kommentar über meine Krönung entgangen ist.« Ich verdrehe die Augen. »Dir ist schon klar, dass eine neunundneunzigprozentige Chance besteht, dass ich all das hier in ein paar Wochen hinter mir lassen werde, oder?«

»Nein.« Sie knallt ihr Milchglas mit Schwung auf den Tisch. »Ich weigere mich, das zu akzeptieren. Du *kannst nicht* abdanken. Wenn du es tust … wird der Thron an irgendeinen entfernten Cousin von der anderen Seite des Familienstammbaums gehen, den niemand so richtig kennt oder mag.«

»Wie entfernt?«

»So entfernt wie …« Sie kneift die Augen zusammen und überlegt. »Der Sohn der Tochter des jüngeren Bruders deines Großvaters. Zweifellos ein schielender Schurke mittleren Alters.«

»Hmm. Und woher genau willst du wissen, dass dieser entfernte Cousin nicht einen besseren Herrscher abgeben wird als ich?«

»Das weiß ich nicht.« Sie zuckt mit den Schultern. »Aber ich kann zumindest mit einiger Gewissheit sagen, dass du keine komplette Idiotin bist. Gott allein weiß, was für ein Volltrottel da aus der Versenkung gekrochen kommen könnte.«

»Wie süß.«

Sie lacht melodisch.

Plötzlich kommt mir ein Gedanke. »Wird der gefürchtete Cousin am Sonntag auf der Beerdigung sein? Falls ja, wirst du eine Gelegenheit haben, ›mit einiger Gewissheit‹ zu entscheiden, wer auf dem Thron weniger Schaden anrichten würde.«

»Vermutlich.« Sie ächzt angesichts der Vorstellung. »Eine Menge Leute werden dort sein, um den Verstorbenen in ihrem besten Beerdigungsstaat die letzte Ehre zu erweisen. Das dürfte eine ganz schön scheußliche Veranstaltung werden.«

»Bei dir klingt das wie eine schlechte Cocktailparty und nicht wie eine Trauerfeier.«

»Beerdigungen sind nicht für die Toten, sondern für die Lebenden. Und im Fall einer königlichen Beisetzung geht es mehr um das Spektakel als um alles andere. Tage voller Glanz und Gloria, Würdenträger, die von überall auf der Welt angereist kommen ... Es ist ein einziger Medienzirkus. Ehrlich gesagt würde ich meiner Tante und meinem Onkel lieber im Stillen gedenken und nicht in aller Öffentlichkeit, nur damit die ganze Welt dabei zusehen kann.«

»Das verstehe ich. Als meine Mom starb ... wollte ich meine Trauer mit niemandem teilen. Ich behielt es monatelang für mich. Ich bin mir nicht sicher, warum ich das tat. Ich weiß nur, dass ich ... das Gefühl hatte, dass ich irgendwie ein Stück von ihr weggab, wenn ich mit anderen Leuten über sie reden würde. Ergibt das Sinn?«

Chloe schaut mich an. »Vielleicht spricht da das Gummibärchen aus mir, aber ja. Das ergibt total Sinn.«

Ich lächle und setze zu einer Antwort an, aber das plötzliche Summen meines Handys auf dem Tisch zwischen uns zieht meine Aufmerksamkeit auf sich. Ein kurzer Blick auf das Display sorgt dafür, dass ich den Mund zu einer flachen Linie zusammenpresse. Ich drücke auf eine Taste, um den Anruf an die Mailbox weiterzuleiten.

»Wer war das?«, fragt Chloe neugierig.

Ich zögere.

»Raus damit, E.«

»Das war Owen.«

»Ah.« Sie schmunzelt. »Und wie geht es dem Leiter meines persönlichen Fanclubs?«

»Keine Ahnung. Wir sprechen momentan nicht miteinander.«

Und wenn deine Mutter ihren Willen bekommt, werden wir nie wieder miteinander sprechen.

»Sieht aber so aus, als würde *er* mit *dir* sprechen wollen«, hält sie mir entgegen. »Warum stellst du dich tot?«

»Du erinnerst dich doch noch daran, dass er sich letztens wie ein totaler Idiot benommen hat, oder?«

»Dunkel.«

Ich seufze. »Außerdem ist da noch die geringfügige Tatsache, dass deine Mutter gestern Abend in mein Zimmer kam und im Grunde genommen damit drohte, ihn verhaften zu lassen, falls ich mich je wieder mit ihm treffe.«

»WAS?«

Ich fasse Octavias Besuch in meinen Gemächern kurz zusammen, lasse den Teil, als ich vor Wut gegen die Wand schlug, und meine darauf folgende Unterhaltung mit Carter aber weg.

»Herrgott«, murmelt Chloe, als ich fertig bin. »Sie hat es wirklich auf dich abgesehen.«

»Hast du irgendeinen Rat?«

»Ehrlich gesagt nicht wirklich. Ich wünschte, ich könnte dir versichern, dass das nur eine leere Drohung ist, aber ... so sehr es mir auch gegen den Strich geht, das zuzugeben: Langfristig gesehen könnte es besser für dich – und für ihn – sein, wenn du das tust, was sie verlangt.«

Meine Gesichtszüge entgleisen mir. »Du kannst doch nicht ernsthaft denken, dass ich ihn aus meinem Leben ausschließen würde. Er ist mein ältester Freund!«

»Ich kann dir nicht vorschreiben, was du tun sollst. Ich kann dir lediglich von meinen eigenen Erfahrungen berichten, was es bedeutet, sich gegen Octavia aufzulehnen.« Sie verzieht das Gesicht. »In der Mittelstufe freundete ich mich mit einem

Mädchen namens Kacey an. Sie hatte ein Stipendium erhalten. Sie war supersüß und bettelarm. Wir waren beste Freundinnen … bis Octavia beschloss, dass Kaceys Familie kein ›angemessener Umgang‹ für die Stieftochter eines Herzogs sei. Sie verlangte von mir, die Freundschaft zu beenden. Ich weigerte mich.« Sie holt tief Luft. »Eine Woche später zog Kaceys Familie von heute auf morgen weg. Die offizielle Begründung lautete, dass ihr Vater unerwartet versetzt worden sei und nun in einer Stadt arbeiten müsse, die sechs Stunden von Hightower entfernt sei. Wie die inoffizielle Begründung lautete, kannst du dir sicher denken. Octavia steckte dahinter.«

»Nur damit ich das richtig verstehe: Sie hat eine ganze Familie umgesiedelt und einmal quer durchs Land geschickt, nur um zu verhindern dass du weiterhin mit irgendeinem Mädchen befreundet warst?«

»Die Tatsache, dass sie mich und Kacey in der Woche davor dabei erwischte, wie wir in meinem Bett rummachten, war vermutlich nicht besonders hilfreich dabei.« Chloe zwinkert mir zu. »Kannst du dir das *vorstellen?* Das perfekte Lancaster-Bild, getrübt durch eine *Lesbe!*«

»Tut mir leid, Chloe. Das ist …« Ich schüttle den Kopf. »Das ist Schwachsinn. Du solltest zusammen sein dürften, mit wem du willst – du solltest *sein* dürfen, wer immer du sein willst.«

»Mach dir keine Sorgen um mich. Octavia mag entsetzt darüber sein, dass ich mich gleichermaßen für Männer wie für Frauen interessiere, aber ich habe meine Rache bekommen.« Sie wackelt mit den Augenbrauen. »Ich war in der Schweiz auf einem Internat, erinnerst du dich? Und es war ein reines Mädcheninternat.«

Ich pruste los. Nach einer Sekunde bricht auch sie in Lachen aus.

»Weißt du, ich hätte das schon früher sagen sollen …« Ich

räuspere mich. »Das, was letztens passiert ist, tut mir wirklich leid. Owen ist normalerweise nicht so … streitlustig.«

»Du hast nichts falsch gemacht. Entschuldige dich nicht für ihn.« Sie seufzt. »Und so gern ich auch einen Groll gegen ihn hegen würde, werde ich in diesem Fall davon absehen. Männer verhalten sich wie Idioten, wenn sie verliebt sind.«

Ich blinzle erschreckt. »Wie bitte?«

»Ach komm schon.« Sie wirft mir einen Blick zu. »Du kannst nicht so tun, als hättest du es nicht gewusst.«

»Du liegst vollkommen falsch. Owen ist auf gar keinen Fall in mich verliebt. Er ist mein …«

»Bester Freund. Schon klar. Rede dir das nur weiter ein.«

»Das ist er!«, beharre ich. »Wir haben uns ja nicht mal geküsst.«

»Niemals?«

»Niemals.«

»Hm. Tja. Das ändert trotzdem nichts an meiner Meinung«, sagt Chloe unbeeindruckt. »Es ist die einzige Erklärung für diesen ganzen Machoschwachsinn. Ihm ist klar geworden, dass er dich verlieren wird, und er ist ausgeflippt.«

»Ja – er wird mich als *Freundin* verlieren.«

»Als Freundin, die er gerne flachlegen will, um es ihr mal so richtig zu besorgen, vielleicht.«

»Chloe!«

»Was? Sei nicht so prüde.«

»Ich bin ganz und gar nicht prüde. Ich bin nur …« Ich erröte. »Ich möchte mir nicht vorstellen, wie es wäre, Sex mit Owen zu haben. Das ist seltsam.«

»Ich würde sofort Sex mit ihm haben.« Sie stößt einen anerkennenden Pfiff aus. »Der Kerl mag ein Arsch sein, aber er sieht wirklich zum Anbeißen aus. Ich würde ihn reiten wie ein Cowgirl.«

»Bitte erspar mir deine plastischen Schilderungen.«

»Wie du willst.« Sie kichert. »Also, wenn dich blonde Sahneschnittchen nicht auf Touren bringen, wer dann? Was ist dein Typ? Adrett? Silberfuchs? Sportskanone? Rockidol?«

Ich denke über die Frage nach. Die paar Typen, mit denen ich Sex hatte, waren alle flüchtige Bekanntschaften vom College. Es waren immer spontane Abenteuer in dunklen, schmalen Wohnheimbetten, die normalerweise nach ein paar kurzen Minuten wieder vorbei waren. Ich habe nicht den Mut, Chloe gegenüber zuzugeben, dass ich noch nie einen Orgasmus hatte. Tatsächlich bin ich noch nicht mal ansatzweise nahe dran gewesen. Und ich werde ihr *ganz sicher* nicht auf die Nase binden, dass ich meine einzige Erfahrung mit einem Anflug der puren Leidenschaft, von der ich in meinen Lieblingsbüchern gelesen habe, am letzten Freitagabend auf dem Rücksitz eines SUV gemacht habe, während ich auf dem Schoß ihres Bruders saß und seine ebenso unverschämte wie steinharte Erektion spürte.

»Komm schon«, drängelt Chloe. »Raus damit. Wer war der letzte Kerl, der bei dir heiße Sexfantasien hervorgerufen hat?«

Mit beträchtlicher Mühe gelingt es mir, Carters Gesicht in die Tiefen meiner Psyche zu verbannen.

»Da gab es niemanden. Ehrlich.«

»Du bist eine miserable Lügnerin. Deine Emotionen spiegeln sich ganz offen auf deinem Gesicht wider.«

Wo habe ich das schon mal gehört?

Ihre Augen schimmern vor Belustigung. »Keine Sorge. Wir werden daran arbeiten, bevor man dich zur Kronprinzessin ernennt. Du wirst in der Lage sein müssen, sämtliche Profis auf dem Gebiet zu täuschen, wenn du irgendwann die Herrschaft übernehmen willst.«

»*Chloe!* Lass es endlich gut sein.«

Sie grinst mich einfach nur an und wirkt kein bisschen reumütig. Nach einer kurzen Pause muss ich das Grinsen einfach erwidern.

Ich hatte nie Geschwister, also habe ich keine Vergleichsmöglichkeiten ... Aber wenn es sich so anfühlt, eine Schwester zu haben, muss ich sagen ...

Dass es gar nicht mal so übel ist.

13. KAPITEL

Das Klopfen ertönt barsch an meiner Schlafzimmertür. Sofort flattert ein ganzer Schwarm Schmetterlinge in meinem Bauch herum.

»Eine Sekunde!«, rufe ich atemlos. »Ich bin gleich so weit!«

Ich werfe in dem mannshohen Spiegel noch mal einen letzten Blick auf mich und erkenne die junge Frau, die mich daraus anblickt, kaum wieder. Mit meinem frisch gefärbten Haar, den Designerstöckelschuhen und dem makellos geschneiderten schwarzen Kleid, das mehr als jedes andere Kleidungsstück gekostet hat, das ich je am Körper getragen habe ... habe ich nicht mehr viel mit der Version meiner selbst zu tun, die vor einer Woche auf dem Lockwood-Anwesen eintraf.

Ich höre Lady Morrells Stimme im Hinterkopf, straffe die Schultern und hebe das Kinn.

Haltung ist wichtig! Ihre Wirbelsäule sollte so gerade wie der Stamm eines Baums sein, der ein großes Kronendach trägt.

Ich klemme mir eine schimmernde mahagonifarbene Locke hinters Ohr. Ich habe mein Haar nicht mehr in dieser Farbe gesehen, seit ... Gott, ich weiß gar nicht mehr, wie lange das her ist. Überraschenderweise bereitet mir der Anblick kein Unbehagen. Und obwohl ich nicht gerade freundlich zu der Stylistin war, als sie gestern Abend die Schere zückte, muss ich zugeben, dass dieser Stufenschnitt für mein herzförmiges Gesicht sehr viel schmeichelnder ist als die langweilige, auf gleiche Länge geschnittene Frisur, die ich vorher hatte.

Ich streiche mit den Händen über die Vorderseite meines Kleids und schnappe mir meine pechschwarze Clutch von der Frisierkommode. Meine Hand schwebt über meinem Handy, aber als ich sehe, wie das Display aufleuchtet, als ein Anruf eingeht – Owens Name blinkt in Großbuchstaben auf –, beschließe ich, es im Zimmer zu lassen. Jetzt mit ihm zu reden kann zu nichts Gutem führen … selbst wenn es mir das Herz bricht, ihn auf Abstand halten zu müssen.

Auf diese Weise ist es für ihn sicherer, rede ich mir ein, während meine Augen schmerzhaft brennen. *Du hast Chloes Geschichte über Kacey doch gehört. Wenn Octavia bereit war, so etwas ihrer eigenen Tochter anzutun … wird sie keine Sekunde zögern, es dir anzutun.*

Ich lege den Kopf in den Nacken, um zur Kassettendecke hinaufzuschauen. Es ist ein vergeblicher Versuch, die Tränen zurückzudrängen. Ich weiß, dass ich keine Wahl habe – ihn auszusperren ist die einzige Möglichkeit, ihn zu beschützen –, aber das macht es nicht leichter. Er ruft mich ständig an und schreibt mir eine Textnachricht nach der anderen. Gestern Abend ist er sogar vor den Eingangstoren aufgetaucht und hat verlangt, mich zu sehen. Zumindest hat mir das einer der Wachmänner erzählt, nachdem sie ihn abgewiesen hatten.

Offenbar hat er die E-Mail, die ich ihm vor zwei Tagen geschickt habe, um ihn um Abstand und Zeit zu bitten, damit ich mich in Ruhe mit der Situation auseinandersetzen kann, nicht gut aufgenommen.

»So willst du also eine zwanzigjährige Freundschaft beenden? Mit einer verdammten E-Mail?«, knurrte Owen in der Nachricht, die er gegen Mitternacht auf meiner Mailbox hinterließ.

Er klang ebenso betrunken wie wütend. »*Um Himmels willen, Ems. Ich kann nicht glauben, dass du so grausam sein würdest.*«

Chloe klopft erneut an die Tür, dieses Mal lauter.

»Ich komme ja schon!«, murmle ich und wische mir eine Träne aus dem Gesicht, während ich auf die Tür zugehe. »Immer mit der Ruhe, Chl… *Oh!*« Meine Kehle verkrampft sich, als ich die Tür aufziehe und mich Auge in Auge mit Carter wiederfinde, der in seinem schwarzen Anzug, der sich perfekt an jeden Zentimeter seines gemeißelten Körpers schmiegt, absolut umwerfend aussieht.

Heilige Scheiße.

»Du bist nicht Chloe«, keuche ich dümmlich und bin nicht in der Lage, den Blick von ihm loszureißen.

»Nein«, murmelt er angespannt. »Bin ich nicht.«

Ich stolpere beinahe rückwärts, als ich die gefährliche Glut sehe, die in seinen Augen lodert. Er saugt meinen Anblick förmlich in sich auf und lässt den Blick langsam über meinen Körper wandern – von den schwarzen Stilettos an meinen Füßen über die vom Stoff des Kleids umschmeichelten Kurven bis hin zu den dunkelbraunen Locken, die als elegante halbe Hochsteckfrisur um meine Schultern fallen.

»Du siehst …« Er verstummt und spannt den Kiefer fest an.

»Anders aus?«, helfe ich ihm auf die Sprünge. »Das liegt an den Haaren.«

In seiner Wange zuckt ein Muskel. »Glaub mir. Das liegt nicht nur an den Haaren.«

Ich umklammere meine Clutch so fest, dass ich befürchte, den Verschluss zu zerbrechen, als Carter einen Schritt auf mich zukommt und den ohnehin schon geringen Abstand zwischen uns verkürzt. Mir stockt der Atem, als ich zusehe, wie er die Hand hebt, um sanft eine meiner Locken zwischen Daumen und Zeigefinger zu nehmen – genau wie er es am Abend unserer ersten Begegnung gemacht hat. Als er die Finger nach unten gleiten lässt und die Locke in die Länge zieht, atme ich gar nicht mehr.

Das ist die erotischste Berührung meines Lebens, und ich kann sie nicht mal spüren.

»Was machst du da?«, frage ich atemlos.

Er schaut mir in die Augen. In seinem Blick schimmern Emotionen, die er gewaltsam unter Kontrolle hält. Er öffnet den Mund, neigt sich vor …

»*Hey!*«

Wir beide zucken zurück, als Chloes Stimme ertönt. Ich starre auf den Boden des Flurs. Carter räuspert sich heiser und wendet sich von mir ab.

»Lasst uns gehen, ihr zwei!«, ruft sie von der obersten Stufe der großen Treppe aus und fuchtelt wild mit den Händen. »Draußen warten die Limos. Keine Sorge – ich habe bereits dafür gesorgt, dass wir nicht mit Linus und Octavia fahren.«

»Ich danke Gott für die kleinen Wunder«, murmle ich und bin sorgsam darauf bedacht, unter keinen Umständen in Carters Richtung zu schauen.

Er sagt kein Wort, während wir drei nach unten zum Haupteingang und nach draußen in die Einfahrt gehen, wo Octavia und Linus zusammen mit Simms neben den Limos warten. Mindestens zehn Mitglieder der königlichen Garde sind ebenfalls anwesend und bis an die Zähne bewaffnet. Sie tragen beeindruckende marineblaue Militäruniformen und waschechte Schwerter. Die doppelreihigen goldenen Knöpfe der Uniformjacken schimmern im frühen Licht der Morgensonne. Die Garde wirkt eher so, als wäre sie bereit, sich einer einfallenden Armee zu stellen, statt eine trauernde Familie auf eine Beerdigung zu begleiten.

»Ist dieser ganze Prunk wirklich nötig?«, fragt Chloe.

»Vor dem Hintergrund, dass jemand erst kürzlich ein Attentat auf die Monarchie verübt hat, ja«, schnauzt Octavia ihre Tochter an. »Bei unserem ersten öffentlichen Auftritt ist eine gewisse Machtdemonstration unerlässlich.«

Linus hustet angestrengt. »Deine Mutter hat recht.«

Ich schaue ihm in die Augen und sehe einen mir nicht vertrauten Ausdruck auf seinem Gesicht, während er mich mustert.

Könnte das Stolz sein?

»Emilia«, murmelt er. »Du siehst absolut bezaubernd aus.«

Ich öffne den Mund, um ihm zu danken, doch Octavia kommt mir schrill zuvor. »Tja, sie mag ›bezaubernd‹ sein, aber sie ist unentschuldbar spät dran. Wir sind schon jetzt hinter dem Zeitplan. Alle steigen jetzt sofort in die Wagen. Wir sehen euch an der Abtei. Ihr werdet kurze Zeit nach uns eintreffen, da ihr noch in Westgate vorbeifahren müsst, um die Sterling-Kinder abzuholen.«

»Na großartig«, stöhnt Chloe gelangweilt. Ich höre Carter auf meiner anderen Seite gleichermaßen genervt seufzen, und sofort ist meine Neugier doppelt so groß. Ich bin mir sicher, dass ich den Namen Sterling schon mal gehört habe, aber ich kann ihn nicht zuordnen.

Ich werfe Chloe einen fragenden Blick zu. Sie teilt mir lautlos mit, dass sie mir das später erklären wird, und verdreht heftig die Augen.

Octavia, Linus und Simms steigen in die erste Limo, während ich Chloe und Carter in die zweite folge. Wir machen es uns auf den weichen Sitzen bequem, und ich versuche, mir meine Ehrfurcht nicht anmerken zu lassen, als ich alles in Augenschein nehme. Ich bin noch nie zuvor in einer Limousine gefahren, ganz zu schweigen von der Rolls-Royce-Oldtimer-Flotte, die die königliche Familie bei allen formellen Anlässen benutzt. Ich schaue von der voll ausgestatteten Bar voller Glaskaraffen zu dem flauschigen Teppich auf dem Boden und dem handgestickten königlichen Wappen, das die Trennwand ziert. Jede Einzelheit scheint eigens zu dem Zweck angefertigt worden zu sein, um ein Maximum an Komfort und Stil zu bieten.

Wir haben die Einfahrt kaum verlassen, da greift Chloe bereits in das mit Perlen besetzte Mieder ihres Kleids und zieht einen gerollten Joint aus ihrem BH. Sie zündet ihn an und nimmt einen tiefen Zug, bevor sie ihn in meine Richtung hält.

»Nein, danke.«

»Carter?«, bietet sie ihn mit vom Rauch kratziger Stimme ihrem Bruder an.

Er schüttelt den Kopf und greift stattdessen nach der Karaffe mit Bourbon. Er schenkt ein paar Finger breit in zwei Gläser, nimmt sich eins und beugt sich vor, um mir das andere zu reichen.

Ich lege die Finger automatisch um das glatte Kristallglas.

»Oh, ich denke nicht, dass ich das brauche ...«

»Trink es einfach«, murmelt er und starrt mir in die Augen. Ich weiß, dass er die Gefühle lesen kann, die darin brodeln – all die Angst und die Sorge und die von den Schmetterlingen in meinem Bauch hervorgerufene Übelkeit. »Das wird deine Nerven beruhigen.«

Mit einem dankbaren Nicken nehme ich einen zögernden Schluck. Er hat recht. Sobald die warme Flüssigkeit in meinem Magen ankommt, spüre ich, wie sich ein paar der umherschwärmenden Schmetterlinge verflüchtigen.

Die Atmosphäre während der Fahrt ist ungewöhnlich still. Jeder von uns hängt seinen eigenen Gedanken nach, und über allem hängt diese einzigartige Düsternis, die allen Beerdigungen anhaftet.

»Also.« Ich räuspere mich, und sie schauen mich beide an. »Wer genau sind die Sterlings, und warum hassen wir sie?«

Carter schnaubt und nimmt einen weiteren Schluck Bourbon.

Chloe kichert. »Zuerst einmal hassen wir sie nicht. Es gibt nur ... jede Menge komplizierte Vergangenheit zwischen den Sterlings und den Lancasters. Angefangen mit der Tatsache, dass Ava mit Prinz Henry verlobt war. Und ihr Bruder Alden war sein bester Freund.«

»*Ist*«, korrigiert Carter sie leise. »Nicht *war*. Henry ist nicht tot, Chloe.«

»Wirklich? Wie kannst du das wissen, Carter? Soweit ich weiß, bist du nicht mal bei ihm gewesen, um ihn zu besuchen.«

»Sei nicht so eine Zicke, Chloe.«

Sie zeigt ihm den Stinkefinger und nimmt einen weiteren Zug von ihrem Joint.

»Du warst in der Nacht, in der das Feuer ausbrach, mit Ava unterwegs«, erinnere ich mich, als sich in meinem Kopf plötzlich Bruchstücke einer früheren Unterhaltung zusammenfügen. »Bei einer Cluberöffnung in Lund.«

Chloe bläst einen perfekten Rauchring in die Luft und schmunzelt angesichts ihres kleinen Kunststücks. »Ja. Schwer zu sagen, was sie härter getroffen hat – die Tatsache, dass ihre Chance, Königin zu werden, buchstäblich in Rauch aufging, oder dass ihr Verlobter die Frechheit hatte, während des Feuers so viel davon einzuatmen.«

»Das hört sich so an, als wäre er ihr vollkommen egal.«

Chloe wirft Carter einen interessierten Blick zu. »Möchtest du dazu eine Meinung äußern, liebster Bruder?«

Er trinkt einen weiteren Schluck Bourbon und starrt demonstrativ aus dem Fenster.

»Also …« Ich runzle die Stirn, während ich versuche, die komplizierten Verhältnisse zu durchschauen. »Dann seid ihr wohl *keine* Freunde, oder?«

»Wir sind zusammen aufgewachsen. Wir alle fünf – ich, Carter, Henry, Ava und Alden. Wir hielten zusammen wie Pech und Schwefel.«

»Und jetzt?«

»Jetzt sind Ava und ich eher so was wie Feindinnen, die so tun, als seien sie Freundinnen.« Sie zuckt mit den Schultern. »Zumindest unsere Familien sind miteinander befreundet.«

»Was bedeutet das?«

»Hör zu, E., für dich ist das alles noch Neuland, also glaube ich nicht, dass du nachvollziehen kannst, wie klein der Kreis der aristokratischen Familien in Caerleon ist. Selbst wenn man jemanden nicht mag, kommt man praktisch nicht darum herum, ihm relativ oft auf Wohltätigkeitsveranstaltungen, Galas, Bällen oder Krönungszeremonien über den Weg zu laufen …«

»Oder auf Beerdigungen«, fügt Carter düster hinzu.

Wir alle verfallen wieder in Schweigen.

»Ich will damit auf Folgendes hinaus: Wenn ich jedem unsympathischen Adligen in diesem Land aus dem Weg gehen würde, wäre niemand mehr übrig. *Einschließlich* meiner eigenen Familie«, sagt sie und schaut kurz zu Carter. »Aber wenn ich dir einen Rat geben darf … Sei in ihrer Nähe einfach wachsam, okay? Vor allem wenn sie herausfinden, wer du wirklich bist.«

»Das *werden* sie nicht«, beharre ich. »Ich bin inkognito hier. Als eure neue königliche Beraterin, schon vergessen?«

»Mhm. Aber sei nicht verwundert, wenn sie es irgendwann doch herausfinden. Ava und Alden sind seit ihrer Geburt auf dieses Leben vorbereitet worden. Sie lieben nichts mehr als einen ordentlichen Tratsch, und sie wissen genau, wie sie ihn zu ihrem Vorteil nutzen können.« Chloe schüttelt den Kopf. »Sie beherrschen politische Machenschaften besser als jeder, dem ich je begegnet bin. Vielleicht sogar besser als Octavia. Wie sonst sollte eine Frau einen so attraktiven Kronprinzen wie Henry deiner Meinung nach dazu bringen, sich im reifen Alter von fünfundzwanzig mit ihr zu *verloben*?«

Während Chloes Worte in meinem Kopf widerhallen, starre ich durch die getönte Scheibe nach draußen und nippe langsam an meinem Bourbon, um meinen aufgewühlten Magen zu beruhigen. Etwa zwanzig Minuten später halten wir vor einem imposanten Herrenhaus. Es ist etwa halb so groß wie das Lockwood-Anwesen, aber nicht weniger beeindruckend. Zwei Butler mit weißen Handschuhen ziehen die aufwendig geschnitzten Eichentüren auf, während unsere Limousine zum Stehen kommt. Ich beobachte geblendet, wie zwei der attraktivsten Menschen, die ich je gesehen habe, in die Morgensonne hinaustreten.

Sie sind platinblond, unglaublich groß und wirken über alle Maßen elegant, als sie die Stufen zu der sanft geschwungenen Einfahrt herunterschreiten, in der wir warten. Unser Chauffeur steigt aus, um die Tür der Limousine für sie aufzuhalten. Ich rutsche auf der ledernen Rückbank weiter nach hinten, um Platz zu machen, und stelle fest, dass ich mich plötzlich unangenehm dicht an Carters Seite befinde.

»Tut mir leid«, murmle ich.

Sein Adamsapfel hüpft hektisch. »Schon gut.«

Die Sterling-Geschwister steigen so anmutig auf den Rücksitz, dass sie mich an Schwäne erinnern, die sich auf eine Wasseroberfläche gleiten lassen. Er ist komplett in Schwarz gekleidet – von seinem Anzug über seine Krawatte und sein Hemd bis hin zu seinem Einstecktuch. Sogar seine Manschettenknöpfe, die aus dem schwärzesten Onyx zu bestehen scheinen, funkeln dunkel. Sie ist in ein exquisites Seidenkleid gehüllt und hat einen kunstvoll verzierten Cocktailhut auf dem Kopf, an dem ein Netzschleier befestigt ist, der die Hälfte ihres umwerfenden Gesichts verdeckt.

Alden und Carter nicken sich steif zu, während die Frauen Schmeicheleien austauschen.

»Chloe, Liebes. Es ist so schön, dich zu sehen!«, ruft Ava aus und lehnt sich vor, um Chloe einen Luftkuss auf jede Wange zu hauchen. »Wie geht es dir?«

»Du kennst mich«, sagt Chloe gedehnt und zündet sich ihren Joint wieder an, sobald die Begrüßung erledigt ist. Sie bläst eine Rauchwolke aus. »Ich habe ein sonniges Gemüt.«

»Wie reizend.« Ava hustet ganz leicht und wedelt demonstrativ mit einer weiß behandschuhten Hand vor ihrem Gesicht herum. Sie lässt die grünbraunen Augen durchs Innere der Limo wandern und verharrt unangemessen lange bei Carter – oder vielleicht bilde ich mir das auch nur ein –, bevor sie den Blick schließlich auf mich richtet. Sie scheint sich sofort auf die kleine Stelle zu konzentrieren, an der mein nackter Arm seinen Anzug berührt.

»Und wer ist dieses neue Gesicht?«, fragt Ava verkrampft.

Für einen Augenblick weiß ich nicht, was ich antworten soll. Ich versuche, mich an meine Undercover-Story zu erinnern, doch ihr durchdringender Blick hat mich ganz unerwartet aus der Fassung gebracht.

»Sie?« Chloes Augen funkeln wohlwollend, als sie sich einmischt. Diese Verrückte hat tatsächlich *Spaß* an dieser Sache. »Niemand von Bedeutung. Nur meine neue Assistentin Emilia.«

»Mir war nicht klar, dass man eine Assistentin benötigt, um den ganzen Tag lang Marihuana zu rauchen.« Auch wenn Avas Tonfall steif und affektiert wirkt, ist die Bissigkeit in ihren Worten nicht zu überhören. Ich bin unfassbar erleichtert, als sie den Blick von mir abwendet.

Eine niedere Assistentin ist ihrer Aufmerksamkeit nicht würdig.

Ich leere mein Glas in einem einzigen Zug.

»Tja, wir können nicht alle so produktiv sein wie du, Ava.« Chloes Grinsen erinnert eher an eine Grimasse. »Wie viele Organisationen betreust du mittlerweile? Vier?«

»Fünf. Die Gesellschaft zur Verschönerung von Lund, die Stadtgärtnervereinigung, den Fonds für die Veteranenhilfe, den Verein zur Erhaltung der Kunstwerke und *natürlich* nicht zu vergessen den großartigen Beitrag, den wir geleistet haben, um den Bestand der Fleckenkäuze in der östlichen Gebirgsregion zu bewahren. Wusstest du, dass diese Art vom Aussterben bedroht ist? Es ist so wichtig, dass wir ...«

Ich blende sie umgehend aus und sehe zu, wie Chloe einen weiteren Zug von ihrem Joint nimmt. Ihre Augen sind glasig, aber ich kann nicht beurteilen, ob das an den Drogen oder dem wichtigtuerischen Geplapper liegt. Je mehr Ava über ihre Bemühungen schwafelt, desto befremdlicher finde ich das Ganze. Ihren Verlobten hat sie nicht erwähnt. Kein einziges Mal. Sie tut so, als wären wir auf dem Weg zu einer Wohltätigkeitsveranstaltung für ihre kostbaren Fleckenkäuze und nicht zur Beerdigung von zwei Menschen, die eines Tages ihre Schwiegereltern hätten sein sollen.

Ebenso seltsam finde ich die Tatsache, dass ihr Bruder Alden die ganze Fahrt über nichts sagt. Kein einziges Wort. Sein Kiefer ist fest zusammengepresst, während er aus dem Fenster starrt. Sein Blick geht ins Leere, aber ich kann von meinem Platz aus nicht einschätzen, ob der Grund dafür Trauer oder Langeweile ist.

»... und unser Augenmerk sollte wirklich darauf liegen, die Vegetation wiederherzustellen, die früher üppig in diesen gefährdeten Gebieten wuchs, weil ich denke, dass wir uns alle einig sind, dass ohne Lebensraum nicht die geringste Chance besteht, dass ...«

Gott, holt sie jemals Luft?

Ohne ein Wort greift Carter nach der Karaffe und füllt mein und sein Glas auf. Ich nehme einen stärkenden Schluck und tippe mit meinem Ellbogen gegen seinen.

Danke.

Eine Sekunde später lächle ich in meinen Bourbon hinein, als er seine Schulter sanft gegen meine drückt.

Gern geschehen.

Wie es ist, durch eine Menge aus einer halben Million Trauernder zu fahren?

Ich könnte mir vorstellen, dass es sich so ähnlich anfühlt wie die Prozession bei einer königlichen Hochzeit oder der Festumzug nach einer besonders erfolgreichen Fußballmeisterschaft ... Nur dass in diesem Fall keine Jubelrufe ertönen, sondern Tränen fließen. Anstelle von Mannschaftsfarben erstreckt sich um uns herum ein Meer aus Schwarz, in dem hin und wieder Blau und Gold aufblitzen – eine caerleonische Flagge, die stolz über geschlossenen Ladentüren und dicht verrammelten Häusern weht.

Tausende Bürger säumen jede Straßenseite von den Außenbezirken des historischen Stadtteils von Vasgaard bis nach Wyndsor Abbey. Sie rufen, winken, weinen, grüßen ehrerbietig und werfen Blumen auf den Weg der beiden schwarzen Leichenwagen, die unsere Prozession anführen und in denen sich die Särge von König Leopold und Königin Abigail befinden, um ihre letzte Fahrt durch ihre trauernde Hauptstadt zu absolvieren.

Ein letzter Gruß. Ein endgültiger Abschied.

Mehrere Limousinen folgen ihnen in einer langen würdevollen Reihe. Unsere befindet sich direkt hinter der, in der Linus und Octavia sitzen. Uns wiederum folgen diejenigen, deren Insassen Chloe als Mitglieder der »anderen Seite des Familienstammbaums« bezeichnen würde – entfernte Verwandte, die das Geburtsrecht der Lancasters kaum verdienen. Da wir uns im Schneckentempo fortbewegen, dauert die Fahrt vom einen Ende der Stadt zum anderen beinahe zwei Stunden. Ich fühle mich seltsam taub, während ich auf die Gesichter hinausstarre, an denen wir vorbeifahren. Ich weiß, dass mich die Leute durch die getönten Scheiben nicht sehen können.

Vor einer Woche noch hätte ich dort draußen unter ihnen gestanden.

Ich wäre *eine von ihnen* gewesen.

Nun bin ich woanders.

Jemand anders.

Als wir die Abtei – ein hoch aufragendes Bauwerk aus Kirchtürmen und Buntglasfenstern – endlich erreichen, entdecke ich die Fotografen, die die Sicherheitsabsperrungen säumen und mit ihren Teleobjektiven endlos Schnappschüsse von Linus und Octavia machen, während die beiden mit erhabenen Schritten die Stufen zu dem Eingangsportal hinaufsteigen. Mein Herz hämmert plötzlich so heftig, dass ich mir sicher bin, dass Carter es hören kann, weil er so dicht neben mir sitzt. Ich bin noch nie dankbarer für meine Anonymität gewesen.

Innerlich gehe ich immer wieder den Plan durch und hoffe, dass mir das dabei helfen wird, meine Nerven zu beruhigen.

Stell dich in respektvollem Abstand hinter Simms.

Starre niemanden an, zappele nicht herum, lenk keine Aufmerksamkeit auf dich.

Niemand weiß, wer du bist oder warum du hier bist.

Niemand wird dich überhaupt bemerken.

Ich atme zitternd aus, als ich spüre, wie die Bremse angezogen wird. Es wird Zeit für uns auszusteigen.

Ava, Alden und Chloe klettern als Erste aus dem Auto. Als wir allein in der Limo sind, schaut mir Carter ganz kurz in die Augen.

»Vergiss nicht zu atmen, Schätzchen.«

Damit steigen wir in die unerbittliche Trübseligkeit des kalten Oktobertags hinaus.

14. KAPITEL

Die Zeremonie an sich ist wundervoll.

Wundervoll, aber *lang* – Stunden voller Segnungen und Gebete, Bibeltexte und Predigten, Trauerreden und Chorgesänge. Als wir Wyndsor Abbey endlich wieder verlassen, schmerzen meine Füße. Mein Herz ist schwer. Meine Augen sind feucht, weil ich Tränen geweint habe, von denen ich nicht gedacht hätte, dass ich sie für die Tante und den Onkel vergießen würde, denen ich nie begegnet bin.

Macht's gut, Leopold und Abigail. Ich hoffe, ihr habt nun Frieden gefunden.

Unsere Gruppe hat sich vergrößert und schließt nun auch noch Lord und Lady Sterling ein – Avas und Aldens Eltern –, die ebenso hell und hochgewachsen sind wie ihre Kinder. Sie machen sich nicht die Mühe, sich mir vorzustellen, während wir die Stufen hinuntergehen und durch ein Spalier laufen, das die Mitglieder der Königsgarde in ihren blauen Uniformen für uns bilden.

Ich bleibe Simms dicht auf den Fersen, halte den Blick gesenkt und lausche dem gedämpften Klicken der Pressekameras, das von allen Seiten ertönt. Es ist das lauteste Geräusch, das man in dieser versammelten Menge aus Tausenden von Menschen hören kann.

Klick, klick, klick, klick.

Wir haben fast das untere Ende der Treppe erreicht, wo uns die wartenden Limousinen Zuflucht bieten. Zum ersten Mal an diesem Tag spüre ich, wie meine Nervosität ein klein wenig nachlässt.

Es ist vorbei.

Meine Erleichterung ist jedoch nur von kurzer Dauer. Ein Ruf – durchtränkt von Alkohol, aber so unglaublich vertraut – zerreißt die Luft wie ein Donnerschlag in der ansonsten stillen Menge.

»EMILIA!«

Ich höre, wie sich die Leute zu der Stimme umdrehen und vollkommen entsetzt über denjenigen sind, der es gewagt hat, eine so feierliche Angelegenheit mit sinnlosem Gebrüll zu stören. Aber ich wage es nicht hinzusehen. Nicht während das gesamte Land zuschaut.

»EMILIA LANCASTER!«

Die Menge wird unruhig und fängt an zu tuscheln, erfasst von einer Welle von Neugier, die durch sie hindurchrauscht.

Hat er Lancaster gesagt?

Simms wirft mir einen besorgten Blick zu. Carter und Chloe tun es ihm gleich. Mein Herz hämmert, während die Königsgarde in Aktion tritt. Die Männer legen die Hände an die Griffe ihrer Schwerter und geleiten uns die verbliebenen Stufen hinunter, so schnell es ihnen möglich ist, ohne eine Szene auszulösen.

»SCHAU MICH AN!« Owens Worte klingen undeutlich, sind aber noch verständlich. »EMILIA, DAS KANNST DU NICHT TUN – DU KANNST MICH NICHT EINFACH AUSSCHLIESSEN! *BITTE!*«

Als seine Stimme bricht, kann ich mich nicht länger unter Kontrolle halten. Ich hebe den Blick und finde ihn in der Menge – sein blondes Haar fällt ihm in die Stirn, seine braunen Augen sind blutunterlaufen. Unsere Blicke treffen sich für einen Moment, und ich schüttle den Kopf, als wollte ich sagen: *Bitte, Owen, sei einfach still.*

Bitte lass es gut sein.

Lass mich gehen.

Seine Miene zerfällt, und Hoffnung verwandelt sich in bittere Feindseligkeit. Und noch bevor er den Mund öffnet, weiß ich, dass die nächsten Worte, die über seine Lippen kommen, vernichtend sein werden.

»ICH SCHÄTZE, ZWANZIG JAHRE FREUNDSCHAFT BEDEUTEN NICHTS, NUN, DA DU ADLIG BIST! DU ZIEHST EINEN VATER, DER SICH WEIGERTE, DICH ANZUERKENNEN, DEINEM BESTEN FREUND VOR? IST DAS SO, EMS? ODER SOLLTE ICH DICH JETZT PRINZESSIN EMILIA NENNEN?«

Das Wort »Prinzessin« löst eine Explosion aus, wie sie die Welt nie zuvor erlebt hat. Die Presse rastet vollkommen aus, und Empörung und Spekulationen verbreiten sich in der Menge wie eine giftige Wolke, deren Folgen nicht absehbar sind.

Und Owen steht im Zentrum von alldem.

Ich sehe, wie die Wachen sich ihm mit finsteren Mienen nähern, um ihn in Gewahrsam zu nehmen. Gleichzeitig beobachte ich, wie ihn mindestens zwei Dutzend Reporter umzingeln und ihm Fragen entgegenschleudern, weil sie unbedingt seine Geschichte hören wollen. Leider starrt der Rest von ihnen – mindestens drei- oder vierhundert Personen, die alle mit einsatzbereiten Aufnahmegeräten ausgerüstet sind – mich an.

Ich korrigiere: Die Menge aus Reportern *schreit* mich an.

»Das ist sie!«

»Emilia, schauen Sie hierher!«

»Stimmt es, dass Sie die Prinzessin sind?«

»Können Sie einen Kommentar zu Ihrer Verbindung zur Lancaster-Familie abgeben?«

Ich reiße die Augen auf und schaue mich hektisch um, während mich ein Bombardement aus Kamerablitzlichtern blendet. Ich fühle mich wie ein Käfer, der unter einer Lupe gefangen ist und langsam bei lebendigem Leib verbrannt wird.

»König Linus! Ist es wahr? Können Sie bestätigen, dass sie Ihre Tochter ist?«

»Ist sie eine rechtmäßige Erbin?«

»Hat Caerleon eine heimliche Prinzessin?«

Reifen quietschen, als die Limousine, die direkt vor den Stufen der Abtei gewartet hat, davonrast und Linus, Octavia, Simms und die Sterling-Eltern vom Ort des Geschehens wegbringt. Der Rest der Gruppe eilt auf das zweite Fahrzeug zu, aber irgendwie gelingt es mir nicht, mich schnell genug zu bewegen, um Schritt zu halten. Meine Füße haben sich auf den Stufen der Abtei in Blei verwandelt.

»Emilia! Schauen Sie hierher! Prinzessin Emilia!«

Emilia!

Emilia!

Emilia!

Plötzlich legt sich eine warme Hand auf mein Kreuz, und ein hoch aufragender männlicher Körper schirmt mich von der Menge ab. Ich weiß, dass es Carter ist, ohne zu ihm aufzuschauen. Selbst jetzt, während alles in mir nach Erlösung schreit und meine Augen voller Tränen sind, erkennt mein Körper den seinen.

Irgendwie schaffen wir es in die Limousine. Die Tür schließt sich mit einem Knall hinter uns und schneidet uns von dem schlimmsten Geschrei ab. Aber der donnernden Menge, die uns auf allen Seiten umgibt, können wir nicht entkommen. Die

Leute sind so wild darauf, ihre Fotos zu bekommen, dass sie sogar versuchen, durch die getönten Scheiben zu fotografieren.

Ich drücke die Handballen gegen meine Augen, als würde das irgendwie dafür sorgen, dass die Leute verschwinden. Ich öffne die Augen erst wieder, als wir mehrere Blocks entfernt sind und die Stadt mit beinahe der doppelten Geschwindigkeit verlassen, die erlaubt ist.

Chloe, Carter, Ava und Alden starren mich alle an. Auf ihren Gesichtern liegt eine Mischung aus Schock und Besorgnis. Zu meiner großen Überraschung ist Alden – der ruhige, gefasste Alden – derjenige, er schließlich das Schweigen bricht. Seine kultivierte Stimme trieft nur so vor Ungläubigkeit.

»Wäre irgendjemand so freundlich, uns zu erklären, was zum *Teufel* hier gerade passiert ist?«

Es ist eine Frage, die in den nächsten paar Stunden – mit einem unterschiedlichen Grad an Ruchlosigkeit – immer und immer wieder von jedem Nachrichtensender auf dem Planeten wiederholt werden wird. Weil sich von Caerleon bis China, von Amerika bis Argentinien, von Marokko bis Malaysia … jeder das Gleiche fragt.

Wer ist die heimliche Prinzessin?

In Zeiten sozialer Medien und unablässig ausgestrahlter Nachrichtensendungen dauert es nicht lange, bis sich der Rest der Welt einen Reim auf die Geschichte von Emilia Victoria Lancaster gemacht hat. Oder zumindest auf die schillernde Märchenversion dieser Geschichte.

Eine gewöhnliche Frau wird über Nacht zur Adligen!

Chloe, Carter und ich lungern im Konferenzraum des Lockwood-Anwesens herum, haben die Augen auf die Fernsehbildschirme gerichtet und beobachten, wie meine Anonymität langsam dahinschwindet – ein Nachrichtenbeitrag nach dem anderen nimmt jeden Aspekt der Frau, die ich mal war, auseinander.

... zwanzig Jahre alt ...

... Studentin an der Vasgaard-Universität ...

... prestigeträchtiges Praktikum für Klinische Psychologie ...

... Mutter, Nina Lennox, verstorben ...

... Komplikationen nach einer Lungenentzündung ...

Ich bin dankbar, dass die Sterlings nicht hier sind, um Zeugen dieser Demütigung zu werden. Noch dankbarer bin ich dafür, dass Simms meine Profile in den sozialen Medien bereits vom Angesicht der Erde getilgt hat. Nicht dass ich je besonders viel gepostet hätte, aber je weniger Fotos und Erinnerungen diese Geier finden können, um sie in ihren morgendlichen Talkshows auseinanderzunehmen, desto besser.

»So schlimm ist es gar nicht«, meint Chloe und stößt mit ihrer Schulter gegen meine, während ein scheußlicher Schnappschuss von mir mit krausen Haaren und Zahnspange auf dem Bildschirm auftaucht. Das ist mein Schulfoto aus der Mittelstufe, wenn ich mich recht entsinne.

Ich werfe ihr einen skeptischen Blick zu. »Ich dachte, du würdest mir immer die Wahrheit sagen.«

Sie seufzt. »Hör zu ... Irgendwann wäre es ohnehin rausgekommen, oder?«

»Nein! Wäre es *nicht.* Nicht wenn ich es nicht gewollt hätte.« Ich lasse den Kopf mit einem Ächzen in meine Hände sinken. »Das sollte meine Entscheidung sein.«

»Das ist es immer noch«, beharrt sie.

»Nein, das ist es nicht! Jetzt darf die ganze Welt mitreden.«

»Zum Teufel mit der Welt.«

Ich schaue ruckartig auf, als ich Carters Stimme vernehme. Er sieht mich konzentriert an und hat die Augenbrauen zusammengezogen.

»Was?«, keuche ich.

»Zum Teufel mit der Welt«, wiederholt er. »Die Leute können dich nicht zu jemandem machen, der du nicht sein willst, Emilia. Wenn du das nicht willst ... kann dich niemand dazu zwingen. Weder die Presse noch Linus und noch nicht einmal dein blöder Geliebter.«

»Er ist nicht mein Geliebter. Er ist nicht mal mein Freund. Nicht mehr.« Meine Stimme bricht kläglich – ein winziges Anzeichen für den Verrat, der mich innerlich so sehr zerrissen hat, dass ich nicht weiß, wie diese Verletzung je wieder heilen soll. »Aber ... trotzdem danke. Dafür dass du das gesagt hast.«

Er nickt ernst.

Ich schaue wieder auf den Fernseher, auf dem zahlreiche Videoclips und Bilder in einer Endlosschleife über den Bildschirm laufen. Die Nachrichtensprecherin friert das Bild, das mich in Panik erstarrt auf den Stufen von Wyndsor Abbey zeigt, voller Schadenfreude ein und zoomt dann näher heran, bis die Angst in meinen Augen so sehr vergrößert ist, dass sie den ganzen Bildschirm ausfüllt. Ich will den Blick abwenden, kann es aber nicht.

»Die königliche Familie hat noch keine offizielle Stellungnahme herausgegeben, aber es heißt, dass sich der Pressesprecher des Palasts, Gerald Simms, noch vor Ende des Tages zu der Situation äußern wird ...« Die Nachrichtensprecherin ordnet die Blätter auf ihrem Schreibtisch. »Nun schalten wir zu unserer Korrespondentin vor Ort, Sara Wertz, die vor dem Haus steht, in dem die Prinzessin aufgewachsen ist ...«

Ich beiße mir auf die Unterlippe, als ich sehe, wie das Bild zu einer Liveübertragung mit meinem Haus im Hintergrund wechselt. Seine abgeblätterte Farbe und schiefen Fensterläden geben einen ziemlich tristen Anblick ab. Um das Grundstück herum sind mehrere Mitglieder der Königsgarde ... postiert, dicht gedrängt mit etwa hundert Vertretern der Presse, die alle ganz wild auf eine Sensationsnachricht sind.

Es ist ein furchtbares Bild.

Mein Herz stockt kurz, als ich das vertraute Gesicht meiner Nachbarin sehe und ihr jemand ein Mikrofon vor den Mund hält.

»Ma'am, könnten Sie uns ein paar Fragen zu der Prinzessin beantworten? Stimmt es, dass sie direkt hier gegenüber aufgewachsen ist?«

Bevor ich hören kann, ob mich die süße alte Mrs Carmichael an die Presse verkaufen wird oder nicht, marschiert Carter wütend auf den Fernseher zu und schaltet ihn mit so viel Nachdruck aus, dass ich überrascht bin, dass er nicht zu Boden kracht.

In der schweren Stille, die darauf folgt, brennen sich meine Augen in den nun schwarzen Bildschirm, auf dem ich, wenn ich die Augen zusammenkneife, den Umriss der fremden Frau ausmachen kann, die mich daraus anstarrt. Die mit dem dunkelbraunen Haar und dem verlorenen Mut.

Die Seitentür öffnet sich mit einem leisen Knarren. Simms tritt ein. Seine Miene ist ernst.

»Eure Hoheit«, murmelt er, und zum ersten Mal mache ich mir nicht die Mühe, ihn zu korrigieren. »Der König verlangt nach Ihnen.«

Linus sieht mich eine scheinbar endlose Weile lang einfach nur an, die Hände auf dem riesigen Schreibtisch vor sich aneinandergelegt. Ich versuche, mich nicht einschüchtern zu lassen, hebe das Kinn und halte seinem Blick stand.

»Der heutige Tag verlief nicht wie geplant«, sagt er schließlich.

»Nein«, stimme ich zu. »Tut mir leid. Die Beerdigung ...«

»Was passiert ist, war nicht deine Schuld. Trotzdem müssen gewisse Dinge in ein richtiges Licht gerückt werden. Deswegen werden wir morgen früh eine Pressekonferenz abhalten und dich offiziell als meine Erbin vorstellen. Ich hätte dich gern an meiner Seite, wenn wir die Neuigkeit verkünden. Um Stärke zu demonstrieren.«

Er wartet auf meine Erwiderung.

Ich gebe ihm keine.

»Nun, da die Beerdigung hinter uns liegt, werden wir ins Schloss umziehen, um den Beginn meiner Regentschaft offiziell zu machen.« Er hält wieder inne. »Der Ostflügel ist traditionellerweise dem designierten Erben vorbehalten, aber momentan steht er wegen des Brandschadens natürlich nicht zur Verfügung. Bis auf Weiteres wirst du eine Suite im Nordflügel bewohnen, zusammen mit Chloe und Carter.«

Ich verkneife mir einen Kommentar.

»Irgendwann wird der Palast wieder in seiner alten Pracht erstrahlen. Aber wir wollen mit den Renovierungsarbeiten nicht zu überstürzt ans Werk gehen. Nicht solange Henry immer noch …« Er verstummt.

Ich spanne den Kiefer fester an.

Die Stille wird so erdrückend, dass ich fast daran ersticke.

»*Emilia.*« Er seufzt, als fände er mich furchtbar ermüdend. »Ich weiß, dass du gehofft hattest, all dem noch eine Weile aus dem Weg zu gehen, aber wir müssen uns den Tatsachen stellen. Die Situation hat sich geändert. Du hast in dieser Angelegenheit keine freie Wahl mehr. *Du bist die Kronprinzessin von Caerleon. Es ist dein Geburtsrecht und deine Verantwortung.* Und morgen wird die ganze Welt Zeuge sein, wie du beides endlich annimmst.«

Ich räuspere mich, um sicherzustellen, dass ich die Lautstärke meiner Stimme unter Kontrolle habe, bevor ich zu einer

Erwiderung ansetze. »Also war alles, was du gesagt hast – alles, was du mir zuvor versprochen hast, dass ich meinen eigenen Weg wählen könnte und so weiter ... hohles Geschwätz?«

Er lehnt sich auf seinem Stuhl zurück. »Es war kein ›Geschwätz‹. Ich habe lediglich versucht, deine Illusion von Freiheit noch ein wenig länger aufrechtzuerhalten. Ich habe dir einen Gefallen getan, wenn du so willst.«

»Einen *Gefallen?*«, schnaube ich bitter. »Das soll wohl ein Witz sein.«

»Ich kann mir nicht den Luxus erlauben, Witze zu machen. Nicht heute.«

»Wenn das die Art ist, wie du deine Familie behandelst, würde ich nur zu gern wissen, wie du mit deinen Feinden umgehst.«

»Widersetze dich mir, dann wirst du es vielleicht erfahren«, verspricht er in hartem Tonfall.

»Wow. Jetzt lässt du dich schon zu belanglosen Drohungen herab? Du bist ganz schön krass.«

»Das mag sein, aber ich bin auch ein *König*, der die Last eines ganzen Landes auf seinen Schultern trägt. Ob es dir nun gefällt oder nicht, deine Wünsche sind nicht die einzigen in Caerleon, die mich beschäftigen.« Seine Augen werden zu smaragdfarbenen Eisbrocken. »Und deswegen *wirst* du morgen an der Pressekonferenz teilnehmen. Du *wirst* dich würdevoll verhalten. Und du *wirst* deine Absicht, die Rolle der Kronprinzessin einzunehmen, verbal anerkennen.«

»Und was passiert, wenn ich es nicht tue?«

Er wägt seine Worte einen Moment lang sorgfältig ab. »Dann wird dein Haus in Hawthorne auf den freien Markt gehen. Ich könnte mir vorstellen, dass es nun, da die Leute wissen, dass ihre Prinzessin dort mal gewohnt hat, schnell einen Käufer finden wird.«

»Das kannst du nicht tun«, keuche ich. »Du hast die Hypothek bereits bezahlt! Das Haus gehört rechtmäßig mir.«

»Tut es das?«

Mir gefriert das Blut in den Adern. »Was?«

Er lehnt sich über den Tisch zu mir herüber. »Ich hatte so ein Gefühl, dass wir irgendwann im Verlauf dieser Angelegenheit auf ein Problem wie dieses stoßen könnten. Deswegen habe ich der Bank den vollen geschuldeten Betrag nicht in deinem Namen gezahlt ... sondern in meinem. Was bedeutet, dass ich nun nach Belieben über einen Großteil deines Grundstücks verfügen kann.«

»Aber ich habe immer noch die Besitzurkunde«, beharre ich und traue meinen Ohren kaum.

»Wenn du dich mit dem Thema Eigentumsrecht auseinandersetzt, wirst du herausfinden, dass die Besitzurkunde ab einem gewissen Punkt keine Rolle mehr spielt – normalerweise sobald du deine Hypothekenzahlungen nicht mehr regelmäßig leisten kannst und es außerdem versäumst, deine Grundsteuer zu zahlen.« Seine Miene wird ein wenig sanfter. »Im Grunde genommen habe ich die komplette finanzielle Verantwortung für dein Haus übernommen, Emilia. Es gehört mir. Und wenn du dich entscheiden solltest, deiner Pflicht den Rücken zuzukehren ... wirst du keinen Ort mehr haben, an den du gehen kannst.«

Ich erstarre und spüre, wie sich der Riss des Verrats in meinem Inneren weiter öffnet. Zuerst Owen und jetzt Linus.

Wie viel Verrat kann ein Herz an einem einzigen Tag verkraften?

Ich war so naiv, meinem Vater die Kontrolle über die einzige Sache zu geben, die mir wichtig ist, weil ich dachte, dass er zu seinem Wort stehen würde. Dass er mein Haus absichern würde.

Stattdessen benutzt er es, um mich in der Hand zu haben. Was für eine Idiotin ich war, diesem Mann zu vertrauen. Auf das Märchen hereinzufallen, obwohl alles in mir mich gewarnt hat, das Gegenteil zu tun. *Hast du es vergessen? Das war der Grund, warum Mom ihn hasste.*

Tief im Inneren dachte ich, dass in Linus' Seele immer noch ein Hauch von väterlicher Loyalität schlummern könnte. Nun muss ich erkennen, dass das ein großer Fehler war. Ich bin ihm vollkommen gleichgültig. Alle sind ihm vollkommen gleichgütig. Ihn kümmern nur sein eigenes Wohl, seine Krone und sein Erbe.

Ironischerweise höre ich in diesem Augenblick ausgerechnet Octavias Worte.

Die einzige Person, die Linus Lancaster am Herzen liegt, ist Linus Lancaster. Du wirst schon noch selbst herausfinden, wie wenig du ihm bedeutest, sobald eure Interessen nicht mehr übereinstimmen.

Sie hat mich gewarnt, dass das passieren würde, aber ich war entweder zu dumm oder zu stur, um auf sie zu hören. Und während ich nun hier im Büro meines Vaters sitze und spüre, wie meine sorgfältigen Pläne in ihre Einzelteile zerfallen, breche ich beinahe in Gelächter aus, weil ich in diesem Spiel, das wir alle spielen, so trickreich überlistet wurde.

Es ist fast absurd: Nach dem heutigen Tag denkt die ganze Welt, dass ich eine Adlige bin.

Aber ich bin keine Prinzessin.

Ich bin eine Schachfigur.

15. KAPITEL

Ich lande wieder genau dort, wo ich vor ein paar Tagen angefangen habe – ich sitze im Dunkeln auf einer kalten Steinbank in einem vergessenen Garten. Meine Augen sind feucht. Mein Herz ist leer.

Wenigstens regnet es diesmal nicht.

Ich bin im Verlauf einer Woche wieder am Anfang angekommen.

Gott, ist es wirklich nur eine Woche her?

Alles hat sich rasend schnell verändert, von meinen Zukunftsaussichten bis hin zu meiner Haarfarbe. Es fällt mir schwer zu glauben, dass ich vor zehn Tagen noch eine normale junge Frau auf dem Weg zum Unterricht war. Meine größten Sorgen bestanden aus Halbjahresnoten und der Frage, ob der süße Typ in meiner Pharmakologievorlesung mit mir flirtete oder einfach nur freundlich war, als er fragte, ob wir nach der Stunde zusammen unsere Notizen durchgehen sollten.

Ich hatte einen besten Freund. Ich hatte ein Zuhause. Ich hatte einen Karriereplan.

Und nun ... habe ich niemanden.

Nichts.

Nur einen Titel, den ich nicht haben will, und einen bodenlosen Abgrund aus Angst, der in mir wirbelt wie ein schwarzes Loch.

Die Tränen laufen schneller, obwohl ich den Kopf nach hinten beuge, um zu den Sternen hinaufzublicken. Halbherzig suche ich nach ein paar Sternbildern, während ich in meinem hübschen schwarzen Kleid zittere und bebe.

Zehn Minuten vergehen.

Ich warte.

Zwanzig.

Ich warte.

Dreißig.

Vierzig.

Fünfzig.

Ich warte.

Ich warte.

Ich warte.

Weil ich denke ... dass ein Teil von mir weiß, dass er kommen wird, noch bevor er die bewusste Entscheidung trifft, das Herrenhaus zu verlassen, und lange bevor ich seine Stimme hinter mir in der Dunkelheit höre.

»Wie ich sehe, bist du zu deinem ursprünglichen Plan zurückgekehrt.«

Carter.

Meine Kehle verkrampft sich. Ich drehe mich nicht herum, um ihn anzuschauen. Ich kann nicht. Noch nicht. Nicht solange mein Gesicht tränenverschmiert ist.

Kies knirscht, als er hinter mir näher kommt. Eine Sekunde später umhüllt warmer Stoff meine Schultern – sein Jackett legt sich um mich wie eine Decke. Ich umklammere die Revers, als seine Lippen mein Ohr streifen.

»Ich dachte, wir hätten uns bereits darauf geeinigt, dass der Kältetod keine gute Methode ist, um das Leben als Prinzessin zu vermeiden«, murmelt er.

Ich versuche, Worte zu finden, aber meine Kehle ist von

Tränen und Trauer und noch etwas anderem verstopft. Etwas, von dem ich noch nicht bereit bin, es beim Namen zu nennen.

Carter setzt sich neben mich auf die Bank. Er ist mir so nah, dass ich die Wärme spüre, die von seinem Körper ausgeht. Ich lasse die Arme in die Ärmel seines Jacketts gleiten und versuche, nicht zu registrieren, wie viel besser ich mich fühle, nur weil er in meiner Nähe ist.

»Bist du in Ordnung?«

»Nein«, krächze ich. »Nein, das bin ich ganz und gar nicht.«

»Gibt es etwas …« Er atmet geräuschvoll aus, als wäre er nicht sicher, wie er das, was er sagen will, am besten zum Ausdruck bringen soll. »Kann ich irgendetwas tun, um es für dich besser zu machen?«

»Hast du zufällig eine Zeitmaschine?«

»Ich fürchte nicht.«

»Eine Tarnkappe?«

Er schüttelt den Kopf.

»Dann, Carter, bin ich wohl auf mich allein gestellt.«

Er legt die Hände um die Kante der Steinbank. Er bebt förmlich vor Wut und Frustration.

»Eigentlich ist es sogar ziemlich lustig«, sage ich mit einer hohlen Stimme, die ganz und gar nicht lustig klingt. »Ich bin Psychologiestudentin. Ich studiere menschliches Verhalten. Ich lese all diese Bücher über unsere Fähigkeit zur Manipulation und Bosheit. Ich lese Abhandlungen über jede Abscheulichkeit, die wir als Spezies im Verlauf von Tausenden von Jahren gegeneinander begangen haben. Wie wir uns tatsächlich dazu *entwickelt* haben, grausam und selbstsüchtig anstatt ehrlich und aufrichtig zu sein.« Ich atme flach ein. »All dieses Wissen steht mir zur Verfügung … und trotzdem bin ich vollkommen überrumpelt, wenn es mir passiert.«

»Emilia …« Mein Name bleibt ihm im Hals stecken.

»Warum hat er das getan?«, frage ich, während eine weitere Träne über meine Wange läuft. »Er ist mein bester Freund. Ich würde alles tun, um ihn zu beschützen – ich würde ihn sogar aus meinem Leben ausschließen, wenn ich ihn am dringendsten brauche. Aber er ... er hat beschlossen, mich ausgerechnet auf die Weise zu verletzen, von der er wusste, dass er damit den größten Schaden anrichten würde. *Wie konnte er mir das antun?*« Ich habe das Gefühl, als hätte man mir das Herz direkt aus der Brust gerissen und ein klaffendes Loch zurückgelassen. »Und Linus ... Linus ...«

Ich bin nicht mal ansatzweise in der Lage, die Worte auszusprechen.

»Emilia, bitte schau mich an.«

Ich schüttle den Kopf, weine immer noch und benutze seinen Ärmel, um mir die Tränen von den Wangen zu wischen.

»Du solltest gehen. Lass ... Lass mich einfach allein.«

»*Nein.*«

»Ich bin momentan keine gute Gesellschaft, Carter.«

»Das ist mir egal. Ich bin *niemals* gute Gesellschaft. Aber wir alle brauchen manchmal jemanden. Jemanden zum Anlehnen.« Er atmet schwer, und ich kann hören, wie sich seine Brust hebt und senkt, während er mir beim Weinen zusieht. »Wenn du heute Abend jemanden zum Anlehnen brauchst ... ich bin hier.«

Ich schluchze so heftig, dass mir der Atem stockt.

Nun flüstert er, sodass ich ihn kaum noch hören kann. »Ich bin hier, Orchidee.«

Das »Orchidee« gibt mir den Rest. Ich drehe den Kopf in seine Richtung, und unsere Augen treffen innerhalb eines Herzschlags aufeinander. Und an jedem anderen Abend würde ich versuchen, dagegen anzukämpfen – gegen diese magnetische Anziehung, die ich verspüre, wann immer ich in seiner Nähe bin. Aber ich habe einfach keinen Kampfgeist mehr in mir.

Ich blicke in sein schönes Gesicht und sehe diesen herzzerreißenden Widerspruch aus Zärtlichkeit und Angst, die sich auf seinen umwerfenden Zügen spiegelt. Ich kann einfach nicht anders, als mich nach vorn gegen seine Brust sinken zu lassen.

Er legt die Arme um mich und drückt mich an sich. Es ist ganz anders als unsere letzte Umarmung – es gibt keine Unsicherheit, kein Zögern. Diese Umarmung ist ungestüm und voller Verlangen. Das Verlangen, jemanden zu berühren und mich an einen Mann zu klammern, der mir Halt und Sicherheit gibt. Zumindest für den Moment.

Ich presse meine feuchten Augen gegen seinen Hals und höre, wie er angespannt einatmet. Ich schlinge die Hände um seine breiten Schultern und lasse sie dann nach oben gleiten, um sie in seinem Nacken zu verschränken und mich ganz fest an ihn zu drücken – Brust an Brust, Herz an Herz. Und es ist total verrückt ... aber nun, da unsere Pulsschläge den gleichen Takt haben, denke ich, dass Carter tatsächlich stark genug sein könnte, um die Last der dunklen Verzweiflung in meinem Inneren zu tragen. Und sei es nur für ein paar Minuten.

Halt mich fest.

Halt mich zusammen.

Halt mich, bis dieser Albtraum vorbei ist.

Halt mich, als würdest du mich nie wieder loslassen.

Wir verharren in dieser Position, bis meine Tränen versiegen und sich meine schluchzenden Atemzüge ein wenig beruhigt haben. Zum ersten Mal seit Stunden fühle ich mich angenehm taub. Ich hebe den Kopf, um ihn anzuschauen.

Unsere Gesichter richten sich in der Dunkelheit perfekt aufeinander aus. Ich umklammere seinen Nacken an der Stelle, an der sich sein Haar im Genick leicht kräuselt. Tief in seiner Kehle erklingt ein rauer Laut. Ich bin mir nicht sicher, ob er mich damit warnen oder mich auffordern will, näher zu kommen. Seine blauen Augen brennen so heiß, dass Flammen der Lust über meine Haut tanzen, als ich mich vorsichtig Zentimeter für Zentimeter vorbeuge. Und bevor ich es mir anders überlegen kann …

Streife ich seine Lippen mit meinen.

Es soll eine keusche Geste sein. Ein einfaches Dankeschön. Zumindest rede ich mir das ein. Aber diese kleine Berührung verwandelt sich in etwas anderes – etwas, das schon sehr bald außer Kontrolle gerät.

Carter hebt die Hände, um mein vom Weinen verquollenes Gesicht zu umfassen. Ich bohre die Fingerspitzen fester in seinen Nacken. Und ganz plötzlich, ganz ohne Vorwarnung, küsst er mich.

Oder vielleicht küsse ich ihn.

Ich bin mir nicht sicher, wer den ersten Schritt macht.

Ich bin mir nicht sicher, ob das eine Rolle spielt.

Das Einzige, was ich mit Sicherheit weiß, ist die Tatsache, dass es nun, da es passiert, kein Zurück mehr gibt. Egal, ob es falsch ist. Verboten. Verurteilt. Egal, dass es niemals hätte passieren dürfen.

Eine flüchtige Berührung. Ein Funke.

Ein Kuss. Eine Feuersbrunst.

Wir sind ein Inferno. Eine lodernde, unkontrollierbare Flamme. Mit einem hungrigen Stöhnen schiebt er seine Zunge in meinen Mund – neckt mich, kostet mich, verschlingt mich –, und ich kann den verzückten Laut, der sich meiner Kehle entringt, nicht unterdrücken.

Ja.

Gott, ja.

Mir war nicht klar, wie sehr ich mich nach seiner Berührung gesehnt hatte, bis ich seine großen Hände auf meiner Haut spürte. Wie sehr ich das hier wollte – seinen festen Griff in meinem Haar, seine Zähne, mit denen er an meiner Unterlippe knabbert, seinen harten Körper, den er hitzig an meinen presst.

Oder vielleicht war es mir doch klar, und ich wollte es mir nur nicht eingestehen. Nicht mal mir selbst gegenüber. Das gestattete ich mir nur in den dunkelsten Winkeln meines Geistes, wann immer ich die Erinnerungen an unsere erste Begegnung noch einmal abspulte. Schon damals, als wir noch zwei Fremde auf dem Rücksitz eines SUV waren und uns weder unsere Namen noch unsere Zukunftsaussichten oder unsere Familien zurückhielten, spürte ich diesen Funken.

Der Kuss wird schnell verzweifelt und hungrig. Wir klammern uns ganz fest aneinander und lassen uns von den unkontrollierbaren Gefühlen mitreißen, bis es kein Zurück mehr gibt. Er lässt die Hände an meinem Körper entlang nach unten gleiten, erkundet die Wölbung meiner Taille und sucht nach jedem entblößten Stück Haut, das er liebkosen kann. Ich versuche mich auf seinen Schoß zu manövrieren, aber mein verdammtes Kleid ist so eng, dass ich mich darin unmöglich rittlings auf ihn setzen kann. Carter greift ungeduldig nach unten zum seitlichen Schlitz des Rockteils und reißt ihn schlagartig bis zum Oberschenkel auf. Ich mache große Augen, als ich den Stoff reißen höre, während er das Gleiche auf der anderen Seite macht.

Eine Sekunde später ist mir egal, dass mein Kleid nur noch aus Fetzen besteht, weil er mich auf seinen Schoß zieht. Meine Knie prallen links und recht neben seinen Oberschenkeln auf die Steinbank, während ich mich fest auf ihn presse. Ein Schub aus reiner, unverfälschter Lust rauscht durch meinen gesamten Körper, als ich den Beweis für das Verlangen spüre, das er für mich empfindet – ich fühle es selbst durch den Stoff seiner Hose.

»Gott, Emilia«, stöhnt er an meinem Hals und packt mich so fest, dass es fast wehtut. Ich umklammere ihn ebenso fest und genieße seine Berührung. Ich muss irgendetwas anderes als Kummer und Traurigkeit und Herzschmerz spüren. Doch obwohl er mich festhält, gerate ich ins Taumeln und verliere die Kontrolle. Ich kann fühlen, wie es passiert, und ich habe nicht die Macht, es zu verhindern.

Ein Ruf in einer stillen Menge.

Ein Meer von Kamerablitzlichtern.

Ein grausames Messer in den Rücken.

Ich küsse ihn heftiger und hoffe, dass ich dadurch die Erinnerungen, die ich nicht haben, und die Emotionen, die ich nicht empfinden will, vertreiben kann. Er muss mich festhalten, bis meine Welt wieder Sinn ergibt. Er muss mich berühren, bis ich alles, was seit meiner Ankunft an diesem gottverlassenen Ort passiert ist, vergesse.

Octavia.

Linus.

Owen.

Er streift mit seinen Lippen an meinem Hals entlang, küsst mich, beißt mich und neckt mich auf diese Weise mit seinem Mund. Ich genieße den groben Druck seiner Finger an meinem Rücken, während unsere Lippen wieder aufeinandertreffen. Ein verkorkster Teil von mir hofft, dass er Spuren auf meiner Haut hinterlässt, damit ich morgen, wenn ich aufwache, Beweise dafür habe, dass das hier kein Traum war.

In meinem Kopf weiß ich, dass es krank und gestört und falsch ist, mit Carter zusammen zu sein. Aber als er mich rückwärts auf die Steinbank sinken lässt, ist er irgendwie das

Einzige in meinem schrecklichen Leben, das sich absolut und vollkommen *richtig* anfühlt. Mein Körper ist eine brennende Zündschnur und jedes meiner Nervenenden knistert, als er sich mit seinem ganzen Gewicht auf mich sinken lässt.

Ich brauche ihn.

Ich brauche das hier.

Ich muss das Gefühl haben, dass mich meine eigene, von mir getroffene Wahl beherrscht und nicht der Plan einer anderen Person.

In der Unterwerfung liegt eine gewisse Schönheit. Zumindest in der Art, der mich Carter langsam unterzieht, indem er mich mit seiner Zunge und seinen Händen erobert. Ich verliere unter ihm die Kontrolle und verwandele mich in etwas, das ich kaum wiedererkenne.

Vielleicht werde ich in seinen Armen verblassen, wenn er mich nur lange genug berührt.

Komplett aufhören zu existieren.

Nur noch eine Erinnerung an eine Frau auf einer kalten Steinbank sein.

Ich bäume mich auf, um ihm entgegenzukommen, und verliere mich vollkommen in seiner Berührung. Er starrt auf mich herunter, und ich sehe etwas in seinen Augen aufflackern – hinter der Lust, hinter dem Verlangen. *Besorgnis.*

»Emilia«, flüstert er und zieht sich ein wenig zurück.

Ich versuche, ihn zu packen und meine Lippen wieder auf seine zu pressen, bis die Welt unscharf wird, aber er ist zu stark.

»Küss mich«, flehe ich. Meine Stimme ist vor Verlangen und Verzweiflung ganz heiser.

»Aber du weinst.«

»Das spielt keine Rolle.«

Er setzt sich auf und zieht mich mit sich hoch. Er drückt meine Oberarme und zieht dabei die Augenbrauen zusammen.

»Was meinst du damit, dass das keine Rolle spielt? Natürlich spielt es eine Rolle.«

»Nein. Das tut es wirklich nicht.« Ich versuche erneut, ihn zu küssen, aber er hält mich auf Abstand. Das macht mich wütend. »Herrgott, Carter, kapierst du es denn nicht? Nichts, was ich tue, ändert auch nur das Geringste am Ausgang dieses Komplotts. *Nichts spielt eine Rolle.* Nichts von alldem hier. Weder du noch ich noch irgendetwas, was wir zusammen machen.«

Er zuckt zurück, als hätte ich ihn geschlagen, aber ich bemerke es kaum. In mir ist ein Damm gebrochen, und alles Düstere in mir wird als große Flutwelle nach draußen gespült. *»Nichts. Spielt. Eine. Rolle.* Weder mein Vater. Noch mein bester Freund. Noch mein Haus. Noch meine Zukunft. Nicht mal meine verdammten Erinnerungen, weil sie mir die auch genommen haben. *Schalten Sie heute um siebzehn Uhr Ihren Lokalnachrichtensender ein, um die Emilia-Lancaster-Show zu sehen!* Erfahren Sie, wie sie bei ihrem Abschlussball versetzt wurde! Hören Sie, was ihre Nachbarn über ihre tragischen Teenagerjahre zu berichten wissen! Und zur Hauptsendezeit werden wir uns dann ausführlich mit dem qualvollen Tod ihrer Mutter beschäftigen!«

Er atmet schwer und starrt mich an, als würde er mich nicht wiedererkennen.

»Schau mich nicht so an«, sage ich und fühle, wie etwas in mir zerbricht. Eine weitere Bruchstelle entsteht. Eine aus zerstörten Träumen und falschen Vorsätzen.

»Wie genau schaue ich dich denn an, Emilia?«

Meine Stimme ist ein zittriges Flüstern. »Als würde ich dir Angst einjagen.«

»Du *jagst* mir Angst ein«, murmelt er. »Aber weißt du was? Ich bin immer noch hier. Ich bin direkt hier vor dir.«

Er will nach mir greifen, aber nun bin ich diejenige, die sich zurückzieht. Ich weiche seinem Griff aus und stehe von der Bank auf. Meine Augen brennen wieder, und plötzlich fühlt sich alles ein wenig so an, als wäre es nicht mehr an seinem gewohnten Platz. So, als hätte mich das schwarze Loch der Trauer in meinem Inneren womöglich aus dem Gleichgewicht gebracht und mir die Orientierung geraubt. Ich befinde mich jetzt in einer neuen Umlaufbahn und stehe kurz davor, mit aller Wucht gegen etwas zu prallen, sodass es dauerhaften Schaden anrichten wird.

An mir und an ihm.

Reiß dich zusammen, Emilia … bevor du ein noch viel größeres Chaos anrichtest.

Kalte Luft weht über meine Haut. Es ist, als würde ich aus einem Traum aufwachen. Die letzten Minuten rauschen durch meinen Verstand, und die scharfkantigen Einzelheiten schneiden in ihn hinein wie Messerklingen. Entsetzen wallt in mir auf, während sich der Nebel der Lust komplett aus meinem Kopf verflüchtigt. Ich taumele rückwärts, so weit weg von ihm, wie es mir möglich ist, ohne die Lichtung zu verlassen, und presse eine Hand auf meinen Mund.

Was habe ich getan?

Was haben wir getan?

»Tut mir leid. Ich hätte nicht … *Tut mir leid*«, flüstere ich und starre in sein Gesicht. Dort sehe ich schmerzliche Verletzlichkeit, die einen krassen Gegensatz zu seinem typischen gefühllosen Grinsen darstellt. Der Anblick zwingt mich fast in die Knie. Ich will zu ihm gehen, sein Gesicht in meine Hände nehmen und ihn küssen, bis ich mich wieder vollkommen verlieren kann.

Aber das tue ich nicht.

Ich kann nicht.

»Das …« Stockend zwinge ich mich dazu, die Worte auszusprechen – Worte, die sich so unglaublich falsch anfühlen.

»Das war ein Fehler.«

Er steht auf und kommt mit blitzenden Augen auf mich zu.

»Emilia …«

»Nein, Carter.« Ich schüttle den Kopf. »Das *dürfen* wir nicht.«

Er hält abrupt inne und knurrt mit angespanntem Kiefer: »Aber wir haben es doch schon getan.«

»Und das war ein Fehler! Wir sollten … wir sollten einfach … vergessen, dass es je passiert ist.«

Seine Miene wird sofort ausdruckslos und verwandelt sich in die gleichgültige Maske, die er dem Rest der Welt zeigt. Die Hitze in seinen Augen gefriert zu Eis.

»Könntest du das wirklich?«, fragt er in einem kalten Flüsterton. »Könntest du es vergessen? Einfach so?«

Ich wende den Blick ab, weil ich mich so sehr schäme, dass ich ihn nicht mal ansehen kann.

»Ich *muss* es.«

Meine Stimme bricht. In meiner Kehle braut sich ein Schluchzen zusammen, und ich bin mir nicht sicher, wie lange ich es noch zurückhalten kann. Ohne seine Reaktion abzuwarten, drehe ich mich um und renne den Pfad hinunter. Mein zerrissenes Kleid flattert dabei um meine Beine. Erst als ich in meinem Schlafzimmer bin und die Tür hinter mir abgeschlossen habe, wird mir klar, dass ich immer noch sein Jackett trage. Ohne es auszuziehen, kauere ich mich auf meinem Bett zu einem Knäuel aus Elend zusammen und weine mich in den Schlaf.

16. KAPITEL

Jedes kleine Mädchen träumt davon, in einem Schloss zu leben. Sogar ich.

Vielleicht *vor allem* ich, wenn man meine spezielle Familiengeschichte bedenkt.

Aber nun, da ich tatsächlich in einem lebe, wünsche ich mir, dass ich in der Zeit zurückreisen und meinem fünfjährigen Ich auftragen könnte, von etwas Besserem zu träumen. Ich würde ihm raten, dass es seine Wünsche nicht an eine kalte steinerne Festung voller gewundener Korridore und zugiger Schlafgemächer verschwenden sollte.

Andererseits könnte meine Wahrnehmung leicht *verzerrt* sein, wenn man die Tatsache bedenkt, dass ich hier im bezaubernden Waterford-Palast im Grunde genommen eine Gefangene bin. Zugegeben, meine Gefängniszelle ist eine riesige, in Pfirsich- und Cremetönen gehaltene Suite mit kunstvollen goldenen Verzierungen und einem Balkon, der einen Ausblick auf den Hof bietet … Aber ein Käfig bleibt ein Käfig, auch wenn es darin ein großes Doppelbett, superschnelles Internet, eine Badewanne und einen stets gefüllten Minikühlschrank gibt.

Die gesamte Lancaster-Sippe ist am Tag der Pressekonferenz vom Lockwood-Anwesen hierhergezogen – an dem Tag, an dem ich mich mit einem idiotischen Lächeln auf dem

Gesicht der ganzen Welt als Mitglied der Königsfamilie präsentierte.

Ein Hoch auf Ihre Königliche Hoheit Emilia Victoria Lancaster, Kronprinzessin von Caerleon.

Während dieses peinlichen Intermezzos war ich auf allen Seiten von meiner geliebten Familie umgeben: Linus, der stolze Vater, von dem ich immer geträumt habe; Octavia, die liebevolle Stiefmutter, die mich sofort wie ihr eigenes Kind aufnahm; und meine wundervollen Geschwister, zu denen ich so schnell eine enge Bindung aufgebaut habe, dass man meinen könnte, dass wir tatsächlich blutsverwandt wären.

Oh! Moment.

Nein.

Alles Schwachsinn.

Offensichtlich steht die Presse auf so was, denn das ist die Geschichte, die sie seit zwei Wochen verbreitet. Ich schwöre bei Gott, wenn ich noch einen weiteren Artikel dieser Art über die Lancaster-Familie und meinen neuen Platz darin zu lesen bekomme, werde ich mir jedes Haar einzeln ausreißen.

Damit würde ich zweifellos ihre Aufmerksamkeit auf mich ziehen.

Ich wünschte, ich könnte sagen, dass sich die Dinge beruhigt haben, aber das wäre eine Lüge. Die Interviewanfragen brechen nicht ab – Simms erhält immer noch mindestens zwanzig pro Tag –, und die Paparazzi sind so wild auf Fotos von mir, dass ich bis auf Weiteres im Palast eingesperrt bin. Zu meinem eigenen Schutz natürlich.

Das ist mein Stichwort, um die Augen zu verdrehen.

Die Presse gibt Linus lediglich die perfekte Entschuldigung dafür, mich bis zu seiner Krönung nächste Woche unter Verschluss zu halten. Die Vorbereitungen sind in vollem Gange. Rund um die Uhr sind mindestens fünfzig Bedienstete damit beschäftigt, das Schloss für die offizielle Krönungszeremonie sowie für den Hofball herzurichten, der direkt danach stattfinden wird.

Abgesehen von der kurzen Pressekonferenz wird meine Teilnahme an der Krönung mein erster offizieller Auftritt sein. Ich werde mich für alle sichtbar unter die Mitglieder der Aristokratie mischen, mich unbeholfen durch die Schritte des traditionellen caerleonischen Walzers tanzen und im Großen und Ganzen versuchen, mich nicht komplett zum Idioten zu machen. Zu behaupten, dass die Vorstellung bei mir Herzrasen auslöst, wäre eine Untertreibung.

Wenn ich Chloe glauben soll, ist meine Sorge allerdings vollkommen unnötig. Ihrer Ansicht nach ist allein mein Outfit von Bedeutung.

Ich sage dir, E. – du könntest den Premierminister als Dumpfbacke bezeichnen und trotzdem fünfzig Jahre lang in Frieden regieren. Aber wenn du in einem rotbraunen Kleid auftauchst und dazu auch noch Schuhe aus der letzten Saison trägst ... werden sie dir das niemals verzeihen.

Deswegen sind die Hofschneiderinnen praktisch jeden Tag hier gewesen, um Maß zu nehmen. Ich bemühe mich stillzuhalten, während sie Stoffmuster an mich halten, um sie mit meinem Hautton abzugleichen. Dann gebe ich mein Bestes, um nicht zu stolpern, während sie verschiedene hochhackige Schuhe aus einer riesigen Sammlung an mir ausprobieren – als ob unter diesem gewaltigen Ballkleid, das sie für mich entwerfen, überhaupt jemand meine Füße sehen würde.

Ich bringe es nicht übers Herz, ihnen zu sagen, dass es keine Rolle spielt, wie sehr sie versuchen, mich wie eine perfekte Prinzessin auszustaffieren. Ich werde niemals in der Lage sein, diese Illusion einen ganzen Abend lang aufrechtzuerhalten. Wenn man eine alte Rostlaube frisch lackiert, täuscht das die Leute nur aus der Ferne. Ein Blick unter die Motorhaube genügt, um die Wahrheit ans Licht zu bringen.

Chloe versichert mir, dass sie während der gesamten Veranstaltung an meiner Seite bleiben und mir dabei helfen wird, mit den Leuten zurechtzukommen. Ich glaube, dass das weniger mit Selbstlosigkeit zu tun hat, als vielmehr damit, dass zahlreiche heiratsfähige Junggesellen an der Veranstaltung teilnehmen werden, die alle darauf hoffen, ein Stück vom Emilia-Kuchen abzubekommen – *ihre* Worte, nicht meine. Prinzen, Barone, Herzoge und Grafen aus diversen Adelshäusern kommen extra für den feierlichen Anlass angereist. Offenbar gelte ich nun, da ich die Herrschaft über ein so wohlhabendes Land erben soll, als begehrtes Objekt.

Weil nichts romantischer ist als ein Mann, dem die Krone auf dem Kopf einer Frau wichtiger ist als die Gedanken, die darin herumschwirren.

Als ich diese Problematik zur Sprache bringe, zuckt Chloe nur mit den Schultern und erklärt mir, dass es keinen Sinn habe, meine besten Jahre als enthaltsamer Single zu verschwenden. Also könne ich ebenso gut die Vorteile des Prinzessinnendaseins genießen, solange es nur möglich sei. Damit hat sie schon recht … Auch wenn mir der Gedanke, mich momentan auf etwas einzulassen, das auch nur ansatzweise romantisch ist, Bauchschmerzen bereitet.

Vielleicht wäre ich einer Verabredung eher zugeneigt, wenn da nicht dieses kleine Problem wäre, das zufällig die Suite direkt neben meiner bewohnt und auf den Namen Carter hört. Ich werfe einen Blick zu der Wand, die unsere Gemächer voneinander trennt, und seufze tief.

Er ist seit Tagen nicht hier gewesen, wenn ich die Geräusche richtig deute – oder den *Mangel* an Geräuschen, sollte ich wohl sagen. Außerdem hat er seit unserem Abend im Garten nicht mehr mit mir gesprochen. Kein Wort, nicht mal bei den seltenen Gelegenheiten, wenn wir einander in den Fluren des Nordflügels über den Weg laufen oder uns im selben Raum befinden. Das ist auch kein Zufall. Er geht mir absichtlich aus dem Weg.

Als ich mich letzte Woche in der Bibliothek umgesehen habe – mit Abstand der coolste Raum im ganzen Schloss, mit hohen Decken und so vielen Büchern, dass man zwei Leben brauchen würde, um sie alle zu lesen –, bog ich um eine Ecke und entdeckte ihn auf einem eleganten Lehnstuhl neben einem der prasselnden Kamine, wo er eine Ausgabe von Oscar Wildes *Das Bildnis des Dorian Gray* las. Für einen Augenblick stand ich einfach nur da und betrachtete ihn – das flackernde Licht der Flammen, das auf seinem Gesicht tanzte, die Haarsträhne, die ihm über die gerunzelte Stirn fiel, die elegante Haltung seines hochgewachsenen Körpers.

Ich musste ein leises Geräusch von mir gegeben haben – halb Keuchen, halb Seufzen –, denn er schaute auf und entdeckte mich, wie ich zwischen den Regalen herumlungerte und eine Erstausgabe von *Rebecca* von Daphne du Maurier fest an meine Brust drückte. Ohne auch nur Hallo zu sagen, klappte er sein Buch zu, stand auf und marschierte aus der Bibliothek.

Er warf nicht einen Blick zurück.

An diesem Abend waren die Seiten meines Buchs nass und fleckig, weil meine Tränen auf sie fielen.

Ich bin nicht vollkommen naiv: Nach dem, was zwischen uns passiert war, war mir klar, dass unser Verhältnis angespannt sein würde. Aber ich dachte, dass der Schmerz in meinem Inneren mit der Zeit nachlassen würde. Dass ich nicht mehr mitten in der Nacht mit pochendem Herzen aufwachen würde, weil ich in meinen Träumen bruchstückhafte Bilder meiner Erinnerungen gesehen hatte.

Meine Hände in seinem Haar, seine Zunge in meinem Mund ...
Mein in Fetzen gerissenes Kleid, die Hitze seines Verlangens, die
wie eine Flamme auch auf meinen Körper übersprang ...
Wenn ich wach bin, kann ich die Erinnerungen verdrängen ... Aber mein Unterbewusstsein hält sich nicht an derartige Praktiken der Selbsterhaltung. Jede Nacht tauchen die Bilder von Neuem auf und fördern die Leidenschaft zutage, die ich so dringend begraben will.

Seine Berührung verfolgt mich. Ich sehne mich mit einem Verlangen danach, das mir Angst einjagt. Ich verzehre mich danach wie ein Junkie, der nach nur einem Schuss süchtig geworden ist, egal wie oft ich mir einrede, dass ich ihn mir aus dem Kopf schlagen sollte.

Es hätte nie passieren dürfen.

Und es wird nie wieder passieren.

An diesem Abend im Garten war ich vollkommen durcheinander – ein Nervenbündel aus Schmerz, das ein Ventil brauchte. *Carter* übernahm diese Funktion. Er nahm meinen Schmerz in sich auf, schirmte die Explosion an Gefühlen ab, die sich in meinem Inneren ereignete. Er fuhr mit seinen Händen über meine Haut und strich all meine scharfen Kanten glatt. Und ich ließ ihn gewähren.

Nein, ich ließ ihn nicht nur gewähren ...

Ich ermutigte ihn regelrecht dazu.

Ich brachte mich aktiv ein.

Ich versuche, nicht zu intensiv über die Tatsache nachzudenken, dass sein Zimmer seit drei Tagen leer ist. Dass genau in diesem Moment irgendwo dort draußen vermutlich eine andere Frau »sich aktiv einbringt«, während er mit ihr zusammen ist.

Mit wem auch immer Carter Thorne seine Zeit verbringt, geht mich nichts an.

Er gehört mir nicht.
Er wird mir nie gehören.

Mit einem Seufzen greife ich nach dem Touchscreen-Tablet, mit dem ich alle Funktionen in meiner Suite kontrollieren kann, von der Beleuchtung, dem Thermostat und der Lautstärke der Geräte bis hin zu Anfragen beim Personal. Ich passe die Temperatur an, damit es ein paar Grad wärmer wird. Heute liegt eine nicht zu leugnende Kühle in der Luft, die darauf hindeutet, dass der Winter im Anmarsch ist. Der Oktober ist fast vorüber, und zu den ständig kürzer werdenden Tagen gesellen sich windige Nachmittage, die das Laub in bunten Wirbeln durch die Luft tanzen lassen. An wärmeren Tagen sitze ich auf meinem Balkon und beobachte, wie sie über den Hof wehen. Doch heute habe ich mich in einen extrem weichen Kaschmirpullover gekuschelt und Türen und Fenster fest verschlossen.

Ich drücke auf eine weitere Taste, und die Töne eines vertrauten Lieds erklingen aus den Lautsprechern in der Decke: *Everybody wants to rule the world* von Lorde. Dieses Lied ist für mich in den vergangenen zwei Wochen so etwas wie meine persönliche Hymne geworden. Selbst in meinen dunkelsten Momenten, wenn die Wände des Schlosses um mich herum immer näher zu rücken scheinen, gibt es mir Kraft.

Welcome to your life, there's no turning back …

Ich klappe mein Lehrbuch mit einem lauten Knall zu und strecke die Arme mit einem leisen Ächzen über den Kopf. Nachdem ich vier Stunden am Stück für Psychopharmakologie gebüffelt habe, habe ich mir definitiv eine Pause verdient. Meine Augen sind müde, aber es fühlt sich gut an, sich wieder auf echtes Unterrichtsmaterial zu konzentrieren. Ich will etwas lernen, das wirklich von Bedeutung ist, anstatt mir beibringen zu lassen, wie tief man je nach Situation knicksen muss oder wie die Tanzschritte irgendeines langweiligen Walzers gehen.

Tut mir leid, Lady Morrell.

Sie kommt immer noch jeden Tag vorbei und gibt sich die größte Mühe, eine anständige Prinzessin aus mir zu machen. Ich ringe mir ein Lächeln ab und spiele mit, aber ich denke, wir beide wissen, dass ich längst nicht mehr mit dem Herzen bei der Sache bin. Jeglicher Ehrgeiz, den ich verspürte, Linus mit meinem Fortschritt zufriedenzustellen, verpuffte in der Sekunde, als ich erfuhr, dass er mein Schicksal bereits besiegelt hatte. Meine Zukunft gestohlen hatte. Mir ohne ein Fünkchen Reue sogar die Illusion des freien Willens geraubt hatte.

Es ist seltsam – man weiß Entscheidungsfreiheit erst dann richtig zu schätzen, wenn sie einem genommen wird wie der Atem aus der Lunge nach einem heftigen Sturz. Man betrachtet seine Zukunft als so selbstverständlich wie die Anwesenheit der Sterne, die jede Nacht am Himmel stehen. All diese Möglichkeiten erstrecken sich ins Unendliche, und jede von ihnen strahlt heller als die letzte.

Aber wenn die Wolken aufziehen und die Galaxien für unsere sterblichen Augen nicht länger sichtbar sind … findet man sich allein im Gefängnis seiner eigenen Dunkelheit wieder, wo man von einem Umstand festgehalten wird, der weit über das eigene Fassungsvermögen hinausgeht.

Eine Gefangene in einem mondlosen Dunst.

Eine Frau in Ketten mit einer schimmernden Krone auf dem Kopf.

Da ich die pessimistische Abwärtsspirale erkenne, in die sich meine Gedanken bewegen, zwinge ich mich dazu, mein Zimmer zu verlassen und mir eine Ablenkung zu suchen. In Form von Chloe. Nachdem ich sie eine Stunde überall gesucht habe – in ihrer privaten Suite, der Küche, in den Stallungen, im Thronsaal und in der Bibliothek –, finde ich sie schließlich dort, wo ich sie niemals vermutet hätte – im Inneren des gläsernen Gewächshauses in der Mitte des Hofs, wo sie mit einer neongelben Bong in den Händen im Schneidersitz auf dem Schieferboden zwischen den zahlreichen Blumentöpfen hockt.

»Hey«, begrüßt sie mich, als ich hereinkomme. Ihre Stimme ist vom Rauch ganz kratzig.

Ich lasse mich neben sie auf den Boden sinken. »Was machst du im Gewächshaus? Ich habe ewig gebraucht, um dich zu finden.«

Sie zuckt mit den Schultern. »Hier kommt nie jemand her – vor allem nicht Octavia. Sie würde niemals riskieren, dass Dreck auf ihre perfekten Designerklamotten geraten könnte.«

Ich werfe einen nachdrücklichen Blick auf die Louboutin-Stiefel an Chloes Füßen, deren kirschrote Sohlen bestens zu erkennen sind.

»Ja, ich weiß. Wer im Glashaus sitzt …« Sie schmunzelt. »Aber ich habe kein Problem damit, schmutzig zu werden. Das ist der Unterschied.«

Sie nimmt einen großen Zug und bietet mir dann auch einen an.

Ich schüttle den Kopf. »Ich kann nicht. Ich muss nachher noch weiterlernen.«

»Du hast in den letzten zwei Wochen deine Nase unentwegt in diese Bücher gesteckt.« Sie beäugt mich neugierig. »Fast so, als würdest du versuchen, etwas anderem aus dem Weg zu gehen.«

»Was? Nein, das stimmt nicht.« Mein Herz schlägt heftiger. »Ich versuche nur, alles nachzuholen, was ich in den letzten paar Wochen verpasst habe. Meine Dozenten waren zum Glück sehr verständnisvoll, als ich sie wegen des versäumten Stoffs kontaktierte.«

Chloe schnaubt. »Na, das ist ja wohl *klar*. Sie werden ihrer verdammten Prinzessin ganz sicher keine schlechte Note verpassen. Du könntest vermutlich für den Rest des Semesters blaumachen und am Ende trotzdem mit Auszeichnung bestehen.«

»Darum geht es nicht.« Ich seufze müde. »Ich mag Psychologie tatsächlich. Ich lerne *gern*. Ich lese *gern* Fallstudien und beschäftige mich *gern* mit Behandlungsmethoden. Und wenn auf meinem Diplom magna cum laude steht, dann soll es dort stehen, weil ich es mir verdient habe. Mit ehrlichen Mitteln, nicht wegen Vetternwirtschaft oder einer falschen Demonstration von Patriotismus.«

»Streberin.«

»Ja. Das bin ich. Und ich schäme mich nicht dafür.«

»Ich will ja nicht gemein sein, aber ich verstehe immer noch nicht, warum du dir die Mühe machst. Du wirst damit beschäftigt sein, ein Land zu regieren – da bezweifle ich, dass du oft Gelegenheit haben wirst, dein Diplom zu nutzen.« Sie hält inne. »Es sei denn, du nutzt es, um Octavias narzisstische Persönlichkeitsstörung nachzuweisen, aber ich bin mir nicht sicher, dass wir dafür wirklich eine ärztliche Diagnose brauchen.«

Ich lache, aber es klingt nicht überzeugend. Ich weiß, dass Chloe recht hat: Ich werde niemals Psychologie praktizieren. Ich werde niemals jemandem helfen. Ich werde niemals eine Karriere haben, abgesehen von der, die eine Krone mit sich bringt.

Ich werde zu der Idiotin mit Diadem auf dem Kopf werden, über die ich mich einst lustig gemacht habe.

»Ich schätze, ein Teil von mir ist zu stur, um so kurz vor dem Abschluss einfach aufzugeben.« Ich seufze. »Wenn ich das täte … hätte ich das Gefühl, als würde ich mich Linus' Willen fügen. Als hätte er mich komplett gebrochen.«

Sie hebt solidarisch ihre Bong. »Lass dir nichts gefallen, Schwester.«

Dieses Mal ist mein Lachen echt. »Außerdem ist da noch die Tatsache, dass ich ohne meine Studien vor lauter Langeweile sterben würde. Hier gibt es ja sonst nicht viel zu tun.«

»Da stimme ich dir zu. Es gibt nichts auf dieser Welt, was diesen Ort unterhaltsam machen kann.«

»Wenigstens darfst *du* auch mal rausgehen.«

»Mit einer ganzen Schar von Leibwächtern im Schlepptau«, brummt sie.

»Ich würde die ganze verdammte Königsgarde in Kauf nehmen, wenn das bedeuten würde, dass ich mal für ein paar Stunden aus diesem Schloss rauskomme.«

Sie stößt mit ihrer Schulter gegen meine. »Das wird nicht immer so sein. Nach der Krönung wird sich der Presserummel allmählich legen. Die Story wird aus den Schlagzeilen verschwinden. Und irgendwann werden die Ermittler herausfinden, wer das Feuer gelegt hat, und dann werden diese bescheuerten Sicherheitsmaßnahmen gelockert werden. Es wird dir freistehen, ein normales Leben zu führen. Na ja … so normal, wie das Leben für einen Lancaster eben sein kann.«

Ich werfe einen Blick über meine Schulter in Richtung des Ostflügels. Oder vielmehr der Ruine, die einst der Ostflügel war. Nun existiert er nicht mehr und ist nur noch ein Haufen verkohlter Asche. Die größeren Trümmer hat der Aufräumtrupp in der Nacht des Feuers bereits beseitigt.

»Was ist, wenn sie nie herausfinden, wer dahintersteckt?«, flüstere ich angespannt.

»Sie werden es herausfinden. Das müssen sie einfach.«

»Woher weißt du das?«

»Weil die Öffentlichkeit Gerechtigkeit für König Leopold und Königin Abigail verlangt. Das Volk würde niemals zulassen, dass ein derartiges Verbrechen ungesühnt bleibt. Vor allem nicht, wenn Henrys Leben weiterhin am seidenen Faden hängt.«

»Gibt es irgendetwas Neues über seinen Zustand?«

»Keine Verbesserung.« Sie nimmt einen weiteren Zug aus ihrer Bong. »Ich habe gestern versucht, ihn im Krankenhaus zu besuchen, aber sie haben mich nicht zu ihm gelassen.«

»Warum nicht?«

»Er befindet sich wegen der Verbrennungen in einem Isolierzimmer.« Sie schüttelt den Kopf. »Das Risiko einer Infektion ist zu hoch. Die Ärzte sagen, dass es zu diesem Zeitpunkt tödlich sein könnte, ihn Keimen von außerhalb auszusetzen. Sein Körper ist zu schwach, um damit fertigzuwerden. Ich denke, uns allen ist bewusst … dass er jeden Tag ein wenig schwächer wird. Es wird wohl nicht mehr lange dauern.«

»*Verdammt.*« Mein Herz verkrampft sich. »Weißt du, es ist seltsam: Er ist mein Cousin, aber ich bin ihm nie begegnet. Und nun könnte er sterben … ohne dass ich jemals die Gelegenheit gehabt hätte, ihn kennenzulernen.«

»Du würdest ihn mögen. Alle mögen ihn.« Sie hält versonnen inne. »Tatsächlich bin ich im Krankenhaus Alden über den Weg gelaufen. Er saß einfach im Wartezimmer und starrte ins Leere. Er sah aus, als wäre er den ganzen Tag dort gewesen.«

»Er und Henry standen sich ziemlich nah, oder?«

»Sie waren beste Freunde. So gut wie unzertrennlich, vor allem nach Henrys und Avas Verlobung. Für ihn ist das alles sehr schwer. Sehr viel schwerer als für seine egoistische Schwester. Sie scheint es nicht im Geringsten zu kümmern, dass ihr Verlobter im Sterben liegt.«

»Warum haben sie sich dann überhaupt verlobt?«

Sie schaut mich an, als hätte ich nicht alle Tassen im Schrank. »Ava Sterling würde einen impotenten alten Ochsenfrosch heiraten, wenn ihr das die Chance verschaffen würde, eines Tages Königin zu werden.«

»Ah.«

Ich vergesse immer, dass viele junge Frauen gern eine Prinzessin wären. Für sie ist es ein absoluter Traum, zu den Lancasters zu gehören ... kein Albtraum, vor dem man um jeden Preis davonlaufen sollte.

Chloe räuspert sich. »Auf jeden Fall hat Alden tatsächlich nach dir gefragt.«

Ich ziehe die Augenbrauen hoch. »Wirklich?«

»Ja. Er wollte wissen, wie du diesen ganzen Wahnsinn verkraftest. Ich habe ihm gesagt, dass er mal im Schloss vorbeischauen und dich selber fragen soll.«

»*Chloe.*«

»Was?« Sie lächelt unschuldig.

»Bitte versuch nicht, mich zu verkuppeln.«

»Das tue ich doch gar nicht.«

Ich schaue sie skeptisch an.

»Ehrlich! Meine Absichten sind absolut ehrenvoll.« Sie verzieht das Gesicht. »Er ist einsam und traurig, du bist einsam und traurig ... Auf diese Weise könnt ihr *zusammen* einsam und traurig sein.«

»Klar. Und es gibt keine anderen Gründe?«

»Nein.« Ihre Lippen zucken. »Allerdings musst du schon zugeben ... dass der Typ nicht gerade hässlich ist ...«

»Oh Mann! Ich wusste, dass du mich verkuppeln willst!«

»Ach komm schon, E. – du bist stur, aber du bist nicht blind. Alden sieht aus ... na ja, als wäre einer der Erzengel von der Decke der Sixtinischen Kapelle gefallen und Richtung Norden gewandert.«

Ich verdrehe die Augen. »Und?«

»*Und* hast du dich nicht gerade noch beschwert, dass dir

sterbenslangweilig ist? Ich würde das als … kreative Lösung für dieses Problem bezeichnen. Meiner Erfahrung nach gibt es nichts Besseres als einen ordentlichen Orgasmus, um den Blick auf die Dinge komplett zu verändern.« Sie zieht die Augen zusammen. »Es sei denn, es gibt irgendeinen Grund, warum du nicht mit ihm ausgehen kannst. Etwas, das du mir nicht verrätst.«

Ich beiße mir auf die Unterlippe.

Verdammt.

Ich will mich auf gar keinen Fall mit Alden verabreden. Seit mich Carter meidet wie die Pest und Owen mich mit um Entschuldigung bittenden Sprachnachrichten verfolgt, ist die Situation mit den Männern in meinem Leben schon kompliziert genug. Dieser Gleichung muss ich ganz sicher nicht *noch mehr* Testosteron hinzufügen. Aber ich bin mir nicht sicher, wie ich Chloe das begreiflich machen soll, ohne weitere Details zu enthüllen, die ich lieber für mich behalten würde.

»Hör zu, ich bin mir sicher, dass er sehr nett ist«, sage ich ausweichend. »Falls er in ein paar Wochen zufällig mal vorbeikommt, kann ich es vielleicht einrichten, mich mit ihm zu treffen, aber …«

»Toll! Er kommt heute Abend um achtzehn Uhr her.«

Ich schnappe nach Luft. »*Chloe!*«

»Was?«

»Sag mir, dass das ein Scherz ist!«

»Das könnte ich, aber das wäre eine Lüge.«

»Du bist unmöglich, weißt du das?«

Sie bleibt vollkommen gelassen und lächelt, während sie mit dem Daumen ihr Feuerzeug betätigt und beobachtet, wie die Flamme aufflackert. »Habe ich erwähnt, dass es bereits siebzehn Uhr dreißig ist?«

»WAS?«

»Ja. Was willst du zu deiner Verabredung anziehen?«

Verabredung?

Plötzlich schaue ich panisch an mir hinunter.

Auf meinem Kaschmirpullover prangt ein Kaffeefleck, und die locker sitzende Hose im Boyfriend-Stil, die ich trage, sieht aus wie etwas, das ich auf einem Stapel mit Klamotten gefunden habe, den ein Secondhandladen aussortiert hat. An den Füßen trage ich altmodische Schaffellhausschuhe. In meinem Gesicht befindet sich nicht ein Fitzelchen Make-up. Mein Haar ist zu einem unordentlichen Knoten zusammengebunden. Der grellblaue Lack auf meinen Fingernägeln – *tut mir leid, Lady Morrell, ich bin eine Rebellin* – ist größtenteils abgeblättert.

Genau genommen sehe ich wie eine Obdachlose aus.

»Ich hasse dich«, zische ich Chloe entgegen. Dann stehe ich hastig auf und eile wie der Blitz davon.

»Viel Glück!«, ruft sie mir hinterher. Noch während ich aus dem Gewächshaus renne und schnurstracks in Richtung meiner Suite laufe, höre ich ihr Lachen.

17. KAPITEL

»Wow«, hauche ich und drehe mich langsam im Kreis.

»Ich habe es dir ja gesagt.« Alden schenkt mir ein kleines, wenngleich aufrichtiges Lächeln. »Diese Aussicht ist unübertroffen.«

Er hat recht. Ich beuge mich auf dem Turm nach vorn, streiche mir eine Strähne aus den Augen, die mir der Wind ins Gesicht geweht hat, und blinzle in Richtung Horizont. Von hier oben sehen die Berge so nah aus, dass ich das Gefühl habe, dass ich eine Hand ausstrecken und sie berühren könnte. Ganz Vasgaard erstreckt sich in dem Tal unter uns wie ein bunter Teppich aus roten Schieferdächern und qualmenden Kaminen. Der Nelle River schlängelt sich durch die Landschaft wie eine Ringelnatter, und seine zahlreichen Biegungen und Steinbrücken geben von diesem Aussichtspunkt aus einen beeindruckenden Anblick ab.

Als Alden vor einer halben Stunde vor meiner Suite auftauchte und sich bereit erklärte, mir seinen Lieblingsplatz im Schloss zu zeigen, muss ich zugeben, dass ich skeptisch war. Ich ging davon aus, dass er mich in den Thronsaal mit seiner hohen Decke und dem vergoldeten Thron bringen würde ... oder in die Waffenkammer ... oder in die Stallungen, um mein Herz mithilfe ein paar hübscher Pferde zu erweichen.

Stattdessen führte er mich durch den Flur zu einem riesigen

Wandteppich, auf dem sich das Wappen der Lancasters mit dem doppelköpfigen Löwen befand. Er zog einen kunstvoll verzierten Schlüssel aus seiner Tasche, schob den dicken Stoff beiseite und schloss eine schmale Tür auf, von der ich bis dahin nicht mal gewusst hatte, dass sie existierte.

Glaub mir, sagte er und hielt mir seine Hand hin. *Das ist es wert.*

Mit großen Augen legte ich meine Hand in seinen starken, warmen Griff und folgte ihm den düsteren, mit Spinnweben verhangenen Gang hinunter. Wir gingen durch eine weitere Tür, die zu einer stockdunklen Wendeltreppe führte, deren Stufen nach Hunderten von Jahren ganz glatt und ausgetreten waren. Wir stiegen immer höher hinauf. Nur das Licht von Aldens Handy erhellte unseren Weg. Schließlich erreichten wir die Spitze des höchsten Turms des Waterford-Palasts.

Um ehrlich zu sein, hatte ich nach dreihundert Stufen so langsam Zweifel daran bekommen, dass irgendetwas die brennenden Schmerzen in meinen Oberschenkeln wert sein könnte … Doch sobald wir durch die massive Holztür auf den kleinen runden Turm hinausgetreten waren, vergaß ich meine strapazierten Muskeln auf der Stelle.

Die Aussicht ist wirklich unglaublich.

»Ich wusste nicht mal, dass man hier hochkommen kann«, sage ich beeindruckt. »Ich dachte, der Zugang wäre vor Jahren verschlossen worden.«

»Nicht grundsätzlich. Man hat lediglich versucht … ihn der Öffentlichkeit nicht zugänglich zu machen. Der Turm ist jedenfalls kein Teil der öffentlichen Schlossführung, so viel ist sicher.«

Ich gehe auf die andere Seite des Turms und behalte den Blick auf den Horizont gerichtet. »Bedeutet das, dass man uns wegen unerlaubten Betretens in den Kerker werfen wird?«

Er lacht. »Dich? Ganz sicher nicht. Du bist die Prinzessin. Praktisch gehört dir dieser Turm. Mich hingegen …«

»Keine Sorge. Ich werde meine unermessliche Befehlsgewalt einsetzen, um dich rauszuhauen.«

»Wie ungeheuer gütig von Ihnen, Eure Königliche Hoheit«, neckt er mich und deutet eine tiefe Verbeugung an, wobei er mit der einen Hand eine perfekt einstudierte Geste vollführt. Seine Bewegungen sind so fließend, dass ich mir das Lächeln nicht verkneifen kann. Es ist ein aufrichtiges Lächeln. Zum ersten Mal seit Wochen.

Verblüfft stelle ich fest, dass ich tatsächlich Spaß habe. Es tut so gut, mal aus meinem Zimmer rauszukommen und mit einem attraktiven Mann, der ganz und gar nicht kompliziert ist und auch nicht dafür sorgt, dass ich verräterische Gedanken hege oder mein Herz verräterische Gefühle empfindet, auf dem Gipfel der Welt zu stehen. Ich lehne mich gegen den Wind und lasse zu, dass die frische Luft meinen Kopf frei macht. Ich hoffe, dass sie auch die Erinnerung an ein Paar unendlich blaue Augen aus den tiefsten Tiefen meines Gedächtnisses tilgt.

Nach ein paar Minuten kommt mir ein Gedanke. Ich drehe mich herum und frage: »Wie bist du an einen Schlüssel für den Durchgang gekommen?«

Und wie bekomme ich einen für mich?

»Er gehört nicht mir, sondern Henry. Wir kommen ständig hier hoch … Ich meine, wir *kamen* ständig hier hoch. Es war …« Er bricht mitten im Satz ab, und jeglicher Glanz weicht innerhalb von Sekunden aus seinen Augen.

»Tut mir leid«, murmle ich. »Ich weiß, dass ihr beide euch nahesteht.«

In seinen grünbraunen Augen blitzen Emotionen auf, die ich nicht deuten kann. »So ist es. Es ist … recht schwierig gewesen.«

»Es ist nicht das Gleiche, aber ... Vor zwei Jahren habe ich ziemlich plötzlich meine Mutter verloren. Ich konnte mich nicht von ihr verabschieden, weil ich selbst an diesem letzten Tag nicht glauben wollte, dass es tatsächlich passierte. Es *konnte* nicht sein. Sie *konnte* einfach nicht sterben.« Ich schlucke den Kloß hinunter, der sich in meinem Hals gebildet hat. »Ich will damit nur sagen, dass ich verstehe, wie schwer es sein kann – das, was du gerade durchmachst. Mir ist schon klar, dass wir einander nicht besonders gut kennen, aber wenn du jemals jemanden zum Reden brauchst ...« Ich deute um mich herum. »Mein Turm steht dir immer offen.«

Sein Lächeln kehrt zurück. Er macht ein paar Schritte auf mich zu und lässt den grünbraunen Blick die ganze Zeit über auf mir ruhen. »Danke, Emilia. Ich werde definitiv auf dein Angebot zurückkommen. Schon *bald*.«

Er greift nach meiner Hand. Nach kurzem Zögern lege ich meine Hand in seine. Mein Herz flattert ein wenig, als er unsere Finger miteinander verschränkt. Und es fühlt sich ... zweifellos angenehm an.

Nicht so, als könnte mein Herz in meiner Brust explodieren, weil es ihm nicht gelingt, all meine Empfindungen gleichzeitig in Schach zu halten. Nicht so, als bestünde das Risiko, dass die bloße Nähe zu ihm bei mir einen Schlaganfall auslöst. Nicht so, als würde meine Lunge nicht richtig funktionieren, weil ich in seiner Gegenwart das Atmen vergesse.

Unaufgeregt.
Einfach.
Unkompliziert.
Ungefährlich.

»Sollen wir wieder nach unten gehen?«, fragt er. Aus der Nähe betrachtet weisen seine Augen kleine goldene und grüne Flecken auf. Sie sind umwerfend.

Also warum wünsche ich mir die ganze Zeit über, dass sie blau wären?

Ich nicke und lächle strahlend. »Klar. Lass uns gehen.«

Alden verhält sich wie ein mustergültiger Gentleman, während er mich zurück zu meinem Zimmer im Nordflügel begleitet. Wir unterhalten uns ungezwungen und reden über die bevorstehende Krönung. Als wir den großen Salon durchqueren, herrscht um uns herum hektische Aktivität. Mindestens ein Dutzend Hausangestellte stauben die Kronleuchter ab und bohnern die Fußböden.

»Hier ist schon lange kein Ball mehr abgehalten worden«, murmelt Alden, als wir durch den Durchgang in den Thronsaal gehen. Der Raum erinnert mich an eine Kirche mit Buntglasfenstern, wo immer eine düster-feierliche Atmosphäre herrscht. »Nicht seit der Feier, die König Leopold und Königin Abigail zu Henrys Geburt veranstaltet haben.«

»Da musst du noch sehr jung gewesen sein.«

»Gerade dem Kleinkindalter entwachsen.« Er grinst kurz. »Ich erinnere mich nicht an viel. Ava war damals noch nicht mal geboren. Und du auch nicht, wenn ich so darüber nachdenke.«

»Ist das normal? Dass so wenige Bälle abgehalten werden?«

»König Leopold hielt nicht viel von ausschweifenden Gelagen.« Seine Augen nehmen wieder einen traurigen Ausdruck an. »Im Gegensatz zu seinem Sohn. Henry liebte Partys. Wenn er gekrönt worden wäre … wäre seine Krönung ein Spektakel geworden, wie Caerleon es noch nicht erlebt hat.«

Ich schweige, als wir die große Treppe in den ersten Stock hinaufsteigen, weil ich nicht weiß, was ich sagen soll. Wann immer er von Henry spricht, komme ich mir wie eine totale Hochstaplerin vor – ein ungewollter Wechselbalg, der gegen den rechtmäßigen Erben ausgetauscht wurde.

Alden scheint zu merken, dass wir uns auf unangenehmes Terrain begeben haben, denn er drückt plötzlich meine Hand und schlägt einen fröhlicheren Tonfall an. »Siehst du diese Rüstungen?«

Ich schaue auf die Reihe der mittelalterlich anmutenden Ritterrüstungen, die den Flur säumen.

»Da gibt es eine lustige Geschichte …« Er schmunzelt. »Einmal, das ist jetzt vielleicht fünf Jahre her, sind wir nach ein paar Drinks zu viel alle durchs Schloss getorkelt …«

Als wir um die Ecke zu meiner Suite biegen, lache ich lauthals, als er mir die Geschichte erzählt, wie er, Chloe, Carter und Henry sich in betrunkenem Zustand antike Ritterrüstungen angezogen haben und darin um Mitternacht durch die Flure gerannt sind, um mit ihrem Kampfgebrüll das ganze Schloss aufzuwecken.

»Dann fiel Chloe hin und konnte nicht wieder aufstehen. Die Rüstung war so schwer, dass wir alle drei mit anpacken mussten, um sie wieder aufzurichten.«

Ich werfe den Kopf in den Nacken und lache erneut laut auf. »Oh mein Gott, bitte sag mir, dass es Fotos davon gibt.«

Alden schüttelt grinsend den Kopf. »Leider nicht. Kannst du dir vorstellen, was passiert wäre, wenn das je an die Presse durchgesickert wäre? Man hätte uns verprügelt.«

»Ich könnte mir vorstellen, dass Simms selbst den Prügel in die Hand genommen hat, als er dahinterkam.«

Er lacht. »Genau so war es.«

Als wir an meiner Tür ankommen, bleibe ich zögernd im Flur stehen. »Alden … danke.«

»Wofür?«, fragt er und drückt meine Hand.

»Dafür dass du mich für eine Weile auf andere Gedanken gebracht hast.« Ich zucke mit den Schultern. »Ich habe schon lange nicht mehr so gelacht.«

»Das sollte bestraft werden.« Er tritt näher und lässt seine perfekten Zähne aufblitzen. Auf seinem tadellos gescheitelten platinblonden Haupt tanzt nicht ein Haar aus der Reihe. »Du hast ein wundervolles Lachen, Emilia.«

Er ist nicht ganz eins fünfundachtzig groß, doch ist der Abstand zwischen unseren Gesichtern nicht mehr allzu groß, als er sich zu mir herunterbeugt. Ich spüre, wie mein Mund trocken wird, und beobachte, wie er näher kommt.

Wird er mich küssen?

Werde ich es zulassen?

Ich werde nie eine Antwort auf meine Fragen bekommen – denn links von uns ertönt ein Knall, der laut genug ist, um mir einen ordentlichen Schreck einzujagen und mich einen Satz nach hinten machen zu lassen. Alden und ich drehen beide den Kopf, um nach der Ursache Ausschau zu halten. Der Auslöser des Lärms steht in der Tür zu seiner Suite, die Hand noch an der Türklinke, und schaut düster in unsere Richtung.

Carter.

Sein bloßer Anblick genügt, um mein Herz in einen wilden Galopp zu versetzen – auch wenn er mich anstarrt, als wollte er mir den Hals umdrehen. Ich bin mir nicht sicher, was für eine Miene sich auf meinem Gesicht spiegelt, aber was auch immer er sieht, als er mich und Alden betrachtet, sorgt dafür, dass er verächtlich die Lippen verzieht.

»Carter«, sagt Alden leichthin, aber ich bemerke, wie angespannt seine Schultern sind. »Schön, dich zu sehen, Kumpel.«

Carter schaut zu Alden und dann auf unsere Hände, die immer noch miteinander verschränkt sind. In seiner Wange zuckt ein Muskel.

»Alden. Was machst du hier … *Kumpel?*«

Die Worte sind freundlich – die Stimme, mit der er sie ausspricht, ist alles andere als das. Ich ziehe meine Hand so ruckartig aus Aldens Griff, dass er die Augenbrauen hochzieht.

»Ich lerne lediglich unsere Prinzessin ein wenig besser kennen.« Alden verschränkt die Arme vor der Brust. »Wie es scheint, ist sie in den letzten paar Wochen sträflich vernachlässigt worden.«

Ich habe das Gefühl, Carters Kopf könnte tatsächlich explodieren, als er das hört. Er zieht die Augen zu himmelblauen Stecknadelköpfen zusammen, wobei er es sorgfältig vermeidet, mich anzuschauen.

»Ist das so?«

Ich schlucke nervös, als Alden sein Körpergewicht nach vorn verlagert. »Sie ist deine neue Schwester – du solltest dich wirklich besser um sie kümmern.«

»Sieht so aus, als hättest du das schon ganz gut im Griff.«

Ich wünschte, der Boden würde sich auftun und mich verschlingen.

Ich wünschte, ein Meteor würde ins Schloss einschlagen.

Ich wünschte, Chloe würde um die Ecke kommen.

Meinetwegen könnte buchstäblich alles passieren, solange es mir einen Ausweg aus dieser Situation bietet.

»Unser letztes Treffen ist eine Weile her«, sagt Alden im Plauderton.

Carter reagiert darauf lediglich mit einem Schulterzucken.

Alden zieht die Augenbrauen hoch. »Was hast du so getrieben?«

»Oh, ich war damit beschäftigt, verlorenen Boden wettzumachen.« Sein Tonfall ist gefährlich sanft – wie Donnergrollen, das den ersten Hinweis auf einen bevorstehenden Sturm liefert. »Nach einer Woche der Isolation auf dem Lockwood-Anwesen, wo die Köchin Patricia mit ihren fünfzig Jahren die attraktivste potenzielle Partnerin war, hat sich in mir eine

Menge ...« Er hält inne. »*Energie* angestaut ...« Er schmunzelt. »Ich musste ein wenig Dampf ablassen. Zum Glück waren die drei schwedischen Models, die ich gestern Abend kennenlernte, mehr als bereit, mir in dieser Hinsicht entgegenzukommen.«

Ich zucke zusammen.

Alden lacht, als würde er ihn nur zu gut verstehen. »Ah. Ich bin mir sicher, dass die Frauen von Vasgaard erfreut sind, dass du wieder voll funktionstüchtig bist.«

»Mmm.« Carter lässt den Blick zu mir wandern und sieht mich an. »Vielleicht bringe ich die Models zur Krönung mit. Mal sehen, ob es mir damit gelingt, dass Octavia vor Wut an die Decke geht.«

»Du verspürst wohl so etwas wie Todessehnsucht.«

»Schon möglich.« Er hat den Blick immer noch auf mich gerichtet, und zwar so intensiv, dass er mich wie in Ketten gefangen hält. Ich starre ihn an – mein Puls hämmert, und mein Atem stockt. Ich wünsche mir sehnlichst, dass das Gefühl, das durch meinen Körper rauscht, auch nur annähernd der Gleichgültigkeit ähneln würde, die ich mir aufs Gesicht zwinge.

Würde es dir etwas ausmachen, kleine Schwester?, scheinen seine Augen zu fragen. *Mich mit jemand anders zu sehen?*

Bevor ich etwas Dummes tun kann, wie zum Bespiel in Tränen auszubrechen, reiße ich den Blick von ihm los und wende mich an Alden. Meine Stimme klingt so aufgesetzt fröhlich, dass ich sie kaum als meine eigene erkenne.

»Es war mir ein Vergnügen, aber ich sollte mich jetzt wirklich wieder an die Arbeit setzen – der Essay über soziale Kognition wird sich nicht von selbst schreiben. Danke für die Ablenkung, Alden. Wir sehen uns in ein paar Tagen bei der Krönung.«

»Oh …« Er zieht die Augenbrauen überrascht nach oben angesichts meiner plötzlichen Verabschiedung. »Reservierst du mir einen Tanz, Prinzessin?«

»Natürlich. Allerdings kann ich nicht versprechen, dass ich dir dabei nicht auf die Füße treten werde.«

Bevor er noch etwas sagen kann, stelle ich mich auf die Zehenspitzen und gebe ihm einen hastigen Kuss auf die Wange. Dann drehe ich mich herum und schlüpfe in mein Zimmer, ohne mich noch einmal nach dem Mann umzuschauen, der ein Stück weiter den Flur hinunter steht und mich mit seinem messerscharfen Blick im Visier hat. Vermutlich ist es unhöflich, Alden die Tür vor der Nase zuzuschlagen, nachdem er so nett zu mir gewesen ist, aber mir bleibt kaum etwas anderes übrig – es sei denn, ich möchte, dass jemand den emotionalen Zusammenbruch miterlebt, den ich jeden Moment erleiden werde.

Zitternd vor Wut und Demütigung und, *ja*, einer heftigen Dosis ungestillten Verlangens sinke ich auf den Boden und presse mir die Hände auf die Augen, um meine Tränen zurückzuhalten. Sie quellen trotzdem zwischen meinen Fingern hervor und laufen heiß und zornig über meine Wangen.

Wie krank ist das denn, schelte ich mich, während ein Schluchzer meine Brust erbeben lässt. *Du hattest gerade ein perfektes erstes Date mit einem perfekten Mann … und doch sitzt du jetzt hier und bist emotional am Boden zerstört, weil du dir zwei Sekunden lang mit deinem gemeinen Stiefbruder einen Schlagabtausch liefern musstest?*

Vergiss Carter Thorne.

Du willst ihn nur, weil du weißt, dass du ihn nicht haben kannst.

Aber selbst meine Lügen vermögen mich nicht zu trösten. Weil ich tief im Inneren weiß, dass ich ihn schon wollte, bevor mir klar war, dass wir einen Haushalt, eine Vaterfigur und eine Schlafzimmerwand teilen würden. Genau wie ich weiß, dass ich ihn auch *weiterhin* wollen werde, trotz der allzu triftigen Gründe, warum ich ihn nicht wollen sollte, bis mir die Zeit irgendwann meine Erinnerungen nimmt.

Es ist spät.

Ich liege in meinem dunklen Zimmer unter der Bettdecke und tue mein Bestes, um einzuschlafen. Doch mein Verstand weigert sich abzuschalten, egal wie oft ich meine vom Weinen verquollenen Augen zukneife. Die Geräusche von der anderen Seite der Wand sind da auch nicht gerade hilfreich. Die leise Musik, seine Schritte auf dem Parkettboden, das Rauschen des Wassers, als er duscht. Ich versuche, ihn mir nicht unter dem Wasserstrahl vorzustellen mit seinem gemeißelten Körper, während der Dampf die gläsernen Duschwände beschlägt ...

Ich versage.

Jämmerlich.

Ich rolle mich zum zwanzigsten Mal auf die andere Seite und schlage auf mein Kissen ein, um ihm eine bequemere Form zu verpassen. Es ist paradox – als er fort war, hat es mir nicht gefallen, aber ich glaube, nun, da er wieder da ist, gefällt es mir sogar noch weniger, nur durch eine unbedeutende Wand von ihm getrennt zu sein.

Ich frage mich, ob er mich auch hören kann.

Ob er mein Schluchzen gehört hat.

Ob er meine Trauer gespürt hat.

Ob ich ihn so sehr in den Wahnsinn treibe wie er mich.

Hinter der Wand wird es still, und ich weiß, dass er endlich schlafen gegangen ist. Es ist unmöglich, mir nicht vorzustellen, wie er nur wenige Meter von mir entfernt in der Dunkelheit liegt und an die Decke starrt.

Stellt er sich vor, wie ich hier liege, die Beine in die Laken verwickelt, und an ihn denke? Oder verliert er sich stattdessen in Fan-

tasien über seine Abenteuer mit den drei schwedischen Models, von denen er mir so bereitwillig erzählt hat?

Das leise Signal der Deckenlautsprecher, die sich mit einem neuen Bluetooth-Gerät verbinden, sorgt dafür, dass ich mich senkrecht im Bett aufsetze und die Augen bis zum Haaransatz hochziehe. Eine Sekunde steigert sich meine Verwirrung um ein Vielfaches, als Musik durch das dunkle Zimmer schallt – eine eindringliche, melancholische Melodie.

Was zum Teufel ist denn jetzt los?

Das Lied selbst ist mir nicht fremd. Ich erkenne sofort die vertrauten Klänge. Seltsam ist nur die Tatsache, dass *ich* nicht diejenige bin, die den Song abspielt.

Vollkommen verwirrt schnappe ich mir mein Tablet vom Nachttisch. Der Bildschirm ist dunkel und zeigt keine Lieder in der Warteschleife an. Das Gleiche gilt für mein Handy. Erst als der Text einsetzt und ich den Titel des Lieds erinnere – »Don't You Cry For Me« von Cobi –, begreife ich endlich, was hier los ist. Ich weiß ganz genau, was hier vorgeht.

Das ist Carter.

Er steckt dahinter.

Er spielt mir ein Lied vor.

Irgendwie hat er sein Handy mit meinen Lautsprechern verbunden. Ich bin mir nicht ganz sicher, wie er das angestellt hat, aber während die Worte über mich hinwegspülen – *oh, don't you cry for me* –, beschäftigt mich eine andere Frage sehr viel mehr.

Warum?

Warum sollte er das tun?

Um mich zu trösten? Um mich zu quälen?

Um mich wissen zu lassen, dass er meine Tränen durch die Wand gehört hat und sie etwas in ihm ausgelöst haben?

Scham? Mitleid? Angst? Hoffnung? Verlangen? Trauer?

Ich sitze hier in vollkommener Dunkelheit. Mein Körper ist wie gelähmt, während mein Verstand Purzelbäume schlägt und ich es jeder einzelnen Textzeile erlaube, sich wie ein Metallsplitter in mein Herz zu bohren.

I'm torn from the truth that holds my soul ...

Nur vage wird mir bewusst, dass Tränen über meine Wangen laufen. Ich kann nicht mal genug Willenskraft aufbringen, um sie wegzuwischen. Meine ganze Aufmerksamkeit ist fest auf die Musik gerichtet ... und auf den Mann, der sie für mich abspielt.

Ganze vier Minuten lang höre ich zu.

Und weine.

Und warte.

Ich suche nach Antworten, finde aber keine.

Das Lied verstummt.

Das Bluetooth-Gerät gibt erneut einen Laut von sich, als er die Verbindung trennt.

Und dann herrscht im Zimmer nur noch Stille. Aber mein Verstand – oh, und mein Herz brüllen so laut, weil sie so viele Fragen haben, und ich weiß, dass nicht die geringste Chance besteht, dass ich in dieser Nacht noch Schlaf finden werde.

Was für ein Spiel spielst du, Carter?

18. KAPITEL

Ich werde mich übergeben.

Der Krönungstag ist offiziell angebrochen und mit ihm ist eine Übelkeit gekommen, wie ich sie noch nie zuvor verspürt habe. Ich stehe in ein Korsett geschnürt in meinem Schlafzimmer. Es ist so eng zusammengezogen, dass ich kaum atmen kann – ganz zu schweigen von essen.

Vermutlich ist es so am besten. Ich würde mich nur ungern vor Würdenträgern aus zwölf Ländern und allen anderen Personen aus der caerleonischen Gesellschaft, die einen Titel tragen, übergeben.

Das Summen meines Handys ist eine willkommene Ablenkung. Ich gehe zum Nachttisch und spüre, wie ich blass werde, als auf dem Display das Wort ZUHAUSE aufleuchtet. Jemand ruft mich von dem Festnetzanschluss in meinem Haus in Hawthorne aus an. Das Haus, zu dem niemand außer mir einen Schlüssel hat.

Meine Finger zittern, als ich auf eine Taste drücke, um den Anruf entgegenzunehmen.

»Hallo?«

»Ems – leg bitte nicht auf.«

Ich seufze. »Owen, ich habe dich um Abstand gebeten …«

»*Bitte!*« Er klingt verzweifelt. »Wenn du nach diesem Telefonat nie wieder mit mir redest, ist das in Ordnung. Aber du musst mir jetzt zuhören. Kannst du mir diesen Gefallen tun?«

»Bist du bei mir eingebrochen, um mich anzurufen?«

Eine Pause entsteht.

»Oh Gott, du bist tatsächlich bei mir eingebrochen! Was zum Teufel soll das, Owen?«

»Du hast meine Anrufe nicht entgegengenommen«, blafft er. »Ich hatte keine andere Wahl.«

»Die Wahl bestand darin, *mir Abstand zu gewähren*, worum ich dich gebeten hatte. Du weißt schon, nachdem du der ganzen Welt meine Identität verraten und mein Leben ruiniert hast. Erinnerst du dich?«

»Ems ...« Die Traurigkeit in seiner Stimme kratzt an der Stahlwand, die ich an dem Tag, an dem er mich verriet, um mein Herz herum errichtet habe. »Ich weiß, dass es keine Entschuldigung ist, aber an jenem Tag ... Hör zu, ich bin nicht stolz darauf. Ich war betrunken. Ich war aufgebracht. Gott, du bist der wichtigste Mensch in meinem Leben, und ich konnte nur noch spüren, wie du mir zu entgleiten drohtest und ... es hat mir verdammt große Angst eingejagt. Ich bin einfach ausgerastet.«

»Das ist keine Rechtfertigung für das, was du getan hast.« Meine Stimme wird leise. »Du sagst, dass ich der wichtigste Mensch in deinem Leben und deine beste Freundin bin ... Aber das sind nur Worte, wenn du dich nicht entsprechend verhältst und handelst ...«

»Es tut mir leid, Ems. Es tut mir so verdammt leid. Du verstehst nicht ...«

»Oh doch, ich verstehe! Sehr wohl sogar.« Meine Kehle schnürt sich zusammen. »Aber du solltest nicht der Mensch sein, der mich schlimmer als jeder andere verletzt. Du solltest der einzige Mensch sein, auf den ich mich wirklich noch verlassen kann.«

»Wenn du mir einfach zuhörst, schwöre ich, dass ich es wieder in Ordnung bringen werde …«

»Ich lege jetzt auf, Owen.«

»NEIN!« Sein Brüllen ist so laut, dass ich vom Telefon zurückzucke. »Du musst mir zuhören. Ich habe nicht viel Zeit. Die Dinge könnten bereits in Gang gesetzt worden sein, und ich bin mir nicht sicher, ob ich sie aufhalten kann.«

»Wovon redest du?«

Er flucht leise. »Nachdem du weg warst, diese letzten paar Wochen … habe ich an Veranstaltungen der Monarchiegegner auf dem Campus teilgenommen.«

Ich verspüre einen schmerzhaften Stich im Herzen. »Warum erzählst du mir das? Um mich noch mehr zu verletzen? Um mir das Messer noch tiefer in mein Herz zu rammen? Hat es dir nicht gereicht, der Welt zu verraten, wer ich bin – willst du den Leuten jetzt auch noch mitteilen, wie sehr du mich hasst?«

»Nein! Du verstehst das alles völlig falsch, Ems. Ich habe mich den Gruppen nur angeschlossen, weil ich dachte, dass ich dort Antworten in Bezug auf …« Er senkt die Stimme, als hätte er Angst, die nächsten Worte zu laut auszusprechen. »In Bezug auf das Feuer finden würden.«

Die ganze Welt hört auf, sich zu drehen.

»*Was?* Du meinst das Feuer hier im Palast?«

»Ja«, murmelt er. »Ems … Nicht alle Gegner der Monarchie geben sich damit zufrieden, friedliche Protestmärsche abzuhalten, Plakate hochzuhalten und Streiks zu organisieren. Ein paar von ihnen sind bereit, noch weiter zu gehen.«

»Was meinst du damit?«

»Letztes Jahr hörte ich bei einer der Versammlungen, wie ein paar der Jungs sagten, dass die einfachste Lösung für das Problem die Beseitigung der Ursache sei: Wenn es keine Lan-

casters mehr gäbe, gäbe es auch keine Thronfolger mehr …
und damit auch keine Monarchie.«

»Willst du damit das sagen, was ich denke?« Meine Stimme
ist kaum mehr als ein Flüstern.»Owen …«

»Ich sage, dass ich mich diesen Gruppierungen wieder angeschlossen habe, nachdem du in dieses Leben hineingezogen
wurdest, weil eins klar ist: Wenn auch nur die Chance besteht,
dass diese Jungs nicht bloß groß dahergeredet haben …« Er atmet aus.»Ich konnte dich nicht mit einer Zielscheibe auf dem
Rücken herumlaufen lassen. Nicht wenn ich wusste, dass ich
etwas tun konnte, um dich zu beschützen.«

Meine Brust schmerzt. Ich weiß nicht, was ich sagen soll. Ich
weiß ja momentan kaum noch, wo oben und unten ist. Alles
fühlt sich schräg an, so als wäre die Welt in Schieflage geraten.

»Ems? Bist du noch dran?«

»Ja, bin ich.« Ich zwinge mich, tief einzuatmen – was in diesem Korsett nicht ganz leicht ist.»Meinst du … hältst du es
tatsächlich für möglich, dass sie für das Feuer verantwortlich
sein könnten?«

»Ich habe noch keine eindeutigen Hinweise gefunden. Sie
vertrauen mir bis zu einem gewissen Grad – vor allem nachdem
sie in den Nachrichten gesehen haben, wie mich die Königsgarde vor Wyndsor Abbey festgenommen hat, weil ich deine Identität vor der Presse preisgegeben habe. Aber ich werde nicht in
alle ihre Pläne eingeweiht. Ich brauche schlicht und ergreifend
mehr Zeit. Aber da heute Abend die Krönung ansteht …«

»Du denkst, dass etwas passieren könnte.«

»Jeder in Caerleon, in dessen Adern auch nur ein Tropfen
Lancaster-Blut fließt, wird in diesem Schloss sein. Hinzukom-
men weitere hochrangige Mitglieder zahlreicher anderer Mo-
narchien. Es wäre ein perfektes Ziel.«

Entsetzen überkommt mich. Er hat recht.

»Ich weiß nicht, was ich deiner Ansicht nach mit dieser Information anfangen soll. Linus wird die Krönung niemals absagen – nicht ohne eine handfeste Bedrohung. Und ich werde den Feierlichkeiten unter keinen Umständen fernbleiben können.«

»Ich weiß.« Er hält inne. »Sei ... sei bitte einfach vorsichtig. Wenn dir etwas zustoßen sollte, würde ich mir das nie verzeihen.«

Eine unaufhaltsame Träne rinnt aus meinem Augenwinkel und fällt auf den glänzenden Parkettboden. »Ich werde vorsichtig sein. Versprochen.«

»Gut«, sagt er mit rauer Stimme. Ich weiß, dass er seine Gefühle streng unter Kontrolle hält. »Könntest du ... Meinst du, dass du mich danach anrufen könntest? Damit ich deine Stimme hören kann und weiß, dass es dir gut geht?«

»Klar«, flüstere ich. »Und, Owen?«

»Ja?«

»Danke. Dafür dass du auf mich aufpasst, auch wenn es zwischen uns gerade etwas kompliziert ist.«

»Du musst mir nicht danken, Ems. Pass einfach nur auf dich auf.«

Wie vorauszusehen war, stoßen meine Warnungen bezüglich der Sicherheit auf taube Ohren.

Linus ist offensichtlich viel zu beschäftigt, um mit mir zu sprechen, also ist Simms derjenige, der sich meinem ebenso panischen wie besorgten Wortschwall stellen muss. Er steht im kleinen Wohnzimmer meiner Suite und hat die Arme vor einem zu engen Smoking verschränkt, während sein Doppelkinn wichtigtuerisch schwabbelt.

»Eure Hoheit, ich versichere Ihnen, dass Sie absolut sicher sein werden. Die Königsgarde ist auf alle Eventualitäten bestens vorbereitet. Das Schloss ist sicher.« Er mustert mich von Kopf bis Fuß, wobei mein Bademantel und meine nackten Füße eindeutig auf seine Missbilligung stoßen.»Und nun muss ich mich um unsere erlauchten Gäste kümmern, und Sie müssen sich fertig machen – es sei denn, Sie haben vor, *in diesem Aufzug* bei der Zeremonie zu erscheinen.«

Ich verdrehe die Augen.»Nein, Simms.«

»Sehr gut, Prinzessin. Dann werde ich gleich die Leute vorbeischicken, die sich um Ihre Haare und Ihr Make-up kümmern, damit sie Ihnen bei den letzten Vorbereitungen zur Hand gehen können. Bitte trödeln Sie nicht – die ersten Gäste treffen bereits ein, und man erwartet Sie noch innerhalb dieser Stunde im Thronsaal.«

Er verschwindet mit einem Schnauben und lässt eine Wolke seines aufgeblasenen Egos zurück, die in der Luft hängt wie der Geruch eines scheußlichen Rasierwassers.

Vierzig Minuten später betrachte ich mich im Spiegel und erkenne die Frau, die mich daraus ansieht, kaum wieder. Das Ballkleid ist wahrlich ein Kunstwerk – champagnerfarbener Satin und Tüll mit kunstvoll gestickten Spitzenapplikationen, die beide Ärmel bedecken und in schimmernden goldenen Wellen nach unten verlaufen. Das Mieder liegt eng an meinem Körper an und betont meine Kurven dank des straffen Korsetts wie nie zuvor. Der Rücken ist tief ausgeschnitten, um den Großteil meiner Wirbelsäule zu enthüllen, und geht dann fließend in einen voluminösen Rockteil über, an dem eine sechzig Zentimeter lange Schleppe hängt.

In diesem Kleid sehe ich tatsächlich wie eine Prinzessin aus.

In diesem Kleid ... *fühle* ich mich beinahe wie eine Prinzessin.

Ich bin absolut überzeugt, dass die Damen, die sich um meine Haare und mein Make-up kümmern, magische Fähigkeiten besitzen, denn keine gute Fee hätte das besser hinbekommen können – nicht mal mit einem Zauberstab. Meine Augen sind mit Schwarz und Gold umrandet, was ihr Grün optimal hervorhebt. Meine Lippen haben einen tiefroten Beerenton bekommen, der irgendwie schimmert, ohne klebrig zu sein. Und meine wilden Locken wurden gezähmt, in glänzende mahagonifarbene Spiralen verwandelt und zu einer Hochsteckfrisur geformt, die passend zur Krone entworfen wurde.

Der bloße Gedanke an das, was mir bevorsteht, sorgt dafür, dass ich den Mund zu einer ernsten Linie zusammenpresse und meine Hände nervös zittern.

»Sie sehen bezaubernd aus, Eure Hoheit«, sagt die Friseurin und lächelt stolz. »Sind Sie bereit?«

Nein.

»Ja«, murmle ich und wende der Fremden im Spiegel den Rücken zu. »Gehen wir.«

Mein Herz hämmert so heftig, dass ich das Gefühl habe, es könnte aus meiner Brust springen, während ich durch den Flur in Richtung Thronsaal schwebe. Vier Mitglieder der Königsgarde in vollem Ornat begleiten mich dabei auf Schritt und Tritt. Ich kann die anschwellenden Stimmen hören, als ich mich der großen Treppe nähere. Die Eingangshalle im Erdgeschoss kommt in Sichtweite, und ich muss mir große Mühe geben, um mir meine Angst nicht anmerken zu lassen.

Am unteren Ende der polierten Steinstufen sitzen mindestens fünfhundert Untertanen und warten in eleganten Kleidern und Smokings auf ihren neuen König. Ich entdecke Carter und Chloe, die in der Reihe sitzen, die dem erhöhten Thronpodest am nächsten ist. Ein paar Reihen weiter hinten hat sich die Sterling-Familie versammelt. Ihre vier platinblonden Köpfe lassen sich in dem Meer aus Menschen leicht ausmachen.

Die Anwesenheit von Freunden sollte beruhigend wirken. Stattdessen verstärkt sie meine Nervosität um ein Vielfaches. Als Lady Morrell und ich die Zeremonie gestern im leeren Thronsaal durchprobten, fühlte ich mich einigermaßen selbstsicher. Dieses Gefühl ist mir nun, da ich hier in einem Ballkleid stehe und einen Anblick abgeben soll, den die ganze Welt beurteilen wird, vollständig abhandengekommen. Der Gang wirkt von hier aus so viel länger, wie ein endloser Streifen aus marineblauem und goldenem Teppich, der mitten durch die Menge verläuft. Ich erschaudere angesichts der Vorstellung, ihn zu überqueren und auf den Thron zuzugleiten, während alle Augen auf mich gerichtet sind.

Geh fünfundzwanzig Schritte nach unten.

Einhundert Meter direkt geradeaus.

Nimm deinen Platz auf der Bühne ein.

Bleib stehen.

Lächle.

Atme.

Simms wirft mir von der anderen Seite des Treppenabsatzes aus einen ostentativen Blick zu. Er ist voll und ganz darauf vorbereitet, mich der Menge vorzustellen ... aber meine Füße sind wie angewurzelt. Ich kann mich nicht bewegen. Ich stehe in den Schatten, gerade so außer Sichtweite, und versuche erfolglos, die ersten Schritte die Treppe hinunter zu machen. Vor meinen Augen spielen sich in Endlosschleife Bilder davon ab, wie ich über die Schleppe meines Kleids stolpere und Hals über Kopf vor dem versammelten Hofstaat fünfundzwanzig Steinstufen hinunterpoltere.

»Bist du nervös?«

Die geflüsterten Worte sorgen dafür, dass ich den Kopf herumreiße. Ich erschrecke, als ich meinen Vater entdecke, der ein paar Schritte von mir entfernt steht. Er trägt den reich verzierten goldenen Umhang eines Königs. Seine Miene ist ernst und sein Blick durchdringend, als er ihn über mein Gesicht wandern lässt.

Ich hebe das Kinn ein wenig an und schüttle den Kopf. Ich werde ihm keine Genugtuung verschaffen, indem ich ihn wissen lasse, wie viel Angst ich habe. Nach dem, was er getan hat, werde ich in seiner Gegenwart immer nur auf der Hut sein.

»Du siehst bezaubernd aus, Emilia.« Seine grünen Augen, die meinen so ähnlich sehen, scheinen in der Dunkelheit zu glühen. »Du bist wahrhaftig die Prinzessin, für die ich dich immer gehalten habe.«

»Ein schickes Kleid macht mich nicht zu einer Prinzessin«, gebe ich unwirsch zurück. »Ansonsten könnte ja jede Adlige dort unten im Raum sich ein Kleid maßschneidern lassen und sich als Königin bezeichnen.«

»Damit hast du unrecht, meine Liebe. Der Adelsstand ist nicht mit Königtum gleichzusetzen. Das eine ist eine Gesellschaftsschicht, das andere ein Schicksal. Adlige können durch Geld oder Heirat, Gelegenheit oder Gunst im Rang aufsteigen … Aber niemand auf der Welt kann das Blut verändern, das durch deine Adern fließt, Emilia Lancaster.« Linus klingt ernster, als ich ihn je zuvor gehört habe. »Du verneigst dich vor niemandem, Eure Königliche Hoheit.«

Wie schauen einander an – Vater und Tochter, König und Thronerbin –, und bevor ich mich davon abhalten kann, stelle ich eine Frage, die mich schon beschäftigt, seit ich von seiner Existenz erfahren habe.

»Warum hast du sie verlassen?« Ich balle die Hände zu Fäusten. »Warum hast du *uns* verlassen?«

Er zuckt kaum wahrnehmbar zusammen, verweigert sich der Frage aber nicht. »Weil ... sie mich darum bat.«

»Was?«

»Deine Mutter bat mich zu gehen.«

Nein. Das ist eine Lüge.

»Das ist nicht das, was sie mir erzählt hat.«

»Nein, das hätte ich auch nicht erwartet. Ich bin mir sicher, dass sie dir erzählt hat, dass ich ein Schuft und ein Schwerenöter sei, ein Mann mittleren Alters, der eine Frau verführt hat, die für ihn mindestens zwanzig Jahre zu jung war.« Er seufzt.

»Und das ist alles wahr. Allerdings ist das nicht die ganze Geschichte. Und es ist nicht der Grund dafür, dass ich dich nicht als meine Tochter aufgezogen habe.«

»Was ist dann der Grund?«

»Deine Mutter wollte mit diesem Leben nichts zu tun haben. Weder mit mir noch mit den familiären Verpflichtungen oder der erhabenen Stellung oder dem Prunk und schon gar nicht mit den strengen Regeln und Beschränkungen, die ein solches Leben mit sich bringt. Sie wollte nichts von alldem wissen.« Er hält inne. »Sie war ein Freigeist. Eine Künstlerin. Sie hätte in der Rolle der Herzogin von Hightower unter den damit einhergehenden Beschränkungen gelitten. Ich bin sicher, dass du das verstehen kannst.«

»Aber du hättest sie verlassen und trotzdem ...«

»Verantwortung für dich übernehmen können«, beendet er den Satz für mich. »Du hast recht. Das hätte ich tun können. Aber deine Mutter bat mich um eine saubere Trennung. Einen ›klaren Schnitt‹, wie sie es nannte. Sie wollte dir die Chance geben, ein vollkommen normales Leben zu führen, in dem das alles keinen Einfluss auf dich haben würde.«

»Und du hast dem zugestimmt? Einfach so?«

»Was auch immer du von mir denkst ... Ich habe deine Mutter sehr geliebt. Ich hätte alles getan, was sie von mir verlangte. Ich war sogar bereit, mich aus ihrem Leben zu entfernen. Und die Chance aufzugeben, mein Kind großzuziehen.«

»Und ich gehe davon aus, dass du diese Entscheidung nie bereut hast, wenn man bedenkt, dass du nur ein paar Jahre später Octavia geheiratet und zwei nagelneue Stiefkinder bekommen hast, um diese vatermäßige Leere in deinem Leben zu füllen.«

Er seufzt tief, und Bedauern verzerrt seine Züge. »Ich wünsche mir jeden Tag, dass ich mich damals anders entschieden hätte. Diese letzten paar Wochen ... Ich habe die Frau gesehen, zu der du herangewachsen bist. Ich habe miterlebt, wie du dich einer vollkommen neuen Situation mit Anmut und Haltung gestellt hast. Eine geringere Person wäre unter dem Druck vermutlich zusammengebrochen ... Das alles hat mich mit großem Stolz erfüllt und gleichzeitig tiefes Bedauern in mir ausgelöst. Ich hätte dich so gerne schon viel früher kennengelernt.«

Ich atme erstaunt ein. Ich würde nur zu gern so tun, als hätten seine Worte keinerlei Wirkung auf mich, aber das kann ich nicht. Mein Vater steht vor mir und sagt Dinge, auf die ich mein ganzes Leben lang gewartet habe. Und vielleicht bin ich schwach, weil ich ihm überhaupt zuhöre, vielleicht ist es töricht von mir, ihm nach dem, was er in der Vergangenheit getan hat, auch nur ein Wort von dem, was er sagt, zu glauben ...

Aber es nützt nichts.

Du bist so eine Närrin, tadele ich mich, noch während sich mein Herz verkrampft und meine Augen zu brennen beginnen. *Nicht jeder verdient eine zweite Chance.*

»Emilia.« Linus macht einen Schritt auf mich zu, sodass wir uns direkt gegenüberstehen, und greift nach meiner schlaffen Hand, um sie mit seiner zu umfassen. So nah sind wir einer Umarmung noch nie zuvor gewesen. »Ich weiß, dass du dir diesen Lebensweg niemals selbst ausgesucht hättest. Aber ich glaube wirklich, dass du genau deswegen dazu bestimmt bist, ihn einzuschlagen.« Er hält kurz inne. »Eine sehr kluge Frau hat einmal gesagt: ›Die, die gezielt nach Macht streben, sind diejenigen, die es am wenigsten verdienen, sie auszuüben.‹«

»Mom«, flüstere ich, und meine Stimme bricht. »Das hat Mom gesagt.«

Er nickt. »Ich habe es nie vergessen.«

»Gib einem König eine Krone, und er wird die Menschen wie einfache Bürger behandeln. Gib einem einfachen Mann eine Krone, und er wird die Menschen wie Könige behandeln«, rezitiere ich aus dem Gedächtnis und lächle, obwohl mir nach Weinen zumute ist.

»Ich schwöre dir, Emilia …« Linus verstummt, als ein offenbar schmerzhafter Hustenanfall durch seine Brust tobt, doch es gelingt ihm, sich wieder zu sammeln. »Ich werde versuchen, die Art von König zu sein, auf die sie stolz wäre. So kurz meine Regentschaft auch sein mag.«

Eine Träne rollt über meine Wange. Ich höre Moms Stimme in meinem Kopf, die sich mit seiner vermischt.

Ich liebe dich, reines Herz.

Bleib tapfer.

Ich hebe das Kinn. Mit schimmernden Augen halte ich seinem festen Blick eine gefühlte Ewigkeit stand. Ich habe ihm so viel zu sagen, und doch kommt kein einziges Wort über meine Lippen.

Was sagt man zu dem Mann, dessen Abwesenheit für einen das ganze Leben geformt hat, wenn er endlich vor einem steht und um Vergebung und Verständnis bittet?

Er lächelt mich sanft an. Seine Augen schimmern ebenfalls gefährlich feucht, und ich weiß, dass er die Bedeutung, die unter meinem Schweigen begraben liegt, versteht. In Wahrheit bin ich immer noch nicht bereit, ihm für die Entscheidungen, die er getroffen hat, zu vergeben ... selbst wenn ich langsam seine Begründungen dafür verstehe, warum er sie getroffen hat.

Unser gemeinsamer Weg ist bislang recht steinig gewesen. Voller dorniger Büsche und falscher Abzweigungen. Aber vielleicht gibt es eines Tages ... eine Chance für uns, uns weiter nach vorn zu bewegen. Auf einem neuen Weg, den die Umstände geschaffen haben – mit vorsichtigem Respekt von beiden Seiten.

Nicht heute.

Aber *eines Tages*.

»Linus!«, keift eine kalte Frauenstimme aus den Schatten und macht den Moment zunichte. »Was in aller Welt machst du hier? Ich warte schon seit fünf Minuten mit Gerald auf dich.«

Wir drehen uns beide um und sehen, wie Octavia auf uns zustolziert kommt. Ihr maßgeschneidertes blaues Kleid sieht im Kontrast zu ihrem feurigen roten Haar umwerfend aus. Sie richtet den Blick auf mich.

»Du solltest bereits auf der Treppe sein, Mädchen.«

Vor einer Woche hätte ich womöglich zu Boden geschaut. Ich wäre ihrem strengen Blick ausgewichen und hätte die Konfrontation vermieden. Aber damit ist jetzt Schluss. Zum ersten Mal befolge ich einen Rat, den mein Vater mir gegeben hat, hebe das Kinn und starre ihr kühl in die Augen.

»Mein Name lautet nicht ›Mädchen‹. Er lautet Emilia Victoria Lancaster. Ich schlage vor, dass du anfängst, ihn zu benutzen.«

Ich ignoriere den verblüfften Ausdruck auf ihrem Gesicht, straffe stolz die Schultern und rausche mit jedem bisschen Anmut und Haltung, das ich aufbringen kann, an ihr vorbei.

Lady Morrell wäre so verflucht stolz auf mich.

Mein Herz hämmert, als ich am Rand der Treppe zum Stehen komme. Die Stufen erstrecken sich vor mir nach unten wie ein Wasserfall aus Stein. Ich nehme einen flachen Atemzug, der die enge Schnürung meines Korsetts dehnt, und nicke Simms knapp zu.

Ich bin bereit.

Er verkündet meine Ankunft mit donnernder Stimme, die ich wegen des Klingelns in meinen Ohren jedoch kaum wahrnehme. Ein angespanntes Schweigen legt sich über die Menge unter mir. Alle drehen den Kopf, um mich anzuschauen.

Jeder im Publikum schnappt nach Luft, als sie sehen, wie ich in meinem glänzenden goldenen Kleid die Treppe hinunterschwebe und dabei einen vorsichtigen Schritt nach dem anderen mache.

Ich behalte den Blick fest geradeaus gerichtet und versuche, ein würdevolles Tempo einzuhalten. Ein Anflug von Erleichterung überkommt mich, als ich es bis nach unten schaffe, ohne über die lange Schleppe zu stolpern oder in meinen hohen Schuhen umzuknicken … wenigstens bis ich den Blick auf den Spießrutenlauf richte, der mir noch bevorsteht.

Die Stimme meiner Mutter begleitet mich wie Trommelschläge, als ich die ersten Schritte durch den Gang mache. Ich passe mein Tempo an jede Silbe an, während ich gehe und dabei von allen Seiten Blicke auf mir spüre.

Bleib tapfer.

Bleib tapfer.

Bleib tapfer.

Achtzig Meter.

Fünfzig Meter.

Zwanzig Meter.

Der Thron kommt immer näher, und die Menge um mich herum ist eine Masse aus gesichtslosen Fremden. Ich nähere mich dem Ende dieser langen, schrecklichen Parade, als ich ein Augenpaar auf mir spüre, das mich aus der ersten Reihe beobachtet. Das Gefühl ist stark genug, um meine Aufmerksamkeit darauf zu lenken. Ich sage mir, dass ich ihn nicht anschauen darf, dass ich der magnetischen Anziehungskraft seines Blicks nicht nachgeben darf … Aber als ich in einem Abstand von ein paar Metern an seinem Stuhl vorbeigehe, richten sich meine Augen unaufgefordert auf ihn. Sie starren tief in seine, die blau funkeln und in denen ein unverhülltes Verlangen brennt. Und zum ersten Mal, seit Simms meinen Namen genannt hat …

Versagen meine Füße.

Es ist nur ein kleines Wanken, bevor ich mich wieder im Griff habe, ein Stolpern, das so winzig ist, dass ich bezweifle, dass es irgendjemand bemerkt hat. Abgesehen von Carter. Er beobachtet mich so genau, dass ich weiß, dass er sich jede Einzelheit meines Kleids eingeprägt hat und auch die kleinste meiner Bewegungen mit voller Konzentration wahrnimmt.

Ich schlucke schwer, reiße den Blick von seinem los und steige die drei breiten Stufen hinauf, die zum Pavillon führen, wo der Erzbischof in vollem Ornat wartet. Ich nicke ihm respektvoll zu und nehme meinen Platz vor dem kleinen verzierten Stuhl auf der rechten Seite des vergoldeten Throns ein. Ich riskiere es nicht, noch mal einen Blick in die erste Reihe zu werfen. Stattdessen lasse ich den Blick über die Menge schweifen und nehme alles in mich auf.

Mein Königreich.

Jedes Gesicht in der Menge ist mir zugewandt. Die Menschen scheinen in Ehrfurcht erstarrt zu sein, während sie mich betrachten. Als würden sie etwas wirklich Spektakuläres erleben. Das ist zweifellos der surrealste Moment in meinem ganzen Leben. Mein Herzschlag klingt zwischen meinen Ohren lauter als eine Kriegstrommel, je länger ich dort stehe – alle Augen sind auf mich gerichtet und mustern mich.

Ihre Prinzessin.

Zum Glück lenkt Simms' Stimme ihre Aufmerksamkeit von mir weg, bevor der Druck meine Haltung zum Einsturz bringen kann – donnernd verkündet er Octavias Ankunft. Alle drehen sich auf ihren Sitzen herum, um sie zu betrachten. Sie ist das perfekte Abbild königlicher Haltung, als sie den Gang die Treppe hinunter antritt. Sie saugt jedes bisschen Aufmerksamkeit in sich auf. Ihre Schritte sind winzig, ihr Tempo ist unfassbar langsam. Ich habe das Gefühl, drei oder vier Jahre meines Lebens zu verlieren, während ich darauf warte, dass sie ihren Platz neben mir auf der Bühne einnimmt.

Sie verhält sich tatsächlich schon gebieterisch wie eine Königin.

Simms Stimme donnert ein letztes Mal durch den Raum. »Seine Königliche Majestät Linus Lancaster, König von Caerleon ...«

Jeder erhebt sich von seinem Sitz, um ihn zu begrüßen – ein Zeichen des Respekts, das allein dem höchsten Rang der Monarchie vorbehalten ist. Linus sieht wie das Musterbild eines Königs aus, als er würdevoll auf uns zuschreitet. Als er die Stufen zu dem Thronpavillon hinaufsteigt, schaut er mir für einen ganz kurzen Moment in die Augen. Ich sehe Wärme und Stolz in seinem Blick aufblitzen. Dann wendet er sich ab, um den Erzbischof zu begrüßen. Er neigt den Kopf, atmet zitternd ein und kniet sich auf das vornehme Samtkissen in der Mitte der Bühne.

Und so beginnt es.

Die grundlegenden Elemente einer caerleonischen Krönung haben sich in den letzten tausend Jahren so gut wie nicht verändert. Es handelt sich um eine einstündige Zeremonie der

Ausrufung, Weihung und Vereidigung. Der König verspricht, das Gesetz, die Kirche und vor allem die treuen Untertanen des Landes zu ehren.

Linus' Stimme ist kräftig und klar, während er seine Verantwortung annimmt. Als er sich mit einer kunstvoll gearbeiteten Krone auf dem Kopf erhebt, ist der Applaus so laut, dass ich die kristallenen Kronleuchter an der Decke gefährlich klirren höre. Lady Morrell hat mich eindringlich angewiesen, nicht zu klatschen – *eine Prinzessin jubelt nicht mit der Masse; begnügen Sie sich damit, eine feierliche Miene aufzusetzen* –, aber ein Lächeln kann ich mir nicht verkneifen.

Wie benommen schaue ich zu, wie der Erzbischof damit fortfährt, Octavia ins Amt der Königsgemahlin einzuführen – eine simplere, kürzere Version des gleichen Vorgangs. (Ich versichere Ihnen, dass meine feierliche Miene *kein bisschen* verrutscht, als die Menge für sie applaudiert.)

Dann zu meinem großen Entsetzen bin ich an der Reihe.

Ich knie mich hin, lege die Hände fest zusammen und blicke in die braunen ausdruckslosen Augen des Bischofs hinauf, während ich den Treueschwur wiederhole, den ich in den vergangenen paar Tagen vor dem Badezimmerspiegel geübt habe.

Zu meiner großen Überraschung verblasst die helle Panik, die ich verspüre, während ich meinen Schwur aufsage. Mein Puls verlangsamt sich zu einem gleichmäßigen Tempo. Meine Stimme zittert nicht, die Worte hallen glasklar in dem stillen Raum wider.

»Ich, Emilia Victoria Lancaster, schwöre dem Volk von Caerleon meine uneingeschränkte Treue als rechtmäßige Erbin des Throns. In dieser Eigenschaft verspreche ich, Recht und Gerechtigkeit walten zu lassen, die Lehre, die Werte sowie die Grundsätze von Kirche und Staat zu bewahren und die Rechte und Würde jedes Mannes, jeder Frau und jedes Kindes unter meiner Herrschaft zu schützen.« Ich hole tief Luft und neige den Kopf. »Ich werde all meine Versprechen ausführen und nach besten Kräften umsetzen. So wahr mir Gott helfe.«

In dem Raum ist es so still, dass man eine Stecknadel fallen hören könnte.

Der Erzbischof salbt meine Stirn mit heiligem Öl. Sein Daumen gleitet glitschig über meine Haut. Als er das funkelnde Diadem aus einer kunstvoll verzierten Schachtel zu seiner Linken hebt, atme ich unwillkürlich ein. Es ist mit Gold und Diamanten besetzt, was ihm ein spürbares Gewicht verleiht. Noch schwerer wiegt jedoch die Bedeutung, die damit einhergeht, als er es mir auf den Kopf setzt. Es schmiegt sich an mein Haar, funkelt im Licht und passt perfekt zu meinem Kleid.

Als ich aufstehe und mich umdrehe, um mich vor meinen Landsleuten zu verneigen, schwappt mir eine kraftvolle Woge aus Applaus entgegen. Sie jubeln und klatschen, und in ihren Augen schimmert uneingeschränkte Begeisterung, während sie mich bewundernd betrachten.

Ihre Thronfolgerin.

Ihre zukünftige Königin.

Ich habe nichts getan, um mir ihre Liebe zu verdienen. Und doch stehe ich hier, legitimiert durch Gottesgnadentum, und werde ohne ersichtlichen Grund akzeptiert und verehrt. Ich komme mir wie eine Betrügerin vor, die nur wegen des Nachnamens auf ihrer Geburtsurkunde eine Belohnung einheimst.

Das Lächeln auf meinen Lippen gefriert. Mein Puls pocht heftig in meinen Venen. Und die schöne Krone auf meinem Kopf fühlt sich plötzlich wie etwas ganz anderes an.

Eine goldene Lüge.

Ein schmutziger Glorienschein.

19. KAPITEL

»Verdammt, E.! Du siehst wirklich umwerfend aus! Dieses Kleid ist ein feuchter Traum.«

»Ähm.« Ich blinzle Chloe an. »Danke … oder?«

»Sei versichert, das ist ein Kompliment.«

»Sie hat recht«, mischt sich Alden sanft ein und tritt mit einem Lächeln auf mich zu. Seine Augen strahlen. »Du siehst absolut perfekt aus, Prinzessin.«

Mein Lächeln gerät ins Wanken. »Bitte nenn mich nicht so.«

Er zieht verwirrt die Augenbrauen hoch.

Ich wende den Blick ab, schaue wieder zu Chloe und stelle fest, dass sie die Diamanten an meinem Diadem mustert. Ihr kirschroter Mund – ihre Lippen haben den gleichen Farbton wie das Kleid im Meerjungfraustil, das sie trägt – steht ihr vor lauter Begehrlichkeit offen.

»Du wirst es mich doch später mal anprobieren lassen, oder?«

Ich schnaube. »Ich glaube nicht, dass ich das darf. Ich bin mir ziemlich sicher, dass es wieder in der königlichen Schatzkammer verschwindet, sobald die Party vorbei ist.«

»Dann sollten wir wohl das Beste aus dem Moment machen.« Alden hält mir eine Hand hin. »Wenn es nicht zu dreist von mir ist … dürfte ich wohl um den ersten Tanz bitten?«

»Oh«, pruste ich wenig anmutig und erröte heftig. »Natürlich.«

Er strahlt, während er meine Hand in seine Armbeuge legt und mich auf die Tanzfläche führt. Ich schaue mich in dem großen Saal um und rede mir ein, dass ich nur den Anblick bewundere – und nicht rastlos unter der Menge aus Gästen nach einem dunklen Haarschopf und breiten Schultern in einem Smoking suche.

Ich kann ihn nirgendwo entdecken. Und mir fällt auf, dass auch Ava verdächtig abwesend ist.

Es spielt keine Rolle.

Es spielt keine Rolle.

Es spielt keine Rolle.

Ich verdränge die Gedanken an Carter aus meinem Kopf und zwinge mich, meine Aufmerksamkeit auf die Ausstattung des Ballsaals zu lenken. Der Raum hat eine beeindruckende Verwandlung erfahren und ist bis unter die Decke mit prunkvollen Blumengestecken, weißen Leinentischdecken und glänzenden silbernen Kerzenhaltern geschmückt. Vornehm gekleidete Kellner verteilen an jeden in der Menge Champagnerflöten. Ein achtköpfiges Streichorchester bietet musikalische Untermalung für die vielen Paare, die bereits elegant über die Tanzfläche wirbeln.

Alden und ich nehmen unseren Platz unter ihnen ein. Ich atme kaum, als er mich durch meinen ersten Walzer führt – nun ja, meinem ersten Walzer, den ich nicht mit Lady Morrell aufs Parkett lege. Ich bin mir ziemlich sicher, dass diese Übungstänze nicht zählen. Er ist ein sehr viel aufregenderer Partner, der mich mit Leichtigkeit führt und all meine Bewegungen steuert, als hätte ich Marionettenfäden an den Füßen. Nach einer Weile stelle ich fest, dass ich tatsächlich Spaß daran habe, mit ihm zu den Klängen des Orchesters über die Tanzfläche zu gleiten.

»Ich kann nicht glauben, dass du mich angelogen hast«, flüstert er mir ins Ohr, als der Walzer endet.

»Wie meinst du das?«

Er lässt ein ultraweißes Lächeln aufblitzen. »Du bist eine wundervolle Tänzerin. Du bist mir kein einziges Mal auf die Füße getreten.«

»Gib mir Zeit.«

»Bedeutet das, dass ich dich zu einem weiteren Tanz überreden kann?«

Ich öffne den Mund, um zuzustimmen, aber die Worte werden mir von einer Stimme mit einem ganz leichten Akzent abgeschnitten, die zu meiner Linken ertönt.

»Leider kann die Prinzessin nicht mit Ihnen tanzen«, sagt ein junger Mann, den ich nicht kenne. Er verbeugt sich leicht, während er mich mit funkelnden Augen betrachtet. »Denn sie wird mit mir tanzen.«

»Oh?« Ich ziehe eine Augenbraue hoch. »Und Sie sind …?«

»Westley Egerton, Baron von Frenberg. Es ist mir eine Ehre, Ihre Bekanntschaft zu machen, Eure Königliche Hoheit.«

»Einfach nur Emilia bitte.«

Er zieht angesichts derartiger Vertrautheit schockiert die Augenbrauen hoch. Lady Morrell wäre über meine Unschicklichkeit regelrecht entsetzt, aber das ist mir egal. Ich habe es so satt, mit »Eure Hoheit« angesprochen zu werden, dass ich mich übergeben könnte. Und der Abend hat gerade erst angefangen.

»Dann also Prinzessin Emilia«, sagt Egerton taktvoll und lächelt, während er eine Hand ausstreckt. »Sollen wir?«

Mit einem entschuldigenden Blick zu Alden ergreife ich die ausgestreckte Hand und gestatte es mir, mich in einen weiteren schwungvollen Tanz ziehen zu lassen. Ich spüre das Gewicht vieler männlicher Blicke auf mir und habe den schleichenden

Verdacht, dass Egertons Angebot an diesem Abend nicht das einzige bleiben wird ...

Wie sich herausstellt, lag ich mit meiner Vermutung vollkommen richtig.

Zwei Stunden später schmerzen meine Füße, während mich ein weiterer Verehrer aus einem Land, an dessen Namen ich mich nicht erinnern kann, über die Tanzfläche wirbelt. Zu meinem Unglück verfügt dieser spezielle Graf im Gegensatz zu Alden nicht mal über einen Hauch von Leichtigkeit, was seine Fußarbeit betrifft – wie durch die Tatsache belegt wird, dass er schon mindestens dreimal auf *meine* Füße getreten ist.

»Ich entschuldige mich erneut, Eure Hoheit.«

Ich überspiele meine schmerzverzerrte Miene mit einem aufgesetzten Lächeln. »Kein Problem.«

Chloe verzieht das Gesicht und schaut mich über die Schulter des attraktiven Lords an, mit dem sie gerade tanzt. Ich versuche, sie anzulächeln, aber daraus wird schnell eine weitere schmerzerfüllte Grimasse, als sich ein beträchtliches Gewicht auf meine Zehen senkt.

»Ich kann mich nur ein weiteres Mal entschuldigen ...«

Ich beiße die Zähne zusammen und bete, dass es bald vorbei sein wird. Ich bin erschöpft davon, ständig wohlwollend lächeln zu müssen und Small Talk mit Fremden zu führen. Ganz abgesehen davon, dass ich immer wieder von Lords mittleren Alters mit schwabbeligen Bäuchen und Mundgeruch malträtiert werde und dann die bissigen Bemerkungen ihrer Ehefrauen abwehren muss, wenn es mir mal kurz gelingt, der Tanzfläche zu entkommen, um einen Schluck Champagner zur Stärkung zu trinken.

»Bitte vergeben Sie mir, Prinzessin«, sagt der Graf, aber meine Aufmerksamkeit ist plötzlich ganz woanders – sie richtet sich auf etwas in der Menge, das dafür sorgt, dass mein Herz plötzlich mit doppelter Geschwindigkeit schlägt. Etwas, das ich trotz meiner unablässigen Suche den ganzen Abend über nicht entdeckt habe.

Am Rand der Tanzfläche steht ein Mann. Er hat ein Glas Bourbon in der Hand, den Blick auf mich gerichtet. Ich weiß, dass er selbst aus dieser Entfernung sehen kann, wie ich das Gesicht verziehe, wann immer Graf Tollpatsch seinem Namen einmal mehr alle Ehre macht.

»Tut mir leid, so unendlich leid …«

Ich öffne automatisch den Mund, um seine jüngste Entschuldigung anzunehmen, doch die Worte verpuffen auf meiner Zunge. Ich kann nicht sprechen, ich kann nicht atmen. Jede Faser meines Körpers ist voll und ganz damit beschäftigt, Carter zu beobachten, wie er langsam seinen Bourbon austrinkt, das Glas auf einem der Tische abstellt und auf die Tanzfläche tritt. Er hat einen düsteren, entschlossenen Ausdruck auf dem Gesicht, als er sich einen Weg durch die umherwirbelnden Paare bahnt und auf uns zukommt, ohne auch nur ein einziges Mal den Blickkontakt mit mir zu unterbrechen.

Er bewegt sich wie ein Raubtier und scheint in seinem makellos geschneiderten Smoking nur aus geschmeidigen Muskeln und Kraft zu bestehen. Sein Haar hängt ihm ausnahmsweise mal nicht ins Gesicht, sondern ist glatt nach hinten gegelt. Es schimmert im Licht des Kronleuchters glänzend schwarz. Der Effekt ist atemberaubend. Ich spüre, wie die Luft aus meiner Lunge entweicht, während ich den Anblick seiner nun gut sichtbaren markanten Wangenknochen in mich aufnehme. Die scharf geschnittenen Konturen seines Gesichts schneiden mit einer Schärfe durch mich hindurch, die ich mit jeder Faser meines Körpers wahrnehme.

Heilige.

Scheiße.

Meine Füße sind wie gelähmt, und der Graf verliert stolpernd das Gleichgewicht. Er lässt die Hand von meinem Kreuz sinken. Ich mache mir nicht die Mühe, mich zu entschuldigen, während er versucht, seine Haltung zurückzugewinnen. Ich schaue nicht mal in seine Richtung, denn ich kann den Blick nicht von Carter abwenden, der neben uns zum Stehen kommt. Er hat die dunklen Augenbrauen zusammengezogen und sein Blick ist auf mich gerichtet.

»Darf ich übernehmen?«

Er wartet nicht auf Erlaubnis. Er tritt einfach zwischen uns, legt die Arme um meinen Körper und zieht mich aus dem unbeholfenen Griff des Grafen. Ich öffne den Mund und schnappe nach Luft, als mein Körper kurz gegen seine muskulöse Brust prallt. Dann presse ich den Mund fest zu, verschränke meine rechte Hand mit seiner und bewege die linke nach oben, um sie sachte auf seine Schulter sinken zu lassen.

»Was machst du denn?«, zische ich, als wir uns in Bewegung setzen.

»Ich verhalte mich lediglich wie ein guter Bruder.« Er hält bedeutungsvoll inne, und in seinen Augen funkelt unterdrückte Wut – gegen mich, gegen unsere Situation, gegen die ganze verdammte Welt. »Ich bewahre meine Schwester vor irreparablen Fußschäden.«

»Carter …«

»Wäre es dir lieber gewesen, wenn ich dich diesem Riesentölpel überlassen hätte?« Er zieht die Augen zusammen.

»Schön. Ich bin mir sicher, dass ich ihn zurückrufen kann.«

»Wag es ja nicht«, schnappe ich.

Er schmunzelt.

Ich stoße ein entnervtes Seufzen aus und überlasse mich dem Tanz. Und es ist seltsam – wir sind von Hunderten von

Leuten umgeben, aber irgendwie habe ich das Gefühl, so mit seinem Arm mich, dass wir nur zu zweit sind. Dieser Tanz gehört nur uns, ohne Reue oder weitere Konsequenzen.

Wir bewegen uns in vollkommener Harmonie und sind deutlich besser aufeinander eingespielt, als ich es selbst mit den talentiertesten unter meinen Verehrern war. Es ist, als würde mein Körper den seinen erkennen, als würde er jeden meiner Schritte kennen, bevor ich ihn überhaupt gemacht habe. Im Verlauf des Walzers bringen die Drehungen unsere Körper immer dichter aneinander. Der Hauch von Luft zwischen unseren Gesichtern knistert vor Anspannung, sodass es mir schwerfällt, richtig zu atmen. Er legt die Hand fester um meine Taille und presst sie gegen den goldenen Stoff meines Kleids, und ich weiß, dass er es ebenfalls spürt.

Ich hoffe nur, dass niemand, der uns aus der Menge heraus beobachtet, mir anmerkt, wie mein Puls pocht oder mir der Atem stockt, wenn ich flach nach Luft schnappe.

Wir sind nur zwei Geschwister, die zur Feier des Tages miteinander tanzen.

Das ist vollkommen unschuldig.

Er hat das Gesicht zu einer höflichen Maske verzogen, aber seine Augen – sie versengen mich wie eine Feuersbrunst. So hat er mich seit dem Abend, an dem wir auf dem Lockwood-Anwesen eine unaussprechliche Grenze übertraten, nicht mehr angeschaut. Ich befürchte, dass er mich nie wieder so anschauen wird, sobald dieser Tanz endet. Dass er, sobald die letzten Noten verklingen, diese Mauer wieder hochziehen wird – diese Mauer aus herzloser Gleichgültigkeit, mit der es ihm so gut gelingt, mich auszusperren.

Mir läuft die Zeit davon. Jedes Streichen des Geigenbogens über die Saiten trägt uns eine Note näher an das Ende dieses Augenblicks heran. An *unser* Ende. Also handle ich. Bevor ich mich davon abhalten kann, bevor ich mir den Grund vor Augen führen kann, warum diese sorgfältig errichtete Mauer zwischen uns überhaupt existiert … stelle ich eine waghalsige Frage. Eine Frage, die mich jede Nacht quält, wenn ich im Bett liege und auf das Bluetooth-Signal warte, das nie ertönt.

»Das Lied.« Meine Kehle verkrampft sich. »*Warum?*«

Die letzte Note erklingt, und unsere Schritte erstarren. Er hat mir immer noch keine Antwort gegeben. Aus dem Augenwinkel sehe ich, wie sich die Paare um uns herum trennen und die Tanzfläche während der kurzen Pause zwischen den Liedern verlassen … Aber wir rühren uns nicht vom Fleck. Keiner von uns ist bereit, den anderen loszulassen. Weil wir beide wissen, dass es in dem Moment, in dem wir das tun …

Vorbei sein wird.

»Warum?«, wiederhole ich flehend, und meine Stimme bricht.

Er spannt den Kiefer an und starrt mich so lange an, dass ich gar nicht mehr mit einer Antwort rechne. Als er endlich spricht, achtet er sorgfältig darauf, keinerlei Emotionen in seinen Tonfall einfließen zu lassen.

»Weil das Einzige, was ich noch mehr gehasst habe, als dich mit ihm zu sehen … die Vorstellung war, dass du meinetwegen weinst.«

Seine Worte treffen mich wie ein Schlag. Ich nehme die Hände von ihm. Meine Augen sind voller Tränen, als ich den Kopf schüttle und zitternd flüstere: »Dann solltest du besser wegschauen.«

Das Letzte, was ich sehe, bevor ich mich umdrehe und von der Tanzfläche laufe, ist Carters Gesicht, auf dem sich Niederlage und Verzweiflung spiegeln. Ich rausche an mehreren Verehrern vorbei, die erpicht darauf sind, sich den nächsten Tanz mit mir zu sichern. Die Fassade, die ich den ganzen Abend über aufrechterhalten habe, bröckelt mit einer Geschwindigkeit, die mir Angst einjagt. Wenn ich nicht zusammenbrechen soll, brauche ich Luft, die nicht nach Bourbon, Gewürzen und Rauch riecht. Ich brauche einen Raum, der nicht vor Qual dröhnt. Ich brauche genug Zeit, um das Gefühl der verbotenen Hände auf meiner Haut zu vergessen.

So unglaublich falsch.

So vollkommen richtig.

Ich lasse den Ballsaal mit einer Reihe gemurmelter Entschuldigungen hinter mir und bleibe erst stehen, als ich den Weg nach draußen zu den Gartenanlagen des Schlosses gefunden habe. Die späte Oktobernacht ist dunkel und kalt – so kalt, dass sich kein Partygast nach draußen wagt. Die drei Wachleute, die die Türen im Auge behalten, versuchen nicht, mich aufzuhalten, während ich über die gewundenen Pfade laufe. Meine lange Schleppe weht hinter mir her wie eine Flagge. Ich genieße die stille Einsamkeit und atme stockend ein und aus.

Ich bin mir nicht mal sicher, wo ich hinwill, bis ich mich an der Tür des gläsernen Gewächshauses in der Mitte des Hofs wiederfinde. Ich gehe hinein. Drinnen ist es wärmer. Es gibt kein Licht, abgesehen vom Vollmond, der vom Himmel scheint. Meine Augen brauchen einen Moment, um sich an das schummrige Licht zu gewöhnen. Ich blinzle, bis ich die Formen der diversen Pflanzen und Blumen ausmachen kann. Wenn dieser Ort nur von Sternen- und Mondlicht erhellt wird, wirkt er fast ein bisschen unheimlich. So als wäre er vom Rest der Welt vollkommen abgeschieden.

Ich fege den gröbsten Schmutz von einem Arbeitstisch, lehne mich dagegen und lasse den Kopf in meine Hände sinken. Das Klappern meiner Krone, die auf die Steinplatten zu meinen Füßen fällt, lässt mich aufschrecken – ich hatte vollkommen vergessen, dass ich sie auf dem Kopf hatte.

Ich öffne die Augen, beuge mich bereits vor, um sie aufzuheben ... und erstarre, als ich feststelle, dass ich nicht auf einen schmutzigen Gewächshausboden, sondern in das aufgewühlte blaue Augenpaar des Mannes starre, der gerade vor mir in die Hocke gegangen ist. Ich habe nicht mal gehört, wie er mir ins Gewächshaus gefolgt ist, aber nun ist er hier – Lord Carter Thorne.

Er kniet vor mir, hält mein Diadem vorsichtig in seinen großen Händen und schaut zu mir auf, als wäre ich die Quelle all seines Schmerzes und all seiner Leidenschaft.

Schatten huschen über seine Gesichtszüge, als ich zitternd eine Hand ausstrecke und meine Finger um das Diadem lege. Er lässt es jedoch nicht los – auch nicht als ich ganz leicht daran ziehe. Stattdessen steht er mit einer einzigen fließenden Bewegung auf und tritt ganz dicht an mich heran ... Und dann landet die Krone erneut klappernd auf dem Boden und bleibt vollkommen vergessen dort liegen, weil Carter ohne einen weiteren Gedanken oder einen Atemzug oder das kleinste Zögern die Arme ausstreckt, mich an seine Brust zieht und seinen Mund auf meinen presst.

Unsere Leidenschaft explodiert mit voller Wucht und überkommt uns wie eine Flutwelle, die ohne Vorwarnung über uns hinwegspült und uns komplett unter sich begräbt. Wir zerren und reißen aneinander und versuchen verzweifelt, nach so viel Zeit, die wir in qualvoller Trennung verbracht haben, einander näher zu kommen. Ich presse die Finger fest genug in seinen Rücken, um blaue Flecken zu hinterlassen. Er erobert meine Lippen mit seinen und geht dabei wild genug vor, um sie anschwellen zu lassen.

Zwischen uns ist kein Platz für vernünftige Fragen oder logische Argumente. Nicht mehr. Wir haben den Punkt, an dem es kein Zurück mehr gibt, längst überschritten und uns an einen Ort begeben, an dem nur noch dieser eine Moment eine Rolle spielt.

Wir.

Hier.

Jetzt.

Sein Kuss ist ein zeitlich begrenztes, gebrochenes Versprechen. Seine Berührung ist eine fehlerhafte Zündschnur, die man mit dem heißesten Streichholz in Kontakt bringt. Wir verfügen über das ganze Potenzial, ohne je Erfüllung zu finden. Wir sind ein hoffnungsloser Fall, zum Scheitern verdammt, bevor wir überhaupt angefangen haben. Und trotzdem kann ich mich nicht davon abhalten, ihm die Smokingjacke von den Schultern zu schieben und sie auf den schmutzigen Boden zu werfen. Ebenso wenig kann er sich davon abhalten, mich zu packen und mich auf den Tisch zu heben.

Ich spreize die Beine unter den zahlreichen Schichten aus Tüll, während er das Kleid zu meiner Taille hochschiebt, damit er näher treten kann.

Näher.

Doch niemals nah genug.

Mein Verlangen nach ihm ist so stark, dass ich kaum etwas erkennen kann, während ich meine zitternden Hände an seiner Brust entlang nach unten wandern lasse, um durch den dünnen Stoff seiner Hose die pochenden Umrisse seiner Erektion zu berühren. Das Verlangen zwischen meinen Beinen nimmt zu, als ich spüre, wie er immer weiter anschwillt. *Gott …* er ist so riesig, so *hart*, es ist schwer zu glauben, dass ich diejenige bin, die diese Reaktion in ihm hervorruft. Ich fühle mich gleichzeitig stark und unglaublich schwach.

Er knurrt meinen Namen, während er mich fester packt und die Lippen auf meinen Hals senkt, um an der empfindlichen Haut dort zu saugen. Als er dann auch noch behutsam an der

Stelle knabbert, an der sich meine Halsschlagader befindet und mein Puls mit doppelter Geschwindigkeit pocht, drücke ich den Rücken durch und bäume mich auf wie von Sinnen.

Ich taste blind nach seiner Hose und fummele an dem Knopf herum. Dann kämpfe ich mit dem Reißverschluss, bis es mir gelingt, ihn nach unten zu ziehen. Ich muss ihn befreien, ihn schwer in meinen Händen spüren. Es darf keine Barrieren mehr zwischen uns geben. Ich muss zusehen, wie er unter meiner Berührung die Kontrolle verliert, genauso wie er es mit mir macht. Ich muss ihn in mir spüren, unter meiner Haut, so tief in meinem Inneren, dass er mich nie wieder ganz verlassen wird.

Als er mich erneut küsst, vergräbt er die Hände in meinem Haar und macht meine perfekte Hochsteckfrisur innerhalb von Sekunden zunichte. Es ist mir vollkommen egal. Unsere Lippen lösen sich nicht eine Sekunde voneinander, selbst dann nicht, als ich ihn in meine Hand nehme und anfange, ihn mit rhythmischen Bewegungen zu bearbeiten. Das entlockt ihm tiefe Laute der Lust, die ganz weit unten aus seiner Kehle kommen.

Mit einem plötzlichen Knurren reißt er seine Lippen von meinen los und stößt mich zurück, sodass ich flach auf dem Tisch liege. Bevor ich auch nur weiß, wie mir geschieht, hat er sich außerhalb meiner Reichweite begeben und kniet zwischen meinen Beinen auf dem Boden. Sein dunkler Haarschopf verschwindet unter meinem voluminösen Kleid, während er mit den Händen grob meine Knie auseinanderdrückt. Ich schreie auf, als er die Finger unter den dünnen Stoff meiner Unterhose schiebt und sie mir einfach so vom Körper reißt. Die filigranen Nähte sind seiner Ungeduld nicht gewachsen.

Ich habe nicht mal genug Zeit, um über sein wildes Verhalten schockiert zu sein. Meine Konzentration richtet sich auf die Finger, die über die Innenseiten meiner Oberschenkel streichen, während er meine Beine über seine Schultern legt. Als er sich vorlehnt und mit dem Mund an mir zu saugen beginnt, als wäre er vollkommen ausgehungert und hätte sich allein nach mir gesehnt, hört die ganze verdammte Welt auf zu existieren. Es gibt nur noch das hier – seine Lippen, die mit meinem Körper zu verschmelzen scheinen, und mein Rücken, der sich vom Tisch aufbäumt. Lust durchfährt mich wie ein heftiger Blitz, sodass mir ganz schwindelig wird. Ich umklammere ihn mit meinen Schenkeln, während er mich langsam mit seiner Zunge verwöhnt.

Der Orgasmus überkommt mich ohne Vorwarnung und so schnell, dass ich nicht darauf vorbereitet bin. Ich schreie auf, als ich komme – laut genug, um ungewollte Aufmerksamkeit auf uns zu ziehen. Carter steht schnell auf, um meinen Mund mit seinem zu bedecken. Er schluckt meine Schreie hinunter, während er mit den Fingern das beendet, was er mit den Lippen begonnen hat. Er dringt mit seinen Fingern in meine Feuchtigkeit ein, zuerst mit einem, dann mit zwei, und sorgt mit erfahrener Geschicklichkeit dafür, dass immer und immer wieder Wellen der Lust durch meinen Körper rollen wie ein nie endender Gezeitenstrom. Ich stöhne und klammere mich wie wild an ihm fest, als ich mich selbst auf seiner Zunge schmecke. Ich will unbedingt mehr, obwohl mein ganzer Körper noch von den Nachwirkungen bebt.

Unsere Augen begegnen sich in der Dunkelheit, und ich sehe meine eigene Lust, die sich in seinen spiegelt – so stark, dass es fast schmerzhaft ist. Ich packe sein Hemd und ziehe ihn zu mir nach unten, bis er auf mir liegt und sein volles Gewicht zwischen meinen Beinen ruht. Tüll bauscht in einer dicken Schicht um meine Taille, aber das nehme ich kaum wahr, als ich die Beine um seinen Rücken schlinge.

»Emilia«, stöhnt er und sieht plötzlich gequält aus. »Bist du dir sicher?«

»Ich nehme die Pille«, flüstere ich und küsse ihn erneut. Ich vergrabe meine Hände in seinem Haar und genieße das köstliche Gewicht seines harten, heißen Körpers, das mich auf die kühle Tischplatte drückt.

»Du weißt, dass das nicht das ist, was ich meine. Sobald wir das hier tun …«

Seine Miene wirkt gefasst, als er zögert, doch seine Brust, die sich schnell hebt und senkt, verrät ihn. Das Gleiche gilt für die Anspannung in seinen Schultern, als er die Hände links und recht neben meinem Gesicht auf den Tisch stemmt.

Ich spüre, wie die harte Spitze seiner Erektion die Feuchtigkeit zwischen meinen Beinen streift, und dieser bloße Hauch reicht beinahe aus, um mir einen weiteren Orgasmus zu bescheren.

»Carter …« Ich greife zwischen uns nach unten, lege meine Hand um seine pochende Länge und positioniere ihn dorthin, wo ich ihn haben will. »*Ich bin mir sicher.*«

Er stöhnt vor Verlangen und dringt ohne weiteres Zögern in mich ein. Es ist ein harter Stoß, der meinen ganzen Körper auf dem Tisch mehrere Zentimeter nach oben schiebt. Ich bin nicht in der Lage, die Lustschreie zu unterdrücken, die sich meiner Kehle entringen, als er sich in mir bewegt. Er füllt mich so komplett aus, dass ich das Gefühl habe, in zwei Hälften zu zerbrechen. Er nimmt mich wie ein Besessener. Jeder Stoß ist tiefer als der vorherige.

»*Emilia.*«

Er knurrt meinen Namen wie ein Gebet. Wie ein Versprechen. Wie einen Schwur.

Er zwingt seine Zunge in meinen Mund und bewegt sie im gleichen Rhythmus wie seinen Schwanz. Seine Augen sind wilder, als ich sie je gesehen habe – und er hält meine damit gefangen, während wir uns Stoß für Stoß miteinander bewegen.

Wir tanzen auf der Schneide einer Klinge, die uns jederzeit in zwei Hälften schneiden könnte, aber das ist mir egal. Momentan gibt es nur ihn und mich und diesen Tisch. Keine Vergangenheit, keine Zukunft. Keine Namen, keine Bezeichnungen. Nur Lust und Verlangen und vielleicht, wenn ich ein wenig tiefer schaue, noch etwas anderes.

Etwas, das mir eine Million Mal mehr Angst einjagt als alles andere, dem ich mich heute Abend stellen musste.

Als ich erneut komme, ist das Gefühl sogar noch heftiger als beim ersten Mal. Carter folgt mir nur wenige Sekunden später über den Abgrund der Lust und jubelt meinen Namen, als er sich in mich ergießt. Und während wir so daliegen und nachglühen und so heftig atmen, dass die Scheiben des Gewächshauses um uns herum beschlagen und der Mond wie ein blasser Scheinwerfer am Himmel steht und wir einander ganz fest halten, fällt es mir beinahe leicht zu vergessen, dass wir in wenigen Minuten keine andere Wahl haben werden …

Als loszulassen.

20. KAPITEL

Wir ziehen uns in der Dunkelheit an und sprechen nicht miteinander, während wir den Schmutz von unserer prächtigen Kleidung klopfen, unser zerzaustes Haar in Ordnung bringen und unsere Knöpfe schließen. Ich kann ihm nicht wirklich in die Augen schauen, als ich mich vorbeuge, um mein Diadem vom Steinboden aufzuheben.

»Hier.«

Ich starre auf die buchstäbliche Erinnerung an meine Verantwortung. Das Diadem ist wie ein greifbarer Realitätscheck, den ich in den Händen halte. Sofort spüre ich, wie mir das Herz in der Brust stockt.

»Danke«, flüstere ich unbeholfen und strecke eine Hand aus, um ihm das Diadem abzunehmen. In der Hoffnung, dass nichts verbogen ist, setze ich die kleine Krone wieder auf meinen Kopf. Ich schließe die Augen, um meine Emotionen unter Kontrolle zu halten, während ich mich dazu zwinge, die nächsten Worte auszusprechen. »Wir sollten vermutlich zurückgehen.«

Ich schwöre, dass er einen leisen wütenden Laut von sich gibt, aber als ich die Augen aufschlage, wirkt er vollkommen gelassen. Wie der Innbegriff der Gleichgültigkeit.

»Sie werden nach mir suchen, wenn ich zu lange weg bin.«

Er schnaubt, erwidert aber nichts.

Ich ziehe die Augen zusammen. »Möchtest du etwas sagen?«

»Nein. Du willst wieder da reingehen? Meinetwegen. Aber wenn du denkst, dass ich dir folgen werde, um am Rand zu stehen und mitanzusehen, wie du mit jedem Mann flirtest, der sich im Umkreis von …«

»Denkst du wirklich, dass mir das gefällt?«, falle ich ihm streng ins Wort. Meine Wut wächst, um sich seiner anzupassen. »Denkst du, dass es mir Spaß macht, herumgereicht zu werden wie eine preisgekrönte Zuchtstute, obwohl der einzige Mensch, mit dem ich zusammen sein will …« Ich beiße mir auf die Lippe, um die gefährlichen Worte hinunterzuschlucken – so fest, dass ich überrascht bin, dass sie nicht aufplatzt.

»Was schlägst du vor, Emilia?« Carters Augen sind so dunkel geworden, dass ich ihn kaum wiedererkenne. »Lass mich raten – wir sollten vergessen, dass das hier je passiert ist? Wir sollten wieder dazu übergehen, uns wie Feinde zu verhalten?« Er schnaubt. »Weil das ja so verflucht gut funktioniert hat, als wir es das letzte Mal versucht haben, nicht wahr? Zwei Wochen Abstand, dann eine schnelle Nummer auf einer Werkbank während deiner verdammten Krönungsfeier!«

Ich richte mich kerzengerade auf. »›Eine schnelle Nummer?‹ Mehr war das nicht für dich?«

»Sag du es mir, Emilia.« Er lehnt sich vor und nimmt mich mit seinem Blick gefangen. »Was war das? Ein Anfang oder ein Ende?«

»*Ich weiß es nicht*, okay? Das hätte gar nicht passieren dürfen. Gott …« Ich schüttle den Kopf und spüre, wie ich die Kontrolle über meine Gefühle verliere. Verwirrung, Verzweiflung und Sehnsucht zerren mit brutalen Klauen an mir. Ich wünsche mir nichts sehnlicher, als diese drei Schritte nach vorn machen, mich in seine Arme werfen und mein Gesicht an seiner Brust vergraben zu können. Aber mich in ihm zu verlieren wird dieses Problem nicht lösen. Genau genommen, ist die Tatsache, dass ich mich in ihm verloren habe, überhaupt erst der Grund für dieses Durcheinander.

»Carter«, sage ich mit brüchiger Stimme. »Bitte …«

»Bitte was, Prinzessin?«

»Du weißt, dass ich, wenn die Umstände anders wären …«

»Das sind sie aber nicht«, geht er tonlos dazwischen und setzt diese herzlose Miene auf, die ich nur zu gut kenne.

»Nein. Das sind sie nicht«, wiederhole ich und frage mich, wie sich alles so unglaublich schnell um hundertachtzig Grad drehen konnte.

Vor fünf Minuten lag ich noch in seinen Armen.

Und jetzt können wir einander kaum anschauen.

»Dann mal los, Eure Hoheit.« Er deutet mit dem Kinn in Richtung der Türen. »Geh zurück zu deiner kostbaren Party.«

»Carter …«

»*Geh.*«

Ich zucke angesichts der Kälte in seiner Stimme zusammen. Bevor ich in Tränen ausbrechen kann, straffe ich die Schultern, streiche mein Ballkleid glatt und gehe durch die Tür in die bitterkalte Nacht hinaus.

Die Party fühlt sich grell und protzig an. Nach der intimen Leidenschaft im dunklen Gewächshaus ist hier alles zu laut und zu hell. Mit eisiger Miene treibe ich durch die Menge und nicke den Leuten im Vorbeigehen zu. Chloe versucht, mich zu sich an einen Tisch in der Ecke zu winken, aber ich weiche ihrem Blick aus. Ich weiß, dass sie mir sofort ansehen wird, dass etwas nicht stimmt. Und dann wird sie mich bedrängen, um Einzelheiten zu erfahren. Ich bin so benommen, dass ich

Linus und Octavia erst bemerke, als ich beinahe mit ihnen zusammenstoße.

»Emilia«, sagt mein Vater und mustert mein gerötetes Gesicht und mein zerzaustes Haar. »Geht es dir gut?«

Ich nicke. »Natürlich. Warum sollte es mir nicht gut gehen?«

»Wir haben zwanzig Minuten lang nach dir gesucht«, blafft Octavia. »Du musst während der Champagneransprache mit auf dem Podest stehen.«

»Tut mir leid«, murmle ich halbherzig. Momentan scheine ich nicht in der Lage zu sein, genug Energie aufzubringen, um mich um irgendetwas zu kümmern. Und schon gar nicht um Octavias belanglose Probleme.

Sie stapft auf das kleine Podium zu. Linus und ich folgen ihr.

»Das Verhalten meiner Frau tut mir leid«, murmelt er so leise, dass sie ihn nicht hören kann. »Sie war nicht immer so streng, was Pünktlichkeit anbelangt.«

»Ich glaube, es hat weniger mit meiner Unpünktlichkeit zu tun, sondern vielmehr mit *mir* im Allgemeinen.« Ich seufze. »Alles, was ich tue, scheint ihr zu missfallen. Dabei lege ich es noch nicht mal darauf an.«

Wir verfallen in ein kurzes Schweigen. Kurz bevor wir die kleine Bühne betreten, auf der ein Tablett mit drei Champagnerflöten aus Kristallglas auf uns wartet, schaut er mir in die Augen.

»Je eher du dich von der Vorstellung verabschiedest, dass du jeden zufriedenstellen kannst, desto besser wirst du zurechtkommen, Emilia. Bei diesem Leben, das wir führen … da geht es nicht um Zufriedenheit. Fortschritt lässt sich nur selten mit Gemütsruhe vereinbaren. Und wie du schon bald lernen wirst … geht es im wahren Königreich nicht darum, das viel gepriesene glückliche Ende zu erreichen. Es geht um Pflicht und Schuldigkeit gegenüber etwas sehr viel Größerem als man selbst. Nämlich der Krone und dem Land gegenüber.«

Ich schlucke schwer und bin nicht zu einer Erwiderung imstande.

»Nach dir«, murmelt er und deutet auf die Stufen.

Schweigend nehme ich meinen Platz neben Octavia auf dem Podium ein. Linus tritt zwischen uns, um sich an die Menge zu wenden. Ich suche das Meer aus Gesichtern nach Carter ab, kann ihn aber nirgendwo entdecken.

»Ich danke Ihnen allen für Ihr Kommen, um heute Abend diesen Anlass mit uns zu feiern. Caerleon hat eine dunkle Zeit hinter sich. Wir haben entsetzliche Verluste erlitten, und es wird Jahre dauern, bis wir uns davon wieder erholt haben. Aber wir dürfen nicht den Glauben verlieren. Wir dürfen uns nicht in der Dunkelheit verlieren. Wir müssen uns nun mehr denn je zusammenschließen und eine Einheit bilden. Eine vereinte Front. Ein einiges Königreich.« Er streckt die Hände aus und nimmt zwei der Champagnergläser vom Tablett. Eins reicht er mir, das andere Octavia. Er selbst nimmt sich das letzte Glas und hebt es hoch.

»*Non sibi sed patriae*«, verkündet er mit einer Stimme, in der Hoffnung und Stärke mitschwingen. »Nicht für sich selbst, sondern fürs Vaterland. Mögen wir danach streben, diesen Grundsatz zum Leitmotiv unseres Handelns zu machen, während wir gemeinsam einer strahlenden Zukunft entgegensehen.«

Er trinkt einen großen Schluck Champagner. Wie es der Brauch ist, wartet der Rest der Anwesenden, bis er das Glas vollständig leer getrunken hat. Erst dann werden sich ihm alle anschließen.

»*Non sibi sed patriae*«, skandieren wir im Chor, als er das Glas sinken lässt. »Lang lebe König Linus! Lang lebe König Linus! Lang lebe König Linus!«

Der Sprechgesang hält noch eine ganze Weile lang an, bis Linus mit einem Zeichen um Ruhe bittet. Erneut hebt er sein Champagnerglas. »Ich danke euch, meine Freunde. Nun lasst uns gemeinsam das Glas erheben, nicht als König und Untertan, sondern als Freunde.«

Noch mehr Jubelrufe ertönen, während die Menge ihrem König nacheifert und ihren Champagner trinkt. Ich hebe mein Glas ebenfalls an meine Lippen, halte aber inne, als ich einen erstickten Laut von Linus vernehme. Mit weit aufgerissenen Augen schaue ich zu ihm und stelle fest, dass sich sein Gesicht tiefrot verfärbt. Schaum sammelt sich in seinem Mundwinkel.

»Linus? Oh Gott, *Linus!*«

Die Champagnerflöte rutscht aus seiner Hand und zerschellt auf dem Boden. Er greift sich an die Kehle und scheint plötzlich verzweifelt nach Sauerstoff zu ringen, so als würde seine Luftröhre zuschwellen. Es ist, als würde er nicht genug Luft bekommen. Ich kann nur dastehen und zusehen, während sein Körper auf dem Podest in sich zusammensackt.

»HILFE!«, schreie ich und falle neben ihm auf die Knie. Mein eigenes Glas habe ich längst vergessen. Ich starre entsetzt auf ihn hinunter und wünschte, ich wüsste, was zu tun ist. »BITTE HELFEN SIE UNS!«

Octavia schreit etwas auf der anderen Seite, aber ich beachte sie gar nicht. Ich schaue ins Gesicht meines Vaters und umklammere seine Hand.

»Halte durch«, flüstere ich. »Halte einfach durch. Hörst du mich? Hilfe ist unterwegs.«

Doch noch während ich ihm einrede, dass er stark bleiben soll, schwindet das Licht bereits aus seinen Augen. Der weiße Schaum an seinem Mund ist nun dichter und von rosafarbenen Blutschlieren durchzogen. Er läuft ihm über das Kinn und tropft auf das Podest unter uns, wo er eine kleine Pfütze bildet.

Nein.

Nein, nein, nein.

Eine Träne fällt aus meinen Augen auf sein Gesicht.

»Du darfst nicht sterben«, verbiete ich ihm mit brüchiger Stimme. »Das Königreich braucht dich.« Ich atme tief ein. »*Ich brauche dich. Ich bin nicht bereit, das ohne dich durchzustehen. Hörst du mich, Linus? Hörst du mich, Dad?*«

Seine Brust rasselt.

Er schließt die Augen.

Sein Kiefer wird schlaff.

Und innerhalb eines Atemzugs …

Innerhalb eines Herzschlags …

Innerhalb eines tiefgrünen Augenaufschlags …

Wechselt eine Krone erneut ihren Besitzer.

ENDE

… vorläufig.

PLAYLIST

Castle – Halsey
Royals – Lorde
Young and Beautiful – Lana Del Rey
King and Lionheart – Of Monsters and Men
Kingdom Fall – Claire Wyndham
Light Me Up – Ingrid Michaelson
Listen – Claire Guerreso
Everybody Wants to Rule the World – Lorde
Arsonist's Lullaby – Hozier
Leave the Door Wide Open – Black English
Don't You Cry For Me – Cobi
Half Light – BANNERS
Beggin For Thread – BANKS
Halo – Ane Brun (feat. Linnea Olsson)
Call It What You Want – Taylor Swift

Es heißt: Berühmtheit hat ihren Preis. Doch was, wenn der Preis die Liebe deines Lebens ist?

Julie Johnson
FADED - DIESER
EINE MOMENT
Aus dem amerikanischen
Englisch von
Anika Klüver
368 Seiten
ISBN 978-3-7363-1133-6

Als Felicity Wilde mit nichts außer einem gefälschten Ausweis und ihrer alten Gitarre in Nashville ankommt, will sie nur eins: so unauffällig wie möglich bleiben. Aber sie hat nicht mit Ryder Woods gerechnet. Der stadtbekannte Rockstar zieht sie vom ersten Moment an in seinen Bann. So sehr Felicity auch versucht, die Gefühle, die er in ihr weckt, zu unterdrücken, fasziniert er sie bei jeder Begegnung mehr. Doch ein Leben im Rampenlicht an Ryders Seite ist für Felicity eigentlich unmöglich ...

»Diese Geschichte wird dich mit tränennassen Augen und einem blutenden Herzen zurücklassen.« INKED AVENUE BOOK BLOG

LYX

Ihre Liebe ist ihr gefährlichstes Geheimnis

Anna Godbersen
DIE PRINZESSINNEN
VON NEW YORK -
SCANDAL
Aus dem amerikanischen
Englisch von
Franziska Weyer
384 Seiten
ISBN 978-3-7363-0979-1

Mädchen, die in schönen Kleidern nächtelang feiern. Junge Männer mit verführerischem Lächeln und gefährlichen Absichten. Das ist die Welt, in der Elizabeth und Diana Holland leben. Eine Welt voller Luxus und Vergnügen, aber auch Intrigen und Verrat. Denn dort, wo es nur auf den äußeren Schein ankommt, kann ein Fehltritt den Ausschluss aus der High Society bedeuten ...

»Romantik, Eifersucht, Verrat, Humor und ein opulentes Setting. Ich konnte Die *Prinzessinnen von New York* nicht zur Seite legen!« CECILY VON ZIEGESAR, Autorin der *Gossip-Girl*-Reihe

LYX

*Bereits mit unserem ersten Kuss waren wir
dem Untergang geweiht …*

L. J. Shen
ALL SAINTS HIGH –
DIE PRINZESSIN
Aus dem amerikanischen
Englisch von
Anja Mehrmann
448 Seiten
ISBN 978-3-7363-1123-7

Daria Followhill ist reich, wunderschön und das beliebteste
Mädchen der All Saints High. Sie müsste sich wie eine Prinzessin
fühlen. Doch ihr Leben ist alles andere als perfekt. Seit sie vor
vier Jahren aus Eifersucht die Zukunft der gleichaltrigen Silvia
Scully zerstört hat, plagen sie schlimme Schuldgefühle. Als sie
nun erfährt, dass Silvias Zwillingsbruder Penn nach dem Tod seiner Mutter kein Zuhause mehr hat, sorgt sie kurzerhand dafür,
dass ihre Eltern Penn bei sich aufnehmen. Und obwohl er keinen
Zweifel daran lässt, dass er Daria hasst, ist sie machtlos gegen das
heftige Kribbeln zwischen ihnen. Dabei weiß sie, dass seine Liebe
sie zerstören könnte …

LYX